U0923968

主动服务和融入国家发展战略，闯出一条跨越式发展的路子来，努力成为民族团结进步示范区、生态文明建设排头兵、面向南亚东南亚辐射中心，谱写好中国梦的云南篇章。

——习近平

段爱松◎著

云南出版集团
云南人民出版社

图书在版编目（C I P）数据

云南有个郑家庄：彩图版 / 段爱松著. -- 昆明：云南人民出版社，2018.01（百名作家写云南）
ISBN 978-7-222-16718-6

Ⅰ.①云… Ⅱ.①段… Ⅲ.①报告文学－中国－当代 Ⅳ.① I25

中国版本图书馆 CIP 数据核字 (2017) 第 285881 号

出 品 人：赵石定
项目统筹：段兴民
责任编辑：赵　红　王　逍
装帧设计：马　滨　杨晓东
责任校对：王以富　周　彦
责任印制：代隆参
图片摄影：段爱松　张建华　刘　纲　苏金鸿
部分图片由洱源县委宣传部、洱源县文联提供

云南有个郑家庄
YUNNAN YOU GE ZHENGJIAZHUANG
百名作家写云南
段爱松◎著

出　版　云南出版集团　云南人民出版社
发　行　云南人民出版社
社　址　昆明市环城西路 609 号
邮　编　650034
网　址　www.ynpph.com.cn
E-mail　ynrms@sina.com
开　本　787mm × 1092mm　1/16
印　张　18
字　数　280 千
版　次　2018 年 1 月第 1 版第 1 次印刷
印　刷　云南灵彩印务包装有限公司
书　号　ISBN 978-7-222-16718-6
定　价　78.00 元

云南人民出版社微信公众号

总序

黄尧

2014年，由中共云南省委宣传部发起、云南省作家协会组织，举行为期3年的“百名作家写云南”文学创作活动。“百名作家”既是有着强大阵容的一个整体，又是依据专题组成的各个“分队”，同时还是独立行进的作家个人，他们深入生活，扎根人民，书写现实，观照人生，所完成的作品呈现出多种内容和样式。因此，这次创作活动存在一定的差异性，也产生了极大的丰富性。“写云南”既有长篇，也有短制。短制均在云南各地采风之后创作完成，都已在报纸杂志上发表，以短平快方式记述云南、推介云南、讴歌云南。收入本丛书，由云南出版集团公司、云南人民出版社和其他出版机构陆续推出的，则是20余位作家的长篇作品。这些作家，或通过提交云南重大选题遴选，或经过有关方面沟通商请，绝大多数为云南本土作家，亦有数位是外省作家。这些长篇作品，以报告文学、纪实文学、散文为主，也包括了小说、诗歌，甚至还有跨文体写作。

在这里，有必要说明以下几点：

一、“百名作家写云南”旨在推动云南文学创作，有那么一些选题，能够探寻历史、眺望未来和走近大地、进入现场，从而介入社会生活，体认现实人生，希望为云南地理人文、社会发展、人民生活和典型人物、重大事件、时代主题，留下值得检视和珍藏的文本。

二、“百名作家写云南”是一次专项文学创作活动，以专门项目方式来运作。资金由中共云南省委宣传部支持，组织由云南省作家协会保障。如果缺少了必需的资金支持和起码的组织保障，举行这样一次系列活动是不可能的。

三、承担“百名作家写云南”长篇选题创作任务的本土作家生于斯、长于斯，与云南这片土地始终保持着一种灵与肉的关系，他们的作品来自生活现场，也来自生命深处，具有打动人心的力量；外省作家或视云南为第二故乡，或将云南看作人间秘境，他们的作品来自独特的视角，也来自迥异的体验，令人耳目一新。

可以用若干判断句对云南加以描述：云南是奇山，云南是异水，云南是边疆，云南是野外……但在文学创作上，云南无疑是一座富矿，在这次“百名作家写云南”专项文学创作活动中，作家们所掘进的广度和深度，一切都以文本发言、用作品说话。这一点，相信读者朋友自有判断。

总之，这次出版的作品，并未预设体裁限制，但就完成情况而言，以报告文学、纪实文学居多。这些作品体量较大，内容厚重，风格深沉，作家对社会现实的关注与追问，他们的悲悯与爱，充沛其中。它们汇聚拢来，在云南报告文学的大合唱之中，发出的嘹亮声音，必将久久回响。

是为序。

（作者系云南省作家协会主席）

序

背负着时代使命感的村庄

何建明

祖国的大地处处有美，但云南更美。因为云南不仅美在自然，更美在人文。作为中国西南边疆省份，云南在全国有“五个最”：世居少数民族最多，跨境民族最多，特有民族最多，人口较少民族最多，民族自治地方最多。云南民族工作的分量由此可知。也因此，云南之美蕴含了民族大家庭的和谐与共荣。

2015年1月，习近平总书记到云南考察工作时指出，云南民族关系亲密融洽，云南民族工作成绩突出，这是云南最可宝贵的财富，要求云南要努力成为民族团结进步示范区。这是总书记交给云南的一项重大政治任务，是党中央、国务院站在全国民族团结进步事业发展大局的高度做出的一项重大战略部署，凝聚了云南4700万各族人民共同的期盼。

云南青年作家段爱松深入一线，扎根人民，扎根基层，采写的这部报告文学《云南有个郑家庄》，讲述了大理州洱源县三营镇郑家庄在中国农村现代化进程中，“七个民族一家亲”，共同致富奔小康，团结奋斗努力实现中国梦的发展奋斗史。它客观、生动而精准地呈现了郑家庄是如何从一个贫穷落后的村庄，发展成为“全

国文明村镇”和“边疆民族团结示范村”的奋斗轨迹。

阅读《云南有个郑家庄》，我深深地被“集体的事再小也是大事，个人的事再大也是小事”这句话所感动。郑家庄的美，在于它具有最淳朴、最丰富、最意味深长的民族精神实质，还有“各民族都是一家人”和“一家人都要过上好日子”的理念。“一家人”的核心是平等团结，这是对待民族问题的基本立场和世界观；“过日子”的核心是发展进步，这是处理民族问题的基本途径和方法论。归结起来，这是中国特色的解决民族问题正确道路的生动实践。郑家庄以其自身成功的发展经验，给出了解决边疆“三农”问题最好的答案。而郑家庄因为自身发展的带动作用和激励作用，也远远超出了它作为一个自然村存在的价值和意义。

爱松是一位很有才华的青年诗人，是鲁迅文学院第24届高研班学员。鲁24届，是鲁院创办以来第一个专门以报告文学创作为培养方向的高研班。作为这个班的创导者，我很高兴地看到，作为诗人的爱松在鲁院毕业后，拿起笔来从事报告文学创作，而且通过采访创作的实践，爱松真切感受到了报告文学的魅力和力量所在，甚至还体验到了诗歌创作中所没有体会到的那种责任、使命和担当。毫无疑问，在实现中华民族伟大复兴中国梦的时代背景下，报告文学，更能也更需要发挥重要的文学担当精神和时代引领作用。

我一直认为，文体之间是有很多东西需要相互学习与补充的。我特别赞赏小说家和诗人参与报告文学创作，因为小说家的叙事语言能力和诗人的激

情抒怀都是报告文学作家非常需要的本领。诗人爱松以《云南有个郑家庄》作为其报告文学创作的新起点，是他文学创作道路上的一个飞跃，也是他一个更全面的写作提升。我愿意看到一个诗人气质的报告文学作家，因为我们需要，时代也需要。

报告文学创作的可贵之处在于两点：一是艰苦细致的现场采访，二是文章结束后需要严格的审查。这两个环节一个也不能马虎。这也使得从事报告文学创作的人特别高贵和不易。这也是那些一味强调所谓“虚构”写作的人无法接受和跨越的两座高山，而这对于报告文学作家来说，是他起码要翻越的山峰。深入采访，深入生活，以真实、生动、朴实的作品呈献给读者，并接受当事人的检验，报告文学作家的功夫与能耐也在于此。从《云南有个郑家庄》的内容可以看出，爱松是付出了很多心血和劳动的，不然他无法用如此扎实丰厚和详尽的材料，以饱含深情的笔触和思辨性的诗性语言，牢牢把握住社会主义核心价值观，紧扣时代发展脉络，完成这部报告文学的写作。应该说，第一次创作长篇报告文学，爱松的采访和创作以及对文本结构的安排，都是成功的，可圈可点。

云南的郑家庄，我们以前并不知道它，但现在我们通过段爱松的作品熟悉和亲近了它。这就是报告文学所具有的特殊作用。该作品立足于丰足的第一手现场采访事例、音像资料等，以纪实手法，真实、客观、朴素、准确、细致地对郑家庄的自然、历史、民族、人物、发展等方面进行了全方位描写，让郑家庄民族团结进步的点点滴滴，通过扎实、生动的文本书写，呈现出一个个立体的场景，充满了强烈的感染力。比如何国祥家族几代人捐资助学的感人故事；何国祥带领党支部为集体“损私肥公”，做过无数助人为乐的好事；郑家庄三位老奶奶不惜上街乞讨，筹集善款修建村里寺庙的善举；郑家庄治安联防队和阳光文艺队20多年来的日夜坚守和无私奉献……这些鲜活的事例，皆呈现出民族团结下人性与时代的光芒。更难能可贵的是，爱松并不满足于一般性的文字记录，他还对中国社会主义新农村的发展探索进行思考，结合古今中外哲学家、文学家笔下对相关事物发展的认知向度，将郑家庄的现状与国外村庄进行了对比，从而在横向、纵向上都有了参照、实证、论述和思索。

习近平总书记在考察云南时强调，“云南少数民族文化是中华文化的

重要瑰宝，要积极加以支持和发展”，“要使各民族文化繁荣发展的过程成为各民族相知、相亲、相惜的过程，成为民族团结的润滑剂、催化剂、黏合剂”。郑家庄自身发展的成功经验，为中国社会主义新农村建设贡献了一条崭新的探索之路，这也是报告文学《云南有个郑家庄》所承载着的最有价值的文学力量和时代担当精神！

“各美其美，美人之美，美美与共。”郑家庄作为中国社会主义新农村发展的一个示范，以及边疆民族团结建设的典型，依然处在不断前进的过程当中。可以预料的是，这个有着时代使命感的村庄，其未来的发展一定会更加美好！我相信，这也是每一个阅读《云南有个郑家庄》的读者共同的感受和体会。

还有四年时间，中国将全面建成小康社会。这一伟大历史现实带给人类的将是多么精彩而宏大的一幅历史画卷！因为中国是个有着近14亿人口的大国，贫困一直是我们这个人口占全世界人口四分之一的国家面临的大问题。在眼前的东方大国彻底改变自己民族形象的时刻马上就要到来时，人类历史将再次改写！而在这伟大的历史进程与贡献中，千千万万个郑家庄小村则是主角，它们的发展与进步决定着这一世界史重写的精彩程度。从这个角度上讲，书写和记录郑家庄，意义非凡而深远。

我们有理由感谢这部书的作者，更有理由感谢这个村庄。

（作者系中国作家协会副主席、中国报告文学学会会长）

目录
MULU

第一重奏

八面来风山水册

引子：山水孕育的自然村

说到云南大理，不得不提金庸先生著名的武侠小说《天龙八部》，正是由于这部小说以及同名影视剧的广泛传播，让全球诸多华人认识了大理国公子段誉，神奇的六脉神剑，以及大理境内优美的自然风情，等等。

人物和武功在小说里当然可以虚构，但是大自然现实的美好，却是虚构所不能企及和涵盖的。有道是："山不在高，有仙则名；水不在深，有龙则灵。"在大理洱源县三营镇共和村委会，就有这么一个小村庄，叫作郑家庄，它像一颗晶莹剔透的珍珠，点缀在四周的青山绿水之间。

郑家庄既没有小说世界里的纷繁复杂，也没有人生争斗中的惊心动魄，它是如此安静地坐落在一片弥漫着旷野清香的田园坝子中。然而，当你走近它时，一股温暖人心的强大团结力量，会在不知不觉中穿透你的身体，让你被其深深吸引。

这股团结之力，是如此结集高悬，如此干净纯粹，如此朴实真切，如此影响深远，以至于让你产生一种错觉：你面对的不是一个村子，而是一个人，一个会呼吸和活动，并随时准备开口和你说话的人……

呼唤：在青山绿水间

那一年，我磕长头拥抱尘埃，不为朝佛，只为贴着你的温暖。

那一世，我翻遍十万大山，不为修来世，只为路中能与你相遇。

……

——《信徒》

初到大理洱源郑家庄，是2015年秋天的一个清晨。

在这之前，从昆明到大理的路上，我多次想象过：这个名声越来越大的村庄，究竟会是什么样子的呢？

我甚至有点一厢情愿地把它和我所知道的新中国成立后，特别是改革开放之后，祖国东部发达地区几个典型的富裕村庄联系在了一起，同时，也和一千多年前陶渊明笔下的《桃花源记》中描述的世外桃源里的村舍，做了多方面的想象性比较。

我希望我抵达走访的郑家庄，在我美好的意料之中；当然更希望它的美好，能超出我的意料，带给我一些更大的惊喜，好让我这个“不速之客”能够像意大利文艺复兴时期的伟大作家但丁一样，在他笔下的《神曲》中，随着主人公维吉尔，在贝阿特丽切的指引下，历经黑暗，翻越苦难，最终抵达天国的灿烂之境。

抵达郑家庄的这个清晨，天高云淡，阳光明媚。顺着朝阳蓬勃向上的力量，我在郑家庄四周的群山叠嶂间，感觉到了某种神圣的护卫之力。空气和流云，催动着这些静止的山峦，就像一艘艘巨大的船待命远航，想必它们承载着郑家庄以及四周村落未来的命运和希望。

朝阳一次又一次把这些美好的希望，照耀得光华灿烂而生机勃勃。

沿着这些山脉，我不由得想到了山外更为广大开阔的世界。郑家庄并不

孤独，和郑家庄毗邻的村落也不孤独，甚至整个洱源县所有的村庄，都因为它们被这些烟雾缭绕的巍巍群山层层包裹，而别有意味。

毕竟，这些高高低低、青青幽幽的山脉，连接着外面的世界，连接着村里人盼望和追寻着的美好梦想和远方……

郑家庄的西面，71千米延绵不绝的西罗坪主山脉，是洱源县与云龙县“云浪分疆”的山脊之界线。在这个山系内，鸡山岭、小罗坪、千岭山、兔子坪、金牛头、吴山太极、黑山伯、瓦老伯、神孟山、黄沙岭、烟涧山、号岭、九龙山等较大的山岭交错耸立，海拔3000米以上的高峰有79座。从郑家庄远远看去，它像是一道天然绿色屏障，特别是夕阳落下之时，红霞与青山相对相映，别有一番高远韵味。

东部，从丽江玉龙雪山直接延伸入境的马鞍山脉在洱源县内的一段，北起百山母，海拔3791米，南至大龙潭后山再转东南，接宾川县鸡足山西坡，全长97.8千米。整支山脉由石宝山、小马鞍山、麻棕山、鸣鸡山、南无山、凤凰山、五峰山、骑马山、仙人洞山、黄草坡、谷堆山、佛光寨山、灵应

山、大龙潭后山、鸡茨坪山、青山、鸡足山西坡等山岭组成。白色的风力发电机组在阳光的照耀下，隐约在马鞍山脉群峰间运转，像是一个个白色的巨人，朝你不停地挥动着白光与金光交错的手臂。

矗立于洱源县中，北起华丛山，南至乌梢箐，与苍山西北相连的罗平山脉，全长76千米，由华丛山、福空潭、高粱子、罴谷山、标山、彩云冈、白沙岭、骑龙山、中罗平、凤羽十六峰、盐井岭、打雀山、乌梢等组成。这支山系翠屏高耸入云，山势陡峭雄奇。海拔3000米以上的高峰有104处，最高峰中罗坪，海拔3656.9米，点苍山的北延尾脉天马山一支独处，为凤羽、洱源、邓川三个坝子的天然分界山。听郑家庄老人说，有凤凰经此地，飞至罗坪山风吹垭口著名的鸟吊山后涅槃，百鸟翔集凭吊。而后，重生之凤凰又途经郑家庄上空，左盘旋三圈，右盘旋三圈，遂扶摇直上……预示今日郑家庄之发展繁盛。

从三大山系看郑家庄，各个方位有所不同，只是秋天金黄的稻田弥散的丰收喜悦，无论从哪一方看来，都是饱满而深情的。要不然，也不会让人在

郑家庄举目远眺、四顾探寻时，无不惊异于几大山系层峦叠嶂、团团包围的聚合结盟之强势。

山脉之间群叠纵横的力量，似乎都把郑家庄各个角度拉扯紧了。紧凑简练的农家民族房屋错落有致地布列其中。一阵阵清风，从山间吹来，四周平坦无垠的稻田，弥漫着缕缕稻香。这股伴有大山担当包容精神的香气，着实令人神清气爽、心醉神迷而欲罢不能！

在这个晴朗的秋天清晨，还有另一种声音隐藏在群山脚下，缓缓地流过洱源，流经郑家庄。它是更为隐蔽的存在与流淌。

如果说山脉是大地母亲的骨架，那么水流，就是大地母亲的血液。它自高处而发，顺势而下，滋润着大地母亲的每一寸肌肤，更滋养着世代生息在这块土地上的人们。

郑家庄仅有四周巍巍群山的雄奇、延绵是不够的，一个村庄闪光的精髓，往往更体现在日常的细碎和情韵上。郑家庄的流水就完全具备这种品质。它们汇集了天地间的灵气，一点一滴，朝着同一个方向，向着同一个目标，坚定柔韧以化千般险阻，历久弥新以度万种困厄。

战国时期，思想家庄子在其著名的《秋水》篇中曰："秋水时至，百川灌河。泾流之大，两涘渚崖之间，不辩牛马。"是的，正是流水，滋润着世间万物，而洱源之水，不仅为郑家庄的发展新貌带来了持久的支撑，而且还作为洱海源头，为几十千米外的云南第二大淡水湖洱海"银苍玉洱"的奇观注入了生生不息的源泉和生命力。

洱源之水，从三岔河水库流经郑家庄的三营河，与洱源大地密集的地上地下水源一起，为一座座村庄和城镇，输送着生命之源；为一湾湾海湖沟渠，连接着希望之源。它注入郑家庄西面的弥茨河，流向茈碧湖。

它归属于弥苴河水系。自罗坪山分水岭以东，江河湖泊多归于此水系，包括弥茨河、凤羽河、茈碧湖海尾河、弥苴河、罗时江、永安江6条河流，以及与之联通的海西海、茈碧湖、西湖、东湖4个湖泊。这些河流湖泊均于江尾注入洱海，全长71千米，6条主要河道总长147.62千米，支流51条，总长327.3千米，平均径流量4.82亿立方米，占洱海平均径流量的59%，区域流经面积1233.58平方千米，众水交错，蔚为壮观。

不仅如此，与郑家庄同处洱源的另外两大水系——黑潓江水系和落漏河水系，也为这里注入了充沛水量。毕竟山水同源，在地上世界看得到的关联，在地下世界将更繁杂多样地通达连系着、串流着。

黑潓江是澜沧江支流之一，流经洱源。罗坪山分水岭以西，溪流全部汇入黑潓江水系，洱源境内径流面积1277.44平方千米，境内干流河段长约60千米，汇入41条支流，较大的如西门箐、沙坪河、溪登河、春孟河、春坪河、平头河、翠屏河、清水河、骑龙山沟、界曲河、茄叶河、长邑沟、长头沟等。

这个密集庞大的水系，因为散落在各个纵横交错的平坝阡陌和山林沟壑间，并不能让人从直观上感觉到它的能量。从郑家庄远远望去，空气中弥漫着看不清、说不明的水汽，随着风一圈圈绕着青山飘荡。这些聚合神性之水的“汽带”，似乎也在观望着一个时代赋予一个村庄的使命和责任。

附近的落漏河水系，或许更能让人体会到水源对于一个村庄的重要性。

在郑家庄所属的三营镇，以及稍远处的右所，大理市江尾、双廊境内，位于马鞍山南段分水岭以东、鸡足山以西的山地和河谷带，溪流汇入黄坪的落漏河，最终归入金沙江。我曾到过距离这里近1000千米的昭通水富金沙江段，富含矿物的碧绿江水，让人产生无限遐想，没想到这上游部分源头，竟然来自这些细小的无数支流。

其主要支流包括焦石得水河、独木桥涧、金玉河等。这支不容小觑的水系，与其他两大水系共同构建了洱源奔流的向前之力。而郑家庄，则像是一台架在无限自然能量之源上的社会主义新农村机器，等待着历史的一声启动，就将奔腾飞旋起来。

唐代大诗人杜甫在《春夜喜雨》中吟咏道：“好雨知时节，当春乃发生。随风潜入夜，润物细无声。野径云俱黑，江船火独明。晓看红湿处，花重锦官城。”此时，郑家庄的山水，虽然已经在深秋高原旷达的天空下悠然自适、泽被万物，却依然和1000多年前，盛唐春天的物象有着某种隐秘的关联，并相互映照。

农村，可以说是中国传统文化的坚实母体。放眼当今世界经济发展格局，并没有输入“农村”这个词汇，这是因为在西方，“乡村”已经在两三百年的资本主义发展进程中被消化掉了，但值得注意的是，由于资本主义的市场化、资源的全球化，他们的农村资源，如土地、环境、自然水源山林等并没有被彻底毁坏，这使得像美国这样的老牌资本主义国家还以“文化立法”为豪。2012年，时任国家副主席的习近平访问美国期间，还被专门安排到艾奥瓦州一个名叫马斯卡廷的小乡镇与老朋友座谈，其意义不言而喻，农村一直葆有人类社会发展中，最纯净质朴和广阔深远的自然与传统精髓。

人类在漫长的历史长河中所建立的文明，并没有随着时代的消亡而泯灭，相反，正是农耕社会伟大的人文气息，令其一代又一代在平凡的乡间事物上，得到内化与储藏。郑家庄700多年来田地山林等自然资源一直保持得很好，没有遭受到污染或者破坏，这对于后来郑家庄的发展，起到了至关

重要的保障作用。因为在乡村，如果赖以生存的自然资源被肆意占用或者破坏，就将面临万劫不复的破产，陷入绝对贫困。

对于一个乡村来说，基本的生产资料是其存在和发展的最根本的前提条件，特别是自然资源，更是一切的基础。郑家庄正是由于拥有山水田地这份得天独厚的自然资源，再加上乡村劳动力相对保持稳定，使得村庄的发展，有了良好的基础。从几百年前建村时候的一群人，到1959年前，形成了以汉族、白族聚居，进行农村劳作为主的贫困村；国家政策对游牧少数民族安置后，又发展到现在，成为有着125户525人的民族团结和发展富裕的示范村。

可以说，郑家庄一路走来，外部所能依托的，就是这里良好的自然资源和环境。

郑家庄全村土地面积777亩，海拔2100米，年平均气温22℃，年降水量700毫米，地下水源却异常丰沛，适合种植水稻、玉米、蚕豆等农作物和烤烟、大蒜等经济作物。全村耕地面积657亩，其中水田460亩，旱地197亩，人均耕地面积1.25亩。这个中国万千农村中的一个小小村庄，却成了汉族、白族、藏族、傣族、纳西族、傈僳族、彝族七个不同民族的聚居地，在洱源这块山水丰饶之地，如此亲如一家地独特存在和发展着。除了得天独厚的自然条件之外，究竟是什么让这个山水灵秀之地，一步步成为一个具有现代民族团结示范典型意义的村庄呢？

就是在洱源的这样一个秋天的清晨，我久久徘徊在一大片金黄稻田间的小路上，越来越多的疑惑和惊喜，冲击着我的思考。我得带着纸和笔，带着相机和录音设备，走进这个神秘而奇异的村庄。我想，这个村庄里一定有很多很多温暖而感人的故事，要不然，岂不辜负了这些青山绿水；当然，我还预感到，村庄里一定居住着一群不太一样的人，正是他们为这方山水，增添了时代与人性的光辉和荣耀。

不经意间，我看到稻田上空，鸟儿一只只飞过来又飞过去，飞过去又飞过来，像是在欢迎远方的来客；还有一排排大雁，自远方结队而来……掠过万水千山的它们，正奋力扇动着翅膀。这群大雁的最前面，似乎有一团金光溢彩的云朵，像是被大雁驮着，飞翔，飞翔……近了，更近了，这时，我终于看清，原来那是记忆中，一封郑家庄期盼已久、彩云包裹着的珍贵来信！

来信：省委的嘱托

2015年7月14日，郑家庄和往常一样，在大花公鸡几声此起彼伏、高亢的啼鸣声中，迎来了早晨第一抹灿烂的霞光。汉族村民小组长王庆荣，一边打扫着自家院子里的卫生，一边还在琢磨着昨天夜里，自己对郑家庄未来发展的一些设想。

一声声特别清脆的小鸟叫声，让他略感惊异，想来平时郑家庄的清晨，也少不得这些活泼可爱的小精灵们叽叽喳喳、啁啾嘤呖，可今天早上，老是有一只鸟儿，在院子里最高的雪松树上欢叫个不停。

“莫非是有什么喜事要来了？”

王庆荣心中微微一热，把一些落叶扫进了撮箕，抬头看见一道光，从院子的墙上斜射进来，落在那几盆郁郁葱葱的常青树上。

“家里有人吗？”

伴随着一阵“突突突”的摩托车的声音，有人在门外高声问道。

“有的有的！”

王庆荣边回答边赶紧放下手里的家什，快步走到大门前打开了门。

“这是寄给王庆荣的信，请签收一下。”

邮递员从摩托车侧边的绿色挎包里，取出一封牛皮纸封着的信件。

信封下方，赫然醒目的“中国共产党云南省委员会”几个红色字让王庆荣心中一惊，接过信件后，感觉到有一股沉甸甸的力量压在手心。

返回屋里，王庆荣急不可耐地找出剪刀，小心翼翼地沿着封口剪出一道开口，取出信笺，打开一看，不由得大吃一惊。

“啊！是云南省委的回信，不会是做梦吧……”

王庆荣自言自语地嘀咕着，捧信的双手忍不住颤抖着。他就像一个孩子得到了期待已久的礼物一样激动万分；更像是见到久别重逢的亲人一般，兴奋得难以自拔。他一边转回屋子，一边朝着自家院子里大声叫道：

“阿爸、阿妈、阿芬，快来看，赶快来看看，省委来信了，省委来信

了……”

70岁的老父亲王宪州和66岁的老母亲王宝珍听到儿子的叫唤声后，互相搀扶着，一起快步走了过来。正在里屋干活的妻子王淑芬也赶紧放下手头上的活计，小跑着冲了出来。

“阿爸阿妈，你们先看看，我再念给你们听。”

王庆荣把信小心翼翼地传给家人看。洁白的信笺在几双朴实的手上翻动，然后又被王庆荣捧在手上。他神情庄重地把信微微抬高，用缓慢而深情的语调，把云南省委的来信一字一句认认真真地念出来给家里人听，生怕念错或念漏了任何一个地方。

信中提到，郑家庄民族团结，民风淳朴，村规民约规定得好，民主管理方式运用得好，积累了很多好经验、好做法，希望郑家庄继续发扬，不断总结提升，同时积极帮助其他村寨做好农村工作。 治国安邦，重在基层。让农民群众摆脱贫穷、让农村改变落后面貌，需要党和政府的好政策、基层党组织的坚强领导，也需要广大农民群众的不懈努力。云南省委希望王庆荣积极发挥党员模范带头作用，教育和引导村民遵法学法守法用法，积极推进依法治村，团结带领乡亲们艰苦奋斗、互敬互爱、共同努力，发展特色优势产业，保护好环境，维护和谐稳定的良好局面，让乡亲们的生活一天比一天更好。

“太好了，太好了，真是没有想到，省委领导那么忙，还亲自回信关心着郑家庄这个小村子各民族老百姓，赶快通知村里的乡亲们啊！”王宪州老人激动地提醒道。

“阿爸，您看我都激动过头了，得马上把这个喜讯告诉村支书和父老乡亲们，让他们赶紧来看看省委领导对咱们村的关心和期待！”王庆荣放好信，拿出手机，忙着把这个天大的喜讯传达出去。两位老人和王庆荣的妻子依然沉浸在喜悦中，忙着抬桌子搬板凳，准备茶水糖果，迎接乡亲们的到来。

“家福（郑家庄村支书何国祥）哥，在哪里？省委来信了！”

“好啊！赶快把喜讯传达给乡亲们，我在下关，马上就赶回来！”何国祥用喜悦、急促的语气说道。

“杨弟（郑家庄藏族村民小组长杨秀弟），快过来家里，省委来信

了！”

“真的吗？真是大喜事啊，我俩分头通知大家吧！”杨秀弟高兴得来回走动。

不大一会儿，杨秀弟家、郑林生家、王炳秀家、郑晓东家、高汉云家、寸会珍家、郑泮池家……村民们扶老携幼，怀着无比激动的心情赶来了，100多人陆续挤满了王庆荣家的小院子。

王庆荣重新捧起信，为大家大声朗读了起来，他的语调充满了感动与豪迈。是啊，这封来信对于郑家庄来说，真是个意外的大惊喜。村民们站的站、坐的坐，此时都屏住呼吸，仔细聆听，生怕漏了哪怕是一个字句，就连王庆荣家院子里树上的小鸟，似乎都知道村里有了喜事，有节奏地跟着王庆荣的朗读声欢叫个不停。

省委领导在信上的每一句朴实而温暖的话，无不深深打动着郑家庄村民。待王庆荣念完最后一个字时，村民们报以热烈的掌声，掌声经久不息，大家还嫌不过瘾，纷纷要求看一看、摸一摸这封凝聚着省委领导对郑家庄各族村民关切的信，即使是上了年纪，看不清字的老人和几个不太识字的村民也都上前要求捧一捧这封信，大伙都想沾一沾这封写满问候、嘱托、鼓励与希望的信，以勉励自己为郑家庄的未来发展再尽一份心力。

等大家激动的情绪稍微平息了一些的时候，大家拉开了话匣子。王庆荣骄傲地跟大伙分享道：

“这几日，我就预感有喜事，直到收到这封回信。我想也没有想到竟然会是省委回的信。今早看到信封上写有‘中国共产党云南省委员会’几个红色的字时，我的心激动不已；迫不及待拆开信封的时候，手都是颤抖的；把信打开，看到果真是省委领导给我们村回的信时，真的是无法用语言来表达当时的心情。我实在是太激动了！省委领导的心里，总是想着我们普通老百姓，他们工作这么忙，却还抽出时间给我们回信，我除了感动，更多的是敬佩！省委领导在信中亲切地称呼我为‘老乡’，就像阳光一样暖暖的！作为村民小组长，绝不能辜负了省委的期望啊！”

杨秀弟也抑制不住内心的激动说道：

“听到王庆荣同志电话里说省委回信的消息时，真是太激动了，我和大家一样，立马放下手中的事就赶了过来。省委领导在百忙之中，还这样牵挂一个小村庄的发展，我们这些基层干部，更应该时刻把困难群众放在心上。我们村子里面有多种民族，共有七个民族杂居，能够做到民族团结、稳定发展，就因为我们村风正，村规民约制定得比较好，这些都得到了省委来信的肯定。省委领导在回信中对郑家庄开展依法治村、民主管理工作取得的成效给予了高度评价，这让大家倍感骄傲、深受鼓舞，我心里面就更激动、更高兴了。”

曾做过教师的64岁老人高汉云脸上始终洋溢着灿烂的笑容，他说：

“没想到，没想到呀！没想到省委领导一直牵挂着我们。作为郑家庄的一分子，虽然年纪大了，干不了体力活，但我们仍要发挥余热，力所能及地为村庄建设做贡献。省委肯定了我们郑家庄这几年依法治村取得的成绩，还对我们提出了要求，我们要把这些工作做好，不光自己家里面的事情做好，还要把村子里面的事情都做好，那么我们这个村子今后就更好了。”

村民寸会珍也插话说：“省委领导回给我们信，感到省里还是牵挂着我们村，心里相当激动……”

就这样，大家你一言我一语，怀着兴奋的心情，畅谈着对省委来信的感受。不知道是谁提议喝酒来庆贺，王庆荣赶忙叫家人拿出杯子，打开自己珍藏的几坛好酒，没有任何下酒菜，大家痛快地碰杯、畅聊。

接到王庆荣电话从下关赶回来的村支书何国祥，顾不上回家休息就直奔王庆荣家。他端起酒杯，站到村民中间，深情地对大家说：

“‘治国安邦，重在基层’，作为郑家庄党支部书记，我深切地感受到了省委领导回信的殷切嘱托。省委领导在回信中对郑家庄的肯定和叮嘱，让我们充满干劲。作为基层干部，我们一定要牢记省委的嘱咐，发扬好‘郑家庄经验’，积极推进依法治村，团结带领乡亲们互敬互爱，共同努力搞好村庄建设，发展好特色产业，积极带动周边村寨一起发展，共同致富，让乡亲们的生活一天比一天更好，以美丽乡村建设的新成果，回报党和国家制定那么好的民族政策，回报省委的深切关怀。今后，我一定按照省委回信说的，要帮助其他的村寨也解脱贫困，做好民族团结工作，要带领我们郑家庄，为我们的依法治村、民族旅游示范村、社会主义新农村和美丽乡村建设而努力，用实际行动来回应省委对我们的关爱和希望！请大家举起杯，干杯！”

酒杯的碰撞声在王庆荣家的院子里此起彼伏，热闹的讨论一直持续到

下午。

在这个火热的夏天，省委的这封来信，给郑家庄，也给三营镇带来了新的希望。就在回信到达郑家庄的当天下午，洱源县三营镇党委组织党员干部40多人在郑家庄对回信进行学习时，三营镇三营村党总支书记赵俊伟感慨地对郑家庄各民族群众说：

“先进就在身边，先进就是你们啊！三营村与郑家庄只相隔两千米，却有很大差距。回去后，我会与村民一起学习回信内容，将郑家庄的先进经验带回村子，建设好村子。”

洱源县三营镇党委书记马明也深受鼓舞。他说，在接下来的工作中，将以郑家庄为榜样，带领全镇各族人民，抓实民族团结进步、抓实生态文明建设、抓实依法治村等各项工作，让群众一天比一天过得更好。

这些话，王庆荣默默听在心里，犹如灌了蜂蜜一样甜，但是同时，他也深感今后责任的重大与郑家庄向前发展的迫切性。他回想起这么多年来，自己和另一位村民小组长杨秀弟是如何追随着村支书何国祥，带领全村各族人民，一步一步地把郑家庄建设成今天这个样子，不由得心潮澎湃、感慨万千。他又记起去年（2014年）10月26日，党的十八届四中全会刚刚闭幕，省委领导们就风尘仆仆地来到郑家庄村，马不停蹄地为各族群众宣讲党的十八届四中全会精神。

当时，省委各位领导与乡亲们坐在自己岳父王品珍家干净宽敞的小院里促膝谈心的情景，让王庆荣难以忘怀。半年时间过去了，在各级党委政府的关心下，郑家庄出村的那条路修好了，路灯亮了，民族文化旅游项目展厅也快建好了……这半年来，郑家庄的变化真是让人高兴，是该代表村民向关心、惦记郑家庄发展的省委领导说一说心里话的时候了。于是，在2015年5月22日晚上，王庆荣鼓起勇气提起笔，给省委领导写下了一封信，其中一段记载了郑家庄的发展变化：

……村子里发生了许多变化，县里杨承贤书记经常到我们村，村子到旁边的两条公路已经修好水泥路，路灯也有，还种了树，这几天正在盖民族文化展示中心和广场，前几天又领回了全国文明村寨的牌子，村子里大家都很高兴，县里还派我们几个去各乡镇宣讲我们村的经验呢……

写完信，去年省委领导到郑家庄的情景，又浮现在王庆荣的眼前。他在想，省委领导能不能收到这封信呢？他们那么忙，会有时间看吗？如果省委领导看到村里这半年来的发展变化，一定会很高兴吧！因为省委领导的心中一定惦记着郑家庄，自己的担心显得很多余。仔细想来，去年到村里宣讲十八届四中全会精神的省委领导们，是多么的和蔼可亲，他们和乡亲们有说有笑，大家围坐在一起，真是亲如自家人哪！

“省委领导一定会看到信的！”王庆荣在心中给自己打了打气。

另外一件记忆中的往事突然闪现在眼前，一股温暖的情绪莫名涌上了心头。那是17年前，一个叫阿福忠的白族伙子，同样写过一封信到郑家庄。不同的是，那是一封求助信。

阿福忠当初瘦小的身影，就是沿着梨园到郑家庄的道路走进来的。但是时至今日，这个身影，已经带领着另一个曾经贫困的村子脱贫致富了。大家家后来才知道，他当时是来找村支书何国祥的，来了两次，结果两次都没有找到，而就是那封求助信，拯救和帮助了他和他的村子。

寻找：梨园与郑家庄

1998年春节刚过，一个清晨，天微微亮，位于洱源县城北郊的茈碧湖湖水还泛着丝丝寒气，一个瘦弱的身影，从金鳌山下的梨园村出发了。

由于山路尽是羊肠小道，等他独自把一辆老旧的自行车半骑半推到湖边时，发现双脚凉飕飕的，原来鞋子被露水打湿了，并且还沾了不少泥。

他顾不上歇息片刻，急匆匆随手扯了几把野草，蘸着冰凉的茈碧湖水，清洗了一下鞋子上的泥巴，然后小心地把自行车放在了一条破木船上，支起

船桨，用力一划，湖水发出响亮的哗啦哗啦声。小船沿着通往洱源县城的方向，慢慢驶去。

他就是梨园村的白族伙子阿福忠。

那一年，他三十出头。去郑家庄这件事，他曾经想了很长时间。他打定主意，一定要找到那个人，只有找到了他，自己和梨园村才有盼头。梨园村的乡亲们实在是太穷了，但是梨园的自然之美，却是外人所不能了解的。一个大胆的计划早就在阿福忠心里酝酿，只是苦于无力实施，所以他才下定决心去郑家庄找一个人。但是他心中还是打鼓，郑家庄那个声名远播的人，会愿意帮助一个与自己不太相干的村子吗？

茈碧湖的存在与美，早在先秦古籍《山海经·西山经》中就有记载："西五十里，曰罴谷山。洱水出焉，而西南流注于洛，其中多茈碧。"茈碧

花属睡莲科，清代《云南通志》又记载：“茈碧花产浪穹县（今洱源县）宁湖中，似莲而小，叶如荷钱，茎长六七丈，气清芬，采而烹之，味美于蓴菜（纯菜）。八月花开满湖，湖名茈碧以此。”如今，它静静等待着世人去发现，去开发，去欣赏……阿福忠就充当了这个先行者。

初春的茈碧湖依然寒气逼人。尽管阿福忠一直用力地划船，但湖面上冷飕飕的风一阵阵刮得他的脸发疼，加之身上的衣裤单薄，他忍不住还是打了几个喷嚏。不过，他的心中暖和和的，想象着待会儿要拜会的人，想着梨园村将会在这个人的帮助下，有一天最终脱贫致富，他心中泛起了阵阵暖流，不觉全身一阵热，不大一会儿，竟有细汗从额头冒出。他用右手袖口擦了几下。碧蓝清澈的湖水在初升阳光的照耀下，发出金白相间的奇特光芒。这些光芒在木船行驶的轨迹下，顺着涟漪一点点翻腾。阿福忠心中不觉又多了一份惊喜，感叹自己身在如此美妙的自然之境，如不能带领大家把梨园村开发成旅游景观，真是太可惜了。如果让这些自然美景就这么“养在深闺人未识”，真是有点暴殄天物，辜负了大自然对自己和梨园村的馈赠。

“得，一定要找到家福哥。”

阿福忠在心中给自己又打了打气，身上便来了更大的力气。此刻，小木船在茈碧湖面犹如飞起来一样，在青山绿水间不断朝前，朝前……

阿福忠没有想到，他此时划船经过的茈碧湖，旅行家徐霞客早在明朝时候就已经在此泛舟游历。并且，有一条河流从郑家庄流往这里，就像阿福忠要找的人会给梨园村带来福音一样，这条河流给茈碧湖送来了源源不断的清流。这条叫作弥茨河的水流，和那个叫作何国祥的村支书，似乎在时光的流逝中，有着隐隐的关联。在阿福忠眼里，河流和人，都是清源所在，希望所托。

为什么在洱源县城东北罴谷山下，这个因水中盛产“巳时开放未时收”的茈碧花而得名的湖泊，能从古到今一直保持着天然的美丽景致呢?

阿福忠一路摇着小木船，一路想着此行到郑家庄的目的，不觉已经划到了茈碧湖湖心。此时，朝霞已经把湖水和山麓缠裹在了一起。他似乎感觉到有人在轻声低唱。他想起村里有学问的老人曾经讲过的一些神话传说，想起自己孩提时代在茈碧湖边嬉戏玩耍、无忧无虑的生活，而今，一切都在变，外面的世界那么精彩，自己所在的梨园村却依然那么贫穷落后，如果自己这一代人不能为村子做点什么，真是愧对苍天给予的这方美好山水啊！

他放下双桨，坐在船头稍作休息，木船在微风中自行滑动。不远处的水面上，忽然“突突突”地跳起几尾鱼，仿佛这些鱼儿也懂得这位白族伙子的心事，跟着欢腾跳跃起来。

阿福忠不会想到，这个美丽的茈碧湖，正是因为有了从郑家庄来的弥茨河水源源不断地注入和荡涤，才一直保持着水质的纯净与清透；正是这纯净清透之水，支撑着茈碧湖水中和岸边无数动植物的繁衍生息，梨园也才具有了无限的发展希望。

这个天然湖泊面积8.46平方千米，平均水深11米，最大水深32米，正是大理洱海的主要源头之一，它决定了洱海的水质，无怪乎有诗赞曰：“谁道洱河千胜景，源头此处更澄清。”

徐霞客在其《滇游日记》中写道：“虽无六桥花柳，而四山环翠，而中阜弄珠，又西子所不及也。”不知道数百年前，徐霞客泛舟茈碧湖时，是否也沿着弥茨河来到过郑家庄地界？如果他能感知到今天一个当代人划着船去郑家庄，是为了实现一个贫穷村庄的梦想，不知道这位伟大的旅行家，是否也会为阿福忠这次勇敢的行动叫好？

同样生在明朝的浪穹邑人杨琼，在一个夏日泛舟茈碧湖，也留下了一首七言绝句《茈碧湖》：

轻舟两桨挟湖飞，为见前溪雨势围。
撑入荷花人不见，却将藕叶代蓑衣。

明朝四川状元杨升庵被贬谪云南后，在冬天来到洱源（古称浪穹诏、浪穹县）茈碧湖游历，写下了《观宁湖跃珠》一诗：

手挈青丝白玉壶，青山游遍属狂夫。
灵峰树绕云千壁，茈谷花深雪满湖。
龙女镜中梳石发，鲛人波面掷明珠。
挥毫却忆千年事，醉归烟绡看水图。

杨状元对此地美景偏好，还表达了“远梦似曾经此地，游子恍疑归故乡”的难舍之情。

另一位清代白族学者杜时熙，在《茈湖杂咏》一诗中，满怀深情咏叹道：

茈湖遥望水笼烟，柳色青青最可怜。
争道江南好风景，夕阳阴里钓鱼船。

阿福忠当然听说过这些历史上的文人雅士在此地留下的赞誉之词，但是由于交通闭塞，位于茈碧湖北岸的白族村落梨园村，虽然三面依山，一面临茈碧湖，数万株树龄500～1000年、粗壮高大的老梨树参天而立，600多亩梨园蔚为壮观，自然环境异常优美，山水之间风景独特，然而村民们却一直过着十分清苦的生活。守着这一方天赐宝地，却在受苦受穷。阿福忠想过无数种方法，但是光靠自己，一来没钱，二来没有好的办法，最终什么都做不成，这也是他最终下定决心去郑家庄寻求帮助的原因。

阿福忠驾着小木船，大概划了两个小时，到达南岸洱源县城边上。接着他又马不停蹄骑着自行车，沿着弥茨河流经的方向，抵达郑家庄。但是让他

万万没想到的是，他要找的村支书何国祥却没有在家。

何国祥的家人听明来意，留他吃了一顿饭后，阿福忠便又急匆匆赶回梨园村。由于不确定何国祥支书何时回来，所以，回到家后，阿福忠告诉自己，不能坐着等待，他决定给何国祥写一封信，告诉他，梨园村太穷了，但是有一片梨园可以开发，希望他能去看看，帮一帮自己和梨园村。

第二次，阿福忠怀揣这封信，过了水路后，搭乘一辆拖拉机来到郑家庄，亲手将信交给了何国祥的妻子郭杏花。

一周后的一个早晨，何国祥来到茈碧湖边，坐船进了梨园村，敲开了阿福忠家的门。看到梨园村和阿福忠家果然像他信中所描述的那样，非常贫穷，整个村子连个公用厕所都找不到，但这里却又有着得天独厚的自然资源，何国祥在心中下了一个决心：得帮帮这个村子。

阿福忠见何国祥这么快就进村，激动得说不出话来，双手紧紧握着何国祥的手，泪水在眼眶里打转，他说："家福哥，你一定要帮帮我们。"

何国祥笑着说："这个事情待我回去想想怎么做更好些，你等着我再过来。"

此前陆路不通，洱源县政府刚修建了一条宽2.5米的毛石路。一个多月后，何国祥开车再进梨园。阿福忠带着何国祥，在梨园处转了又转，何国祥边走边在心中盘算着如何把心中的设想一一落到实处。

就在这一个月里，当何国祥的一些朋友得知他要投资梨园时，都纷纷劝他说，把钱放进这个村里是收不回来的，并且当时预算需要40多万元的投资，这可是一笔不小的数目。可是何国祥告诉他的朋友们说，梨园村有困难，就像郑家庄有困难一样，更何况村子里还有沾亲带故的乡亲；村子里有资源，可以试试，应该可以发展得好，如果发展不了，也就算了，我不出来做这个事，这里的乡亲们还得继续受穷，我心中不忍。

梨园的新变化，从何国祥派一个施工队进驻梨园村开始。经过一年的施工，1999年，名曰"世外梨园"的旅游项目便正式建好了。

何国祥对阿福忠说："梨园暂时试营业一年看看，以后由你正式接管。"

当阿福忠听何国祥说，第一年只象征性地收5000元租金时，他心中充满了感激之情。他完全明白了，何国祥投资这个项目，完全是为了自己能带头使梨园村脱贫致富。但是由于当时知道“世外梨园”的人很少，又是刚刚运营，阿福忠还缺乏经营管理能力，一年下来，生意惨淡。然而阿福忠信守承诺，想办法凑了5000元，和妻子一起将款项交给了何国祥。

何国祥询问了“世外梨园”的经营情况后，对阿福忠夫妇庄重地鼓励道：“你们两口子不容易，这一年的承包款不用交了，坚持住，好好干，一定会慢慢好起来的。”说完，硬是把那5000元又塞回了阿福忠的布包里。

阿福忠心中感到既温暖又羞愧。他对何国祥说：“家福哥，我没有经营好梨园，害得您几十万的投资就这样打水漂，真是无脸见您啊！”

何国祥笑了起来，他拍拍阿福忠的肩膀说：“不要这么早下结论，你不是才刚刚起步嘛，万事开头难，就像我们郑家庄的不少村民，刚开始学做药材生意时也经常有亏损。梨园村那个地方需要时间，需要更多人知道，那可是个休闲娱乐的好地方，今后一定会好起来的。从今往后，你正式接管‘世外梨园’，承包费你不要担心，根据自己的经营效益定。以后你不仅要自己做好，而且要带动村里的人做好。村子不但要开发，更要注意环境保护，那些梨树是宝，千万要保护好……”

何国祥一番话，让阿福忠的颓丧瞬间消散，他心中又涌起一股子干劲。三番五次来过郑家庄后，阿福忠隐隐感觉到，这儿的确有股团结、奋发、向上的气息。他也在想，为什么郑家庄的人做什么事都能做好呢？郑家庄现在发展得这么好，不就是因为有这股子团结一心、勤奋努力的劲儿吗？而何国祥支书，就是不断传递这股正能量的人。他无私无怨地投资40多万元建设梨园，其良苦用心，就是要让梨园学着郑家庄一样脱贫致富，我要是还怨天尤人，不坚持下去，把“世外梨园”干好，带领梨园村闯出一条路的话，那真是愧对苍天，愧对祖先，愧对家福哥了。

就在阿福忠正式接管“世外梨园”后的两三年，来这里游玩的人渐渐多了，人们一传十、十传百，梨园村慢慢热闹了起来，阿福忠经营的生意也火爆了起来。这一次，阿福忠算了算，赚了不少钱，他主动拿着1.2万元租金给何国祥，后一年又增加到1.5万元，再后来，生意越来越好，每年纯利润超过了20万元。他把租金固定为5万元，而何国祥丝毫不计较钱多钱少，并且很为这个白族伙子的坚持和成功感到高兴，而且经常提醒说：“一个人致富不算什么，一定要带领全村人致富。”

当然，阿福忠从没忘记何国祥的教诲，他带领村里人干得热火朝天。到现在，全村大部分人家都跟着做，有的卖烧烤，有的经营骑马，有的开船带旅客在茈碧湖上游览，有的开电瓶车带旅客游览，有的租借游览自行车……整个梨园村发生了巨大的变化。

阿福忠骄傲地回忆起村民何建新从2000年跟着自己做，现在每年收入也超过了20万元，从一个贫困的家庭，到现在建了新房、还了房贷、买了车和船，日子过得是红红火火，的确实现了郑家庄村支书何国祥当初的夙愿——以郑家庄带动梨园村脱贫致富。

如今，阿福忠也从曾经瘦弱单薄的小伙子，转而变成了殷实略显富态的小庄园主。不过他现在仍然随时把何国祥和郑家庄放在嘴边。正所谓“吃水不忘挖井人”，他明白，流经郑家庄到茈碧湖的弥茨河意味着什么；他更清楚，郑家庄的领头人、自己和梨园村的致富恩人——郑家庄村支书何国祥究竟代表着什么。

他想起自己一路走来，每一步，都是沿着郑家庄村支书何国祥的教诲拾级而上的。他突然回忆起十七八岁时到郑家庄玩，那时候，就感觉到这个干净整洁的村子，有着很不一样的气氛，郑家庄处处都体现着团结向上、乐于助人的风气和氛围，外人骑单车到这里坏了，就有村民会主动帮忙修理。

在郑家庄，不只是村支书何国祥，村民说话做事对自己都有很高的要求。郑家庄有钱了，首先关心的是村子的建设，这在其他村子是无法想象的。这还不是经济的问题。这也是阿福忠下定决心，从梨园村经过芘碧湖，两进郑家庄寻求帮助的信念与希望所在。

如今，梨园村也发展成了全国农业旅游示范点。这个有着80多户300多人的自然村，在郑家庄的示范领头作用下，在郑家庄村支书何国祥的帮助下，走向了共同富裕的乡村发展之路。

每次漫步在梨园里，阿福忠都会想起，何国祥探访梨园指导建设“世外梨园”乡村旅游文化项目的情形。现在村里人除了种植养殖外，有了在家里经营生意的可能。得天独厚的自然环境，加上勤劳致富的幸福生活，梨园村俨然成了现代版的世外桃源。村子里面，健康矍铄的80岁以上的老人就有40多位。但是阿福忠永远也忘记不了，这些都是郑家庄何国祥带动的。他深刻地意识到，一个村子的发展，村里带头人和基层干部是关键。

放大了说，为什么中国的革命成功和建设发展，中国历史都选择了共产党，就是因为有不一样的领头人和领导集体。而郑家庄在何国祥支书的带领下，七个民族团结协作，加上现在国家的政策又那么好，郑家庄讲公心、爱心、热心，村干部办事公正，没有私心，不图私利，总是想方设法帮助穷困村民，甚至是私人掏腰包也心甘情愿。

何国祥支书就曾带头拿出自己的钱来办公家的事。这样的人，这样的集体意识，这样的大风度，不敢说绝无仅有，也一定是凤毛麟角。中国需要这样的村庄和领头人。按理来说，郑家庄不需要这么无私地帮助梨园村——又不是一个村子；自己不是郑家庄的人，何国祥也没有义务帮助自己，但是他这么做了，并且带领全村人一直这么做，不仅仅帮助梨园村，还帮助过许许多多和郑家庄有接触的村子和村民。

郑家庄发展到今天这个样子，很多人以为只是富裕，其实更深层次的秘密是团结，不是团结一个村，而是团结所有的村子。所以，各个乡镇村委会都应该去郑家庄看看，学习一下什么叫真正的社会主义新农村建设。中国农村需要郑家庄这样的发展模式，并不仅仅是经济问题，而且是更大的社会问题——现代化进程中，中国农村发展值得探索的深层次问题。郑家庄不仅仅为梨园村今天的发展做出了榜样，更为中国农村的未来发展方向，身先士卒地在艰难探索中开辟了新的道路。

阿福忠常常一个人走到茈碧湖边，或爬到村子后的山上，遥望郑家庄方向。他明白郑家庄的存在对于梨园村的重要性。湖水倒映出的，已经不再是他十多年前扛着自行车歪歪斜斜上木船的瘦弱的身影，而是身着西服、微微发福的身材。

他再回头看了看梨园村，万亩梨树撑起了这个“世外梨园”，修建一新的一幢幢房舍，半露在葳蕤的草木之中，一串串果实发出诱人的清香，一串串金黄的玉米悬挂在村民的房梁柱子上，奶牛、马匹、家禽悠然自得地穿过梨园，村民们在招呼着大批游人，脸上写满了幸福和满足……不知不觉，阿福忠嘴角泛起了笑意，他知道梨园村必将在郑家庄精神的鼓舞下，继续朝前走。

看着湖水清澈、水波荡漾的茈碧湖，阿福忠遥想当年自己的祖先阿迁乔，响应朝廷“军垦屯田”号召，带着两个儿子阿筱聪、阿林聪以及一些族人，来到原来叫“大河头”的茈碧湖头山谷，在原始森林中开垦荒地、种植梨树的艰辛。

阿氏本来是景谷县的傣族，来到当地后，与当地世居民族相互融合，渐渐地学会了说白族话。他们着白族衣，供奉白族的本主神，最终变成了白族人。经过几代人的繁衍生息，大河头人烟聚集，梨树长大成林，覆盖了整个山谷，与农业、渔业一道，成为当地人的主要生活支柱，大河头也就因此改称为“梨园村”。这和郑家庄的民族大融合、大团结多么相似。郑家庄七个民族也在村子新修缮的庙里，共同供奉着同样的神灵。在村支书何国祥的带领下，郑家庄正在计划实施着一件大事，也许这关乎着千百个新的“梨园村”的创造。

阿福忠知道，只要是郑家庄要做的事情，无论多么艰难，何国祥都会带领大家漂亮地完成。阿福忠心中对郑家庄与何国祥，充满了难以言表的崇敬和感激之情，不仅是因为他和梨园村因为郑家庄改变了命运，更重要的原因，是许许多多农村因为郑家庄而有了比较和榜样。

榜样的力量比任何说教都更鲜活有力，郑家庄这个社会主义新农村的标杆，无疑在中国新农村建设的推进过程中，成为一剂强心剂，这一点尤其让阿福忠感慨。他常对朋友说，梨园村和自己走到今天，没有郑家庄、没有何国祥，是不可能的。“我们一个穷山沟，发展到今天，最大的转折点，是郑家庄何国祥，一把一把地拉。更让人崇敬的是，何国祥要让自己带动村里共同富裕，要让郑家庄带动千千万万个中国农村共同富裕，郑家庄的这份大爱精神，得告诉子孙后代，要一代一代继承发扬下去……”

阿福忠不觉又想起何国祥，以及他对自己讲过的郑家庄的发展历程。这个自然村，现在已经深刻影响和带动了周边村落的建设和发展，甚至管辖它的共和村委会和三营镇都受到了它的启示。

三营镇今天中草药药材市场的规模，就是因为有了郑家庄何国祥家族的带动才慢慢形成的。当然，药材买卖也可以说是郑家庄走向外部世界的一根导线，因为郑家庄发家致富的领头人是藏族，藏族带领郑家庄外出所做生意的依托是藏药，而何国祥家的藏药，不仅仅医治贫穷落后，更医治世道人心。

见证：从三营镇到共和村委会

在郑家庄人的眼中，三营镇药材市场已今非昔比。

三营镇现任党委副书记杨翱介绍，在三营镇的发展历史过程中，药材经营越来越成为一个重要的经济支撑带动点，它不仅带动了整个滇西北片区的中草药贸易，更带动了下属村子的中草药种植。比如南大坪村等就种植了1000亩左右的玛卡，另外还有500多亩种植了附子、川芎等。今后，三营镇下属的其他村庄，中草药种植的比例还会越来越大。

三营镇已成为当今滇西北名副其实的最大中药材集散地。这里人工种植和加工经营药材历史悠久，药材资源丰富。从20世纪90年代开始，每年农历二月十五，农村物资交流会上，中草药交易持续10天，每天都有来自洱源本地以及中甸、丽江、剑川等地的三四千人参会，中草药销售量可达上百吨。

一个村镇的中草药交易为何会具有如此规模?

杨翱认为，这和郑家庄何国祥支书带动全村和附近村子人做药材生意密不可分。就算是在平时，三营镇也已经形成中草药一条街。从2007年开始，不少曾经跟着郑家庄人做药材生意的各个村的村民来这里开铺面，遇到每周日赶街，更是热闹非凡。三营镇在郑家庄药材生意的带动下，已经形成一定的规模和影响。三营镇药材经营正是郑家庄几代做药材生意的以藏族为主的村民带动起来的，不仅仅是买卖方面的带动，郑家庄精神对它的影响也是很深远的。

从地理位置上来看，三营镇位于洱源县城东北部，东与鹤庆县接壤，南与右所镇、茈碧湖镇毗邻，北三营镇与牛街阡陌相连，距离县城17千米，滇藏公路214国道纵贯南北，土地面积258平方千米，海拔2050～2700米，平均气温13.9摄氏度，适宜种植粮食作物及烤烟等经济作物，当然也很适合种植中草药。这就为三营整个坝子药材种植提供了先天条件。

不知道郑家庄第一代做药材生意的人是不是早看到了这点，并矢志不渝地坚持做着药材生意，不仅支撑起了当地农村经济发展的一方天空，而且更为今后郑家庄开拓性的规划腾飞，提供了坚实保障。

从历史上看，据《旧云南通志》记载：“元世祖入大理，以此为吐蕃噤喉，留军三百户镇之，因名三营。”1958～1961年，设剑川大县时，三营曾为县政府驻地，后归洱源县，先后设人民公社、区、乡，2000年8月撤乡建镇。从洱源县城到三营镇，一路需要经过的具有历史典故和特指的名称的打铁营、孟伏营、勋庄等村庄，见证着这里的奇特过往和沧桑历史。时间无情地淘汰着陈旧的历史事物，但同时也在选择崭新的、有生命力的发展代表。

这条路上的郑家庄，就是这种选择的必然结果。

郑家庄位于214国道距离三营镇不到两千米的地方，是六诏时期的施浪诏故地。相传元世祖留守部队里有两名郑姓将军，指挥一干人马驻扎此地，不断繁衍生息，最后形成村落，这就是郑家庄的由来和雏形。

在郑家庄村口，上书“全国文明村镇”“民族团结示范村”的两块巨大的牌子分别矗立在两条新修建的水泥路与214国道的交叉路口上，蓝底红字，在阳光下特别耀眼，像是有一种庄严肃穆的精神力量，护卫着这个村庄，更像是有一股强大的凛然正气，驻守着这个村庄。

难怪杨翱在交谈中一直面带欣喜之色。他对郑家庄赞不绝口，不仅仅因为郑家庄的人多年来走南闯北，在中草药材上，支撑起了三营镇今天的药材一条街和农历二月十五的农村物资交流会，更重要的是，郑家庄人通过做药材生意，把外面世界的先进经验和开阔眼界带了回来，为村里七个民族一家亲的长远发展，奠定了坚实的思想基础。

郑家庄给杨翱的印象非常深刻。他说，七个民族同处一个自然村比较特殊，郑家庄七个民族团结互助，平等对待，长期和睦相处，虽然各民族的习惯和文化也仍然保留着差异性，但互相尊重各民族的信仰和饮食习惯，并在各民族之间通婚，形成了一个大家庭，增进了民族大团结。郑家庄125户525人，就分别属于汉族、藏族、傣族、白族、纳西族、傈僳族、彝族七个民族，因为民族团结工作卓有成效，郑家庄村民安居乐业。

早在2006年，郑家庄就被评为云南民族团结示范村，这是村支书何国祥带领村民一直寻找脱贫致富路而形成的强大团结凝聚力。他凭借着对藏药的熟悉，带领村民走南闯北，把中草药材生意做得红红火火，成为远近闻名的“药材大王”。也正是在何国祥的带领下，郑家庄培养出了一藏一汉两个村民小组长——杨秀弟和王庆荣。这个村子的领导班子战斗力之强，村民的集体意识觉悟之高，着实令杨翱钦佩。

杨翱认为，郑家庄七个民族共发展的事迹，对于民族团结示范区的建设，具有学习借鉴、示范推广的重要意义。可以这么说，要是没有何国祥领头带动大伙做药材生意，三营镇的药材市场不可能像今天这样发展得那么好。更难能可贵的是，郑家庄的发展繁荣，虽然也得到了各级政府的支持，但并不是靠政府特意打造，其根本的发展力量，乃是村子内部对民族问题的包容，对不同风俗和文化差异的包容，以至于各民族之间的通婚成为一种普遍现象，“七个民族亲如一家人”也就不足为奇了。

在杨翱眼中，郑家庄人不但十分团结，而且热情好客，有很强大的集体意识与开阔的胸怀。杨翱在郑家庄亲眼看到，一些不认识的人来到郑家庄，村民遇到都会主动打招呼，并请进家里坐一坐。如果外人开车进来，遇到郑家庄的人开车出去，郑家庄村民必然会主动避让，让外来车先通过。这样讲礼貌，说明郑家庄的富裕不只是物质上的，精神上的富裕更是难能可贵。

村支书何国祥更是不用说。作为基层党支部书记，有着旁人无法企及的个人魅力，这在整个三营镇90多个自然村党支部里是非常突出的。这种个人魅力，不是用嘴随便夸得出来的，而是靠何国祥一步一个脚印、踏踏实实、几十年如一日地为郑家庄操心，为周边村子解难，一点一滴积累而成的。

何国祥支书古道热肠、大胆侠义，为人谦虚仗义，办事却雷厉风行。何国祥办什么事，都是从村子的集体利益出发，非常具有公心，他忠于人民的利益，敢干事、能干事，所以威望相当高。就是这样一位农村最基层的领导干部，带领郑家庄人把一个贫困村逐渐建设成了远近闻名的社会主义新农村。如果洱源县三营镇的基层干部都能像何国祥一样，具有这种忠诚于党和人民事业的精神，小康一定会早日加快实现；如果每个自然村都能像郑家庄，那么整体小康就实现了。

出于工作原因，杨翱常常喜欢拿郑家庄作为典型与周边村子做比较。他觉得若论自然条件，郑家庄在三营、在洱源并不是最好的；就是单论经济，比郑家庄和何国祥有钱的人也不在少数。可为什么偏偏这个村子给人们的印象是那么好，给人思考的空间是那么大呢？

杨翱想找到一个全方位的答案。

他想到，在三营镇药材一条街上，不知道郑家庄人当初摆地摊卖药材时，流过多少汗水，付出过多少艰辛和智慧。他忘不了每次去郑家庄，干净和整洁的村容村貌；他也忘不了，这一两年来，多少次，村民们主动放下手头上的活计，为前来郑家庄参观学习的人们服务（特别是省委领导来郑家庄宣讲后，每周至少有5次以上的外来参观学习者）；他更忘不了，村支书何国祥，还有两个村民小组长，放下自己的药材生意，不计任何报酬，甚至是自己倒贴着钱，去为村里一步步的发展操心费力……

“自己的事再大也是小事，集体的事再小也是大事。”杨翱突然想起了流传在郑家庄的这句掷地有声的话。

这正是何国祥支书一直带头倡导的郑家庄精神的核心之一。也只有拥有这种精神气质的人——郑家庄的领头人何国祥，才可能在20世纪90年代末，为了修建一条由国道214通往三营镇下属的共和村14个村委会的主干道（土路改造成弹石路），自己捐出5万元钱以贴补政府投资不足；也正是拥有这种精神气质的人——郑家庄具有高度集体观念的普通村民们才可能自愿在政府征自家地做湿地公园项目时，无偿让出当时每亩价值5万～6万的土地给集体。

这种精神一直伴随着郑家庄奇迹般的建设与发展，而那条郑家庄修建，却同时通往同属于共和村委会其他村庄的道路，串联起了各个民族的村民们，他们皆受到了郑家庄精神的引领和影响。

郑家庄精神更加影响了周遭村落的生产生活，那条水泥路见证着这一切。郑家庄精神宛若一股源源不断的清流，在三营镇共和村委会的土地上，滋养着其他村庄。它以中国农村最为朴实、真切的优秀品质，孕育着其他村庄一个个美好的梦想。

杨翱当然明白，郑家庄典型的真正意义，也因此更珍爱这个自然村。说不清楚有一种什么样的特殊感情，会让自己和一个看似毫不相干的村庄紧紧联系在一起。在与杨翱的交谈中，我也常常为这种特殊感情所震撼。当然，沿着这条水泥路，更多村庄的村民，都无法漠视郑家庄的光芒。这个村庄，真正驻留在每个人的心中，更是每一位了解这个村庄的农民的理想所在地。郑家庄的发展，的确为他们带去了一场心灵的洗礼。

共和村委会位于郑家庄西北方，下辖包括郑家庄在内的13个自然村、19个村民小组，有包括汉族、藏族、白族、彝族、傣族、纳西族、傈僳族等在内的11个民族。郑家庄的存在，为共和村委会党民族之间的安定团结起到了很好的示范作用，难怪共和村委会党总支书记、主任史显桃谈到郑家庄时，就像吃了定心丸一样，气定神闲中自有一种安然的骄傲。

史显桃回忆说，第一次见到郑家庄的何国祥时，自己还在上初中，是跟着父亲史鸿章（当时担任共和村委会书记）见到的，那时便觉得何国祥十分和蔼可亲。早些年，郑家庄和其他村子也差不多一样贫穷落后，但后来，就是在村支书何国祥的带领下，外出做中药材生意的人越来越多，这些人出去见过世面，有了新思想，认识上也有了新高度，凡事都吃得亏、耐得苦，从不斤斤计较，所以郑家庄七个民族之间非常团结，经济发展活跃。

2015年1月，共和村委会组织下属村民小组到郑家庄参观学习，看到村子十分干净整洁，宛如一个公园独秀于这片坝子的山水间，史显桃不禁感慨万千，他激动而深情地对其他村民小组长说：“什么是榜样？别的都不说了，讲团结、讲卫生、讲和谐，榜样就在这里，榜样就在身边啊！”

郑家庄老百姓为集体的事情自觉自愿，这一点，比共和村委会任何一个村都做得好。史显桃认为，如果投给郑家庄10万元，这个村子一定能干出20万元的事。为什么呢？这个村子只要是集体的事，村民们都一呼百应，没有任何犹豫和不愉快，因为老百姓明白，只有村庄建设得更好，自家的生活才会更幸福。老百姓得到实惠，就更愿意支持村里的工作，这是千古颠扑不破的道理。

就拿郑家庄的环境卫生来说，每天都有人自觉打扫，上到七八十岁的老人，下到三五岁的孩童，每个村民都有很强的环保意识，只要看到有脏东西在路上、在沟渠里，必然自觉地捡拾到垃圾箱里，这在其他村是难见到的。

史显桃记得，共和村委会下面的个别村庄，村民垃圾乱堆，路口门前，甚至山地里都积满垃圾，无人清理，后来还是共和村委会出面，出了1万块钱，请了挖掘机、农用车等清理了三天，才把堆积了七八年的山地垃圾清理干净。

现在有了郑家庄做榜样，许多村子开始对比着开展环境卫生打扫清理工作，老百姓也逐渐认识到环境卫生是村里的大事，并开始想方设法进行村容村貌的整治。有的村子还与同维希望小学（香柏小学）等学校联合，发动村里的孩子们利用放假和周末空余时间，开展“小手牵大手”活动，让孩子带动大人，一起参与卫生清洁，取得了很好的效果。共和村委会下属的高三营村支书、小组长罗建兴等已经开始把郑家庄的先进经验用于指导自己村庄的改造。

说到团结，史显桃看到，就算是节假日，很多村一家人想聚到一起都难，而郑家庄却能做到八月十五吃团圆饭，或者春节过年把全村人召集在一起共同过节。这份凝聚力与号召

力，在中国最基层的自然村，真不知道村支书何国祥以及两个村民小组长王庆荣、杨秀弟是怎么做到的！

郑家庄领导集体卓有成效的组织能力，一定是建立在深得人心的基础上的，但是要得到农村老百姓发自内心的爱戴，为这个集体操的心就不是一天两天，做的事也不是一件两件那么简单了。他们在一代代为郑家庄发展建设做出奉献的前辈的基础上，还得牺牲多少自己的利益，花费多少时间精力，才形成郑家庄今天七个民族亲如一家人的格局。

在史显桃心目中，郑家庄就是共和村委会的一面旗帜。它的确发展得好，走在了社会主义新农村建设的最前面，其他村在它的带动下，已经开始你追我赶。史显桃希望将来有一天，把共和村委会管辖的另外12个村全部打造成郑家庄模式。他始终坚信，郑家庄这面旗帜，由何国祥支书这样的旗手扛起，是最让人放心的。只要有郑家庄在，只要其他村也有像何国祥一样素

质优秀的带头人，敢想敢干，有公正的心，那么共和村委会不仅可以成为洱源县第一，还可以成为大理州第一。

很多村干部觉得基层工作难做，老百姓有事没事就要闹，可史显桃不这么看，有了郑家庄村民作为表率，他觉得完全可以这么说：老百姓富了，富了还闹啥呢？对于郑家庄未来的发展，当然，他还有着更大的期待，那不仅仅是盼望郑家庄引领共和村其他自然村走向富裕，还有周边更多的村委会和自然村，也要走向共同富裕之路。他知道，这个期待已经在逐渐变成现实，不仅是共和村委会，还有附近的村委会也正在受到郑家庄的影响和带动而不断地学习和探索着各自发展致富的幸福道路。

呼应：一枝独秀带起满园春色

“不好了，劝不住了，要打起来了！赶快去郑家庄请何国祥支书来……”

2008年，郑家庄南面，新龙村委会下属的下共和村村民因为琐事起了纷争，吵嚷着正要动手，旁人无法劝得住时，何国祥从郑家庄赶了过来。

两伙村民一见何国祥，原本剑拔弩张的气氛顿时缓和下来。

“都是乡里乡亲的，有什么问题可以好好商量解决嘛。”

“既然家福哥来了，我们没什么可说的，都听你的。”

“是啊，家福哥，你来了，这事情你帮我们做个决断，你怎么说，我们就怎么办。”

就这样，何国祥依靠平时在乡亲们中间树立起的威望，公平、公正地及时制止了一场邻里之间的纠纷打斗。

类似这样的事情还很多。

三营镇新龙村委会党总支书记、主任杨亮荣（白族）感慨地说，不仅在郑家庄，就是在别的村，别人解决不了的问题，只要请何国祥到场，一切问题迎刃而解。甚至上一级领导解决不了的基层难题，何国祥也能靠自己的为人和威望帮助解决。

这说明了什么呢？

何国祥带领郑家庄已经闯出了一条发展新路子，郑家庄因为何国祥的引领而全国有名；何国祥因为郑家庄的发展而声名远扬。提起郑家庄，就不能不提何国祥；提到何国祥，也必然就会说起郑家庄，两者似乎都快成为一体了。

新龙村委会以及下属的一些村子和郑家庄接壤。杨亮荣几乎每天都要和郑家庄接触，让他感触最深的是，郑家庄的环境卫生搞得十分好，道路清清爽爽、整整洁洁，新龙村委会管辖的村庄没有一个能够与之相比的。

他号召、督促这些村庄的村民向郑家庄学习，早上起来做的第一件事，

就是学习如何打扫干净村子里的环境卫生。还有就是，郑家庄的民族团结做得好，不会因为小事吵闹，而本村村民时常会因为一些鸡毛蒜皮的小事而闹得不可开交。

杨亮荣记得，有一次村里修路，有一家的树成了“障碍物”，于是施工队找到这家人，结果爹妈推给儿女，让他们找儿女商量；儿女又推给爹妈，说是得由爹妈决定，这样一来二去，一个推一个，害得工程受阻，最后不得不想办法花大力气，把这家人全部集中在一起共同商量，问题才得以解决。

村民这种无集体意识的现象很普遍，这给基层工作带来了压力和阻力。而这种情形在郑家庄是不可想象的。所以，他经常以郑家庄为榜样，时刻提醒本村的基层干部和群众要讲卫生，讲团结。因为有了郑家庄现实的榜样，不少村里的人都亲自去郑家庄看过，所以受到了感召，也走在了学习改进的道路上。

正如郑家庄的名言“集体的事再小也是大事”一样，杨亮荣觉得，郑家庄人特别在意集体荣誉，凡重大事情，都会集体协商决定，民主气氛非常好，这也是郑家庄为什么会那么团结的重要原因之一。而且支书何国祥和两个村民小组长王庆荣、杨秀弟，有魄力，有担当，心里想的全是老百姓，自己富裕了要带领老百姓一起富裕，任何事情都以老百姓的利益为重，并且有自己村里的一套管理监督机制，整个村庄形成了一种无形的强大向心力。在郑家庄，每个人都是村庄的主人，所有事大伙都积极参加，一拍即合，这样的村庄，还有什么事情不能做成功的呢？

对于郑家庄的环境卫生，位于郑家庄东面的永胜村委会的调解员杨继烈说的一句话很有概括性。他说，在郑家庄都不好意思乱扔烟头。

永胜村委会下辖18个自然村，也和郑家庄接壤，两个村庄之间，相处得比较好。杨继烈曾经当过村民小组长，十七八年来，他一直在关注着郑家庄的发展变化。他认为郑家庄的发展，团结是第一位的，有了团结，才有后来的一切。当然，郑家庄的团结并不是通俗意义上的凡事都是一团和气的团结，而是讲大体、识大局的团结，是有种正义感在里面的真团结；而且，郑家庄特别注重环保。

杨继烈记得，有一次，郑家庄人为了“三清洁”工作（保护洱海源头三营镇进行的环保工作）还和人起过纠纷，但是如果是私人利益纠葛，郑家庄人却从来不计较，相互之间更没有红过脸。杨继烈问自己，这么多年来，自己所在的村为什么赶不上郑家庄？因为村里顾大局、有正义感的人太少了，闯得出去、带得了头的人太少了。永胜村委会下面，也有几个资产上千万的人，但从来不会想到带动一下集体或者身边的朋友。想想何国祥，不仅自己富裕，不仅带动自己村里人富裕，而且还带动周边村里的人富裕。

“越穷越要帮”就是郑家庄支书何国祥的真实写照，是他带起了郑家庄这股正义之气，平时不仅处处关心身边的朋友，对于那些遇到困难的陌生人也总是施以援手。

杨继烈说，向郑家庄学习，就是得把懂技术、会经商的人请回来，教大家如何致富，但前提还是带头的人要有这份为大家服务的公心。

就说郑家庄人做中草药材生意，不仅带动自己村里的人，还带动了永胜、勋庄等外村庄的人，比如村民王瑞鹤、王瑞祥、李梅清、张才书等，就是跟着郑家庄人外出做中草药材生意，逐渐改善了经济状况。

永胜四下队颜红梅小组长学习郑家庄，平时要求村里每户门前实行“三

包”，每家每户落实责任到人，周末发动村里的孩子带动大人，集体打扫卫生，使整个村子起了很大变化。

在郑家庄东南方向的常运村，村支书吴国成算是永胜村委会做得最好的支书，正是由于他时时刻刻向郑家庄学习靠拢，常运村获得了政府更多的投资建设资金。

郑家庄在各村已经有了很好的口碑，大伙不仅模仿学习，而且心存敬重。

有一次开会，各村争着要更多的政府投资政策，正争闹得不可开交时，村委会负责人大声问道：有哪个小组长敢站出来和郑家庄挑战，今后国家扶持政策全倾向谁。

结果，没人敢应。

大伙心中都清楚，郑家庄已经成为一个榜样式的新农村，是大家正在学习的实实在在的典型，去和它比，无异于让一个成长中的运动员去和世界冠军一较高下一样。

和郑家庄同属共和村委会的高三营，有着96户326人，西面紧挨着郑家庄。村支书、组长罗建兴（白族）说起现在的郑家庄就竖起大拇指。他最钦佩的是郑家庄七个民族团结一心、勤劳致富、互相帮助，特别是村支书何国祥，一生做好人，做公益事，常常主动帮助别人。

正是受到郑家庄精神的鼓舞与启发，罗建兴立志带头改变高三营的村容村貌。村里白族汉子杨金柱，母亲长年生病，娃娃12岁，正在同维希望小学上学。由于2015年雨水天比较多，9月份，他家老瓦房倒了，无处栖身。罗建兴不仅自己借了5万元给杨金柱修房子，还发动村里的党员杨照红（白族）和其他人一起来帮助杨金柱，总共借到了17万元，从信用社贷款5万元，农忙后，帮杨金柱修好了房子。白族村民李江文，爹妈生病，长期贫困，罗建兴组织村里给予照顾。从1993年到现在，只要是困难户办丧事，村里都组织每家出5斤米支援。

村里道路硬化，罗建兴多方想办法，受到郑家庄修路模式的启发，积极向政府申报，准备2015年11月动工。规划基础建设方面，高三营也学习郑家庄，农户自愿无偿让出田地，村子东面12亩田地，准备建一个活动中心，150亩准备建一个湿地公园，集体投工投劳。村里还组织火把节活动，党员干部带头打扫环境卫生，各家负责一块，周六发动村里小学生带动大人清扫，小组长随时监督，对于违反规定乱倒垃圾者重罚。对于村里的矛盾纠纷，小组长也积极帮助解决，现在整个村子得到了更和谐的发展。

罗建兴还意识到，郑家庄精神里面，还包含着勤劳致富精神，所以他也学着何国祥带头做事情。如今他承包了280多亩田地，种植水稻、大蒜、烤烟等作物，购买了收割机1台、大拖拉机5台、烤烟起垄机1台、运输车3台，

已经形成了自己的生产销售链，每年毛利80多万元，纯利润30多万元。

2009年，罗建兴被农业部评选为全国粮食生产大户；2010年，被评为洱源县第二届劳动模范；2013年、2015年，被评为三营镇优秀共产党员。他还带动村民马国武养殖奶牛16头、吕树江养殖奶牛16头，等等，成了高三营名副其实的勤劳致富带头人。

但是罗建兴觉得，和郑家庄比起来，自己做得还是不够，需要向郑家庄学习的东西实在是太多了。

“正是有了郑家庄，才有了对比学习的可能，有了对比的对象，才能真正看得到实际的差距。”42岁的胜利村村民小组长梁黎军一直以郑家庄为榜样，带领村民在学习中找差距。

位于郑家庄西北面的胜利村，也属于共和村委会管辖。这个村庄有100多户430多人，有汉族、藏族、白族、彝族、纳西族等民族，但是村里原先的情况并不好，村民集体意识淡薄，不像郑家庄带头的干部和群众对公益事业热心、肯付出，不计较个人得失。

2012年，胜利村在修一条田地里的机耕路（路面硬化工程），因为一两户村民不愿意让出路面，以至于到现在都没有修成。

郑家庄对集体荣誉比较珍惜，哪怕是见到地上有一张废纸，或一个烟头，都会马上捡拾起来，处理干净。胜利村在这方面就有很大差距，特别是在村风、村容、村貌方面，个别人外出打工后就不管，村里组织保洁员帮忙打扫门前卫生，主人回来后，不但不感谢，心中还很不高兴。这些事情虽小，但体现的却是村民的集体荣誉感，都是需要学习改进的。

郑家庄七个民族，为什么能够团结一心和谐相处？党支部和村民小组不计较个人得失，宁可自己吃亏也要做好帮扶的精神起了很大作用。郑家庄人人自觉，并不是命令出来的，而是靠榜样的力量和长期坚持影响出来的。

在早些年，其实郑家庄和胜利村一样，也比较落后，为什么这些年突飞猛进，这是值得每一个农村深思的问题。

郑家庄人在以何国祥家为首的藏族村民的带动下，外出做药材生意，是郑家庄村民发家致富的一个重要原因。胜利村也因此受惠，本村藏族村民何五毛、何全芳就是跟着郑家庄杨秀弟家做了药材生意后又回到本村带动汉族龚锦菊、甘龙英等村民，为这些村民找到了一条致富路。

郑家庄建成的湿地公园以及在建的民族旅游文化项目，同样给了胜利村启发。村里计划开发60亩土地用于种植葡萄、梨等果树；村里因为有海西海丰沛的水源，地势低洼，地下水资源充沛，故还准备开发40亩用于建造湿地公园……

梁黎军说："郑家庄总是把集体的事情放在第一，胜利村也要如此。"

郑家庄北面的马厂村（原名马腾村），是共和村委会下属的和郑家庄关系最为特殊的村，这个村庄有69户318人，居住着汉族、藏族、白族等民族，白族村民小组长闻雄坤的妹妹闻先平2001年嫁给了郑家庄傈僳族杨飞州；2004年，闻雄坤的侄儿郭艳锋娶了郑家庄媳妇王炳梅；1986年马厂村藏族村民何继莲（藏族名卓玛央宗）嫁给了郑家庄藏族何国伟（何国祥的亲弟弟）……

两个村庄的多次通婚，让闻雄坤对郑家庄有了更亲近的感情。

在他的印象中，多年前，他的爷爷闻从寿担任马厂村的队长，那时去往郑家庄的路泥泞不堪，屋墙也东倒西歪，和周边村子一样落后。村委会开会时，和马厂村、高三营、三联组一起被批评。正是何国祥带头，把郑家庄发展富裕了起来。原来听说郑家庄少数民族多，并以为藏族人比较凶悍，小时候路过郑家庄还要绕行，后来接触了才知道，郑家庄村民的文明礼貌大大超出了自己的想象。

现在马厂村和郑家庄相处得极为融洽，从来没有红过脸。郑家庄的环境卫生做得很好，比任何一个村庄都好，一直是马厂村学习的榜样。

闻雄坤记得有一年去郑家庄，看到打田的拖拉机带着泥巴，村民使用废弃的棉絮裹着，才通过村里的道路，拉着重物的车，也得小心通过，不能损坏了路面。这在其他村简直无法想象。

郑家庄似乎天然有种为富济贫的精神，七八年前，何国祥来马厂村，看到村里80多岁的肖成文可怜，立刻掏出100元钱塞给他，而后又建议共和村公所多关心帮助各个村里的贫困老人。

"何国祥为人处事第一好！"

闻雄坤又想起，何国祥每年都会来村里四五回。有一次开着车时，遇到村里的五保户鲁正中老人，便主动下车问好。

何国祥与马厂村人，大多并不沾亲带故，也不是一个民族，但是对村

里的老人都相当尊重，常问候身体好不好，有什么困难主动帮。开车经过村里，见到老人小孩都要主动踩一脚刹车，点头打声招呼。村支书能有这样的良心和素质，真是找不出第二个。

郑家庄的模范带头作用，在马厂村得到了学习借鉴。因为有郑家庄做在前，马厂村在七八年前做的路面硬化工程也是靠村民共同出工出钱辅助完成的；还有村里的篮球场，也是每户自愿捐出100元修建好的。

村里常召集党员到郑家庄学习参观。因为本村只有海西海部分水源，相对于水源充沛的郑家庄有劣势。就拿大蒜种植来说，本村每亩卖5000元的话，郑家庄可以卖到12000元，本村烤烟收入每亩六七百元，郑家庄则可以收入过万。所以对于未来农业收入方面的规划，闻雄坤有了一个新的想法，就是扬长避短，利用郑家庄民族旅游文化项目品牌来做文章，发展特色农业产业带动旅游，村里准备先种植100亩桂花树，到那时，来郑家庄旅游参观的人们，也许老远就闻得见马厂村的桂花香。

“他们一定会被马厂村的桂花香吸引过来的。”闻雄坤语气里充满了自信。

郑家庄正西面的三联组支书、组长胡向荣生于1976年，有典型的军人气质。他于1996年退伍回到三联组这个有着106户420多人的村庄。他说，三联组老百姓都知道，郑家庄村容村貌好，民风民俗好，村里的客事（农村红白两事）都有人帮忙打理。在共和村委会，包括三联组在内的19个自然村中，郑家庄无疑是做得最好的。他们制定的村规民约对村子长远发展起到了很大作用。村支书何国祥的地位举足轻重，亲自带领郑家庄联防队巡防，不仅在郑家庄巡防，而且还到梅城、三联、马厂、勋庄等地巡防，无形中预防和减少了小偷小摸等不良现象的发生，社会治安好了起来。安定的外部环境，再加上七个民族团结一心，郑家庄发展得非常快。

何国祥乐于奉献、舍得牺牲是出了名的。

胡向荣记得，在2006年至2009年间，每年的7月1日村委会召开党员大会，由于缺乏集体资金，何国祥个人都会拿出钱买一头猪（市场价格约合1500元）给大家办伙食。他不仅在郑家庄时时做好事帮助困难群众，同时还多次帮助周边村子的困难户，就是在他的带动下，郑家庄党员现在快接近40人了。

郑家庄那么多民族聚居在一起，按理来说，可能会混乱不稳定，但恰恰相反，郑家庄成了远近闻名的民族团结示范村。要做到这一点，真的是太不容易了。何国祥有这个能力，那还是因为他心中装的是大集体，拥有大情怀，脑袋里装的是大意识、大境界。如果让他来领导三联组，三联组也同样会成为郑家庄今天的这个样子。所以，要向何国祥和郑家庄学习的东西太多了。

以前郑家庄的经济，除了农业、畜牧业，主要就是依靠中草药生意，但郑家庄人在何国祥的带领示范下，一个带一个，从来不担心被人抢了生意。更难能可贵的是，郑家庄人还带动周边村民做药材生意，共和村委会外出做生意的几乎都是郑家庄带动的。三联组的村民李桂明、陈银生、明国芝（白族）等，就是跟着郑家庄藏族村民胡小芝外出卖药材致富的……

郑家庄走在了共和村委会所有村庄的前面，现在又开始进行民族旅游文化项目建设，这对于周边的村子真是件大好事。三联组的优势是土地宽广，有了郑家庄，以后发展也才会有机会和依托，虽然现在和郑家庄比较差距很大，不过有了郑家庄这个目标，就有了更大的追赶动力。

何国祥是一位有大爱的村支书。胡向荣感慨道，郑家庄的民族团结繁荣意识一定是在他的大情怀下，通过生产生活中的点点滴滴，渗透进老百姓心中的。他乐于奉献，积极帮助困难户，不欺穷爱富。在大家心里，他的确是一名优秀的共产党员，是这个时代基层党员干部的真正楷模！

何国祥身上具有中国传统文化中乡贤的优秀品质，是当今“新乡贤”的代表。正是他身上的集体主义精神和民族团结理想，让其做人做事更体现出一种一切事情“顾大家”的朴素思想和无私品格。

纵观中国农村文化及其价值观，大多是建立在小农自然经济基础之上的。在郑家庄，何国祥总是想方设法帮助他人发展致富，这对于小农意识普遍存在的中国农村来说显得尤其可贵，它完全打破了“各顾各、各管各”的小农意识，以一种大集体主义促成了“大家富才有面子”的郑家庄精神里的另一种乡村意识形态和价值标尺。

一个村子有这样的一位领头人，一个集体有这么一颗“定心丸”，难怪郑家庄并没有在现代化、市场化的大浪潮冲击下，像当下不少中国农村那样，青壮年劳力都跑了出去，让自己的村庄和家园沦为“空心村”和“空巢地”。

中国农村还有一个特点是追求“相对富裕的平均主义”。这一点比较切合农民对于自己的村庄发展的心理期待。

郑家庄周边的农村之所以都以何国祥领头的郑家庄为榜样，是因为郑家庄的发展建设完全符合郑家庄七个民族的期待，甚至还大大超出了这种期待，上升为具有典范意义的中国多民族聚居的乡村建设模式。

的确，如今的郑家庄成了一个诸多村庄竞相学习效仿的传奇村，值得每一个贫穷落后的中国农村好好看看，好好学习借鉴。“全国文明村镇”并非浪得虚名，它里面包含的郑家庄精神，可以说是中国社会主义新农村建设里最有成效的探索经验之一，既有当下时代民族团结活力，又有历史传统乡村文化精髓，更有未来发展无限空间愿景。

它成了中国独一无二的乡村发展符号。

第二重奏

迁徙交融望乡台

引子：迁徙构建的发展村

“下关风、上关花、苍山雪、洱海月”并称为大理最著名的四大旅游特色，它们共同把大理的美丽呈献给世人。

人间的自然景物，正是由于彼此之间关联展现，才更让人觉得具有大美之神韵。纵观人类社会发展进步，寻求团结协作，共同寻找和缔造美丽新家园的梦想，自原始初期到现在，一直就没有中断过。

这是一种持久之力、内核之力，是在无数次迁徙、定居发展演变中完成的伟大之力，因此人类才有了家国，有了故乡，有了乡愁，当然，同时也培育造就了一往无前的勇气和决心……

洱源县郑家庄，这个从地理位置上看毫不起眼的小村庄，在历史进程中，一批又一批的民族兄弟相继迁徙到来，成为这个村庄此后发展繁荣的重要基础和力量。

庄子云：“天道运而无所积，故万物成。”

郑家庄七个民族经由迁徙汇集在一起，或许就预示着郑家庄前行的步伐不会停止。七个民族在郑家庄这块土地上繁衍生息，他们给郑家庄带来的力量，不仅仅推动着自己的村庄，而且也为各民族祖先遥远的故乡带去了荣耀。

他们在创造一个村庄的神话的同时，也让这条民族大融合的迁徙之路闪着金色光芒……

回声：望乡台上望故乡

望乡台在初到郑家庄的人眼里是一块神秘之地。

当然，望乡台不仅仅是郑家庄各个迁徙民族回望故乡的一处高地，可以说，在整个洱源，因为有望乡台的存在，而让民族迁徙融合显得特别有人文色彩。

望乡台距离郑家庄并不太远，有两条路可以攀登上去：一条是可以驾驶越野车行驶一段，但最终还得步行的大路；另一条是崎岖的小路，只能全靠行走攀爬。

回溯历史，望乡台的地理存在也许比我们知道的要早得多。只是“望乡台”这样一个有温度的命名，说明这块土地是有情感的。第一个登上这里并命名这里的人，一定是某个外来民族中的人。这位先人如果有灵，他一定可以看到望乡台下，如今有一个叫作郑家庄的村子的崛起。

顺着历史脉络，我们可以进行一个简单的梳理，以便真正了解这块土地的历史根系。

据考证，早在4万多年前，洱源这块土地上就有古人类刀耕火种、繁衍生息。

今天，我们虽然不知道当时洱源的地质地貌究竟如何，但是从现在洱源仍然作为洱海的发源地来看，这里的水资源，一定特别丰沛。我们还可以推测，这里的水源和洱海在远古时期是连为一体的。这里的山脉，或许也是古代大洱海中的一座座岛屿。如果是这样的话，望乡台那时有可能就矗立在汤汤碧水之中，而郑家庄地界和洱源许多处于坝子的村落，那时还尚未浮出水面。

洱源自秦汉时候便开始有了建制。

公元前209年，汉武帝在今天的云南省昆明市晋宁区晋城镇设置益州郡，洱源即归入益州郡管辖。那时候，中原和益州郡多有交流。中原人士往往因流放、战事、游历等原因迁徙到此地。

东汉时，洱源属于永昌郡。南北朝时期，属于西河阳郡。隋朝时，改属南宁州总府。从两汉至隋朝，洱源均为叶榆县领地，但县以上的郡，却随着朝代替换而几经更迭。到了唐朝初期，中央在西南地区设立剑南节度使（治成都）后，唐麟德元年（公元664年）正式建制，在现今的洱源境内设置浪穹州、邓备州、舍利州等。

至开元二十四年（公元736年），洱源境内有浪穹诏、邓赕诏、施浪诏。开元二十六年（公元738年），唐王朝封皮逻阁为云南王，洱源仍为浪穹州并设置凤羽县。贞元十年（公元794年），南诏将浪穹、施浪、邓赕三诏合并，统称为浪穹州。

宋代大理国时期，洱源隶属大理国，大理臣属宋王朝。前期在洱源设立宁北赕、邓赕，后期设置凤羽郡、领宁北赕、邓赕。在此期间，有古人经过郑家庄地界，但并无人群安家于此，郑家庄仍然是荒原一片。

元宪宗七年（公元1257年），洱源设立浪穹、德源两个千户所，隶属大理万户府。至元十一年（公元1274年），云南行省建立，又改设邓川州，领浪穹县、凤羽县，隶属大理路。郑家庄真正是从元朝开始建立兴起的。元世祖忽必烈入大理时，以三营镇为吐蕃襟喉，留下的300户里，两名郑氏将军郑指挥、郑冠军正好驻扎在当今郑家庄地界，这片坝子便有了人烟。经过郑氏若干代人的努力，不断繁衍生息，形成了最初的郑家庄村落。

明朝初年，洱源裁凤羽县，并归浪穹，设立邓川州，领浪穹县，隶属大理府。明万历四十八年（公元1620年），添设云龙知州，西罗坪以西的六里地及十二关、箭杆场、上五井、顺荡井、师井五巡检司割归云龙州管辖，两州县以西罗坪山分水岭为界，史称“云浪分疆”。

清朝沿袭明朝建制，邓川州领浪穹县，隶属大理府。民国元年（公元1912年），邓川州改置为邓川县，浪穹县改称洱源县，两县先隶属迤西道，后又隶属大理督察专员公署。1948年5月，中共罗德特区区委成立；1949年10月，滇西北地区党代会在剑川召开，会议决定成立洱源、剑川两县政府。

中华人民共和国成立后，洱源县、邓川县同属大理专区。1956年两县隶属大理白族自治州。1958年末，洱源、邓川、剑川三县合并，成立剑川大县，县城设在近洱源县的三营街。这对于郑家庄，无疑是又一次重大的历史机遇与转折。因为在一年之后，国家对多年游牧的少数民族（主要是以藏族为主）群众进行了就地安置，郑家庄迎来了众多的少数民族同胞。

谁也没想到，此后的郑家庄将被外来的少数民族所改变。

1961年10月，经国务院批准，撤销剑川大县，将1958年末以前的原洱源、邓川两县合并为洱源县，此建制延续到今天。郑家庄在洱源县行政区域的不断变化融合中，保持着自身的存在与发展，特别是在50年代末，民族大融合之后，郑家庄的格局完全发生了变化。而望乡台，见证了这一切。不论人间风雨，不管世事悲欢，它一直矗立在那里，等待着后来无数的迁徙民族同胞登上这里，遥望故乡。

2015年10月23日清晨，郑家庄世居汉族居民郭先科准备好了一小篮子上坟用的香、纸钱、糕点等，他要到三台坡山上的望乡台去拜祭祖先，他的阿老（爷爷）就埋葬在那里。

郭先科选择从大路出发，路上要经过牛街的海西海。

他记得小时候就听村里的老人们说过望乡台，他还和村里的小伙伴们一起从小路攀上过三台坡，也到过被称为“一步看三海”的望乡台。他记得从那个角度，确实可以看得很远很远，海西海、茈碧湖、洱海都可以清楚地看到，更远的丽江玉龙雪山山峰上的积雪也隐约可见。当然，对着中原大地方向，也似乎可以感受到当年忽必烈率领军队进大理时的豪迈，还有两位郑氏将军驻扎郑家庄后，带领民众在此开垦荒地、播种希望……

是啊！郑家庄最早的先民距今已经700多年，他们都已经化为历史的符号，不知所终，但是他们留下的子孙后代，却坚守着这个小村庄，特别是50年代末，以藏族为代表的新的民族入村，使得今天的郑家庄完全变了模样。而望乡台，不但成了郑家庄世居民族望远思祖的地方，也成为所有来郑家庄定居的民族登高望远、寄托心灵之地。

在深秋的这样一个早晨，经过海西海时，郭先科想着埋在山上的阿老，是否也和自己一样，曾经驻足海西海边。还有村里少数民族兄弟姐妹的先辈们，多少次也曾来到过这里，看着一湾碧水，赶路做活的困苦便能得到些许释放。

“海西海，其先迷箐也。一夜谁返程还，广袤约十里许。奇石玲珑耸峭，无一不堪下拜者。四面值荷花开时，宛如一面西子照镜图。”这是《康熙鹤庆府志》所记载的场景。

“一鉴连空碧似银，四山环抱竞嶙峋。渊鱼适意堪论道，野鸟忘饥自习人。岸柳未雕经岁雪，陇梅先放隔年春。拂衣得道来栖息，何必桃源去问津。”杨升庵到这里游玩之后，也留下这脍炙人口的诗篇。

一路的美好景致，加深了郭先科心中对阿老的怀念。他记得阿老是自己选择要埋葬在此地的。这条路上，不知道留下过多少阿老的足迹，当然，还有迁徙到郑家庄各个民族先辈们的足迹，他们多少次沿着这条路攀爬到望乡

台，在望乡台上遥望过自己的故乡……

朝向望乡台的地势越来越陡，郭先科循着记忆，继续朝阿老的坟地攀爬行走。大路走完之后，有很长一段小径。因为近些年来走的人少了，四周的植物早已占据了道路，加之山上植被很茂密，要换成是新来的人，很容易就迷路了。

郭先科在想，当年自己的阿老和郑家庄的前辈们是如何发现这个地方的，他们又是如何一次次、不厌其烦地来到这个地方的，这会是一种什么样的情感驱动，让这些不同民族、不同信仰的先辈们，在同一个可以登高望远的望乡台上举目远眺。在看得见的范围，或者在更远的山外，是不是还有一种力量在远方等待着他们，以至于望乡台成了每个人心中不可或缺的神秘精神力量。

这股力量还让那些曾经互相之间语言不通的民族，有了团结契合的神奇之功。正是他们的团结和睦，才为这个古老的村庄注入了生生不息的发展动力，后人也才能在此基础之上继续推动郑家庄不断朝前。

尽管郭先科来过多次，但他还是费了些气力寻找旧路，因为繁茂的草木已经把那些原本就痕迹不明显的小道遮盖住了。辗转了几处，他才终于找到了阿老的墓碑。

祭拜时，为了山林防火安全，他没有点火。他摆上了糕点水果，敬了香

磕了头。他在心中默默念叨着什么，他一定有很多话要和阿老说。他知道阿老在看着他，在看着郑家庄。想到阿老的去世和曾经贫困的年代有很大的关系，郭先科迫不及待地要把今日的郑家庄告诉他。

阿老是一位老实的性情中人，他在世的时候就非常珍爱自己的村子，希望郑家庄的村民能够脱贫致富。这当然不仅仅是阿老的愿望，也是许许多多迁徙到郑家庄的各民族先辈们的愿望。

如今，这个愿望实现了。阿老可能想不到，2015年2月，郑家庄被中央文明委评为第四届“全国文明村镇”。这来之不易的巨大荣誉，对于这个小村庄意味着什么呢？

郭先科心头暖烘烘的，他想告诉当年因为自己父亲穷困受冤而先走一步的阿老，郑家庄人有出息了，郑家庄富裕了，郑家庄各个民族如亲人一样，过上了幸福甜蜜的日子；自己家也建了新房，买了新车，有了好的收入。整个家庭、整个家族、整个村庄，已经发生了翻天覆地的变化。

给阿老上完坟，郭先科顺着望乡台，四处寻找观看，他想找一处最利于俯瞰郑家庄的位置。在这个时候，他突然很想远远地看一看郑家庄的全貌。虽然郭先科来这里很多次了，但是还没有真正费心地找到这样一个最佳角度。现在终于找到了，站在望乡台最好的观测点，他注视着远处……

群山苍翠，层层叠叠，环抱着田地和村庄，整个三营坝子在碧蓝的天空下一览无余。郑家庄所在的位置特别明显，因为村里的植被茂密，特别是村里湿地公园建成之后绿化率更高，再加上两条十分明显的从214国道通往村里的水泥路，就是站在三台坡山望乡台这么高的地方，也可以一眼就辨别出郑家庄。

在田野和村庄的错落纵横中，郭先科发现了一些不太一样的地方，这是他之前从来没有留意过，或者说从来没有想到过的地方，那就是郑家庄的左右前后都有村子，它正好位于村落正中，从郑家庄延伸而出的线条状的黄绿色，一点一点，一条一条，串起了整片的村落。

“这是多么神奇的一幕！”

郭先科感到自己的心脏加速跳动，作为郑家庄人的自豪感瞬间充满了他的脑海，一份温暖自他的心底涌了上来。的确，今天在望乡台上看到的郑家庄，再也不是原来那个贫穷的郑家庄了。郑家庄七个民族到过的望乡台，却依然还是原来的望乡台。

一个地方的发达，除了天然的条件外，更为重要的是居住的人群。从这个意义上来说，郑家庄这块地域是幸运的。它在亿万年前的原始初期，就一直等待着有人来居住开垦；它在700多年前，依然等待着这群最早的世居民族，能够在这块土地上创造辉煌。

现在，它终于等来了这么一天，以迁徙而来的藏族人何国祥为首的七个民族的同胞，无比团结地凝聚在了一起。七个民族无比强大的合力创造着望乡台下的郑家庄前所未有的村庄历史。

郑家庄在七个民族团结一致、勤奋努力下取得的发展进步，是郑家庄对国家民族迁徙融合政策最好的证明与回报。中国本身就是有着56个民族的大家庭，云南是这个大家庭里拥有世居少数民族最多的省份。而大理洱源，这块青山绿水环绕和浇灌的美丽土地，因为郑家庄的存在，更突显了它不一样的价值和意义。望乡台见证着这一切。

当然，一切也并非坐享其成、不劳而获，在郑家庄取得卓越成绩的背后，七个民族为此付出的心血与汗水，更值得人们肃然起敬！

那会是怎样聚居起的七个民族？那又会是一次怎样的民族迁徙与融合？郑家庄到底是怎么走到今天的？

望乡台下，似乎有一群群游牧民族赶着牲畜，背负行囊，踏歌而来……看，那是在郑家庄历史上，多么令人欣喜的一个重要时刻啊！

来客：游牧民族新家园

如果没有20世纪50年代游牧民族的迁徙，以及国家对少数民族的好的安置政策，就不可能有郑家庄的今天。这是郑家庄七个民族村民的共识，也是洱源县美好自然环境的特殊回报。

中国政府对少数民族的重视与扶持在世界历史上也是罕见的，特别是新中国建立以后，专门针对少数民族的扶持和优惠政策，持续不断地在增加和优化，而这只可能在我国现行体制下实现。

不得不说，这就是体现社会主义体制优越性的方面。如果没有这种优越性，郑家庄这个村子，就不可能有汉族、藏族、傣族、白族、纳西族、傈僳族、彝族七个民族以及一位摩梭人的共处，更没有七个民族团结努力的可能性，那么也就不会有郑家庄如今的发展繁荣。

在中国大地上，特别是边疆少数民族地区，许许多多少数民族同胞，都受益于国家对少数民族的好政策。当然，少数民族同胞也为中国新民主主义革命成功提供了支持和帮助，这是国家和民族相辅相成、荣辱与共的结果。

早在1950年12月，时任云南省委书记的宋任穷，在少数民族工作会议上，就针对游击战争说过："党在云南的民族工作是有成绩的，这显著表现在游击战争中少数民族积极参加并与敌人坚决斗争，而且许多地区还付出了重大的牺牲……在长期革命斗争中，各族人民之间建立了深厚的战斗友谊，党与毛主席的威信，人民政府和解放军的威信，在各族人民中有了深刻的影响；在斗争中已涌现一批各族人民自己的干部和与少数民族建立了密切联系的民族工作干部，这些是我们今后进一步团结各族人民，进行祖国伟大建设事业的良好基础。"

在更早的1949年8月1日，中国共产党地方工作委员会人民自卫军指挥部在发布《告滇西少数民族同胞书》中提到过两点："第六条　我们竭诚愿意协助少数民族的广大人民及其领袖，争取各民族在政治上、经济上、文化上的解放与发展，实行民族自治；第十条　希望各个少数民族互相尊重，友谊团结，在我党领导之下，参加解放事业、解放自己、解放全中国人民，建立中华人民民主共和国。”

还有1949年9月29日，中国人民政治协商会议第一届全体会议通过的《中国人民政治协商会议共同纲领》也提到过两点：“第五十条　中华人民共和国境内各民族一律平等，实行团结互助，反对帝国主义和各民族内部的人民公敌，使中华人民共和国成为各民族友爱合作的大家庭。反对大民族主义和狭隘民族主义，禁止民族间的歧视、压迫和分裂各民族团结的行为。第五十三条　各少数民族均有发展其语言文字、保持或改革其风俗习惯及宗教信仰的自由。人民政府应帮助各少数民族的人民大众发展其政治、经济、文化、教育的建设事业。”

……

这些早期的民族政策条款，说明了中国政府一直以来对少数民族工作的重视。

记得美国作家菲利普·罗斯在他的经典纪实文学作品《遗产》里讲过这样一件事情，他的父亲赫曼·罗斯年轻时受雇于美国一家大企业——大都会人寿公司，凭借自己的艰苦努力、出色能力和对公司的无限忠诚，最终也只得到了一个分公司领导的职位，成为上千名区域经理中的一员，最根本的原因是他是犹太人。

在当时的美国，犹太人是受到歧视的，因此菲利普·罗斯在《纽约时报》发表了自传性的文章《事实》，为自己的父亲打抱不平。他在开篇描述了自己在纽瓦克的街坊生活的经历：

> 那里对于三四十年代成长的犹太孩子来说，就像是个避难所。当时，身为美国人，我跟别人感到德国人和日本人的威胁；而作为犹太人，我虽然只是个孩子，也并不是意识不到，美国非犹太人社会从上至下各阶层威胁排斥犹太人的影响力。

菲利普·罗斯在文章中影射了大都会人寿公司当年的集体性歧视行为。文章正好被大都会人寿公司高级职员约翰·克里登看到，他便写信给菲利普·罗斯，提醒他说，他的父亲并没有向他提过什么受歧视的情况，并敢肯

定今天的大都会公司不存在任何形式的歧视，他这样做，是因为他收到了一封驳斥菲利普·罗斯文章的来信，写信的人是他的老同事——一位在20世纪40年代担任过大都会高级职员、现在已经退休的医学博士。

菲利普·罗斯当然很气愤，于是写下了这封回信：

克里登先生：

……诚如您在信中所指，我确信，少数族群在大都会公司担任管理职务的机会，自20世纪三四十年代这段我在自传文章中写

到的时期以来，就大大增加了。1951年《公平就业法案》通过以后，自然对一些过去有歧视行为的工商企业成功地形成了持续的压力，迫使他们招聘、雇佣少数族群人士，并擢升他们担当经营、管理的职务。但是，据1966年3月20日《纽约时报》上一篇文章报道，迟至20世纪60年代，联邦政府才不得不“在保险公司内开展一个静悄悄而表面上坚定的反对所谓宗教歧视的运动”。这篇报道说，“运动的目标，是使一贯将高层的职位保留给盎格鲁–撒克逊新教徒的公司，将管理层的职位向犹太人、罗马天主教徒、黑人以及其他少数族裔开放”。

在美国，同样相近的年代，因为社会制度的不同，对于少数族群的对待区别很大，尽管当时美国的经济实力全球第一；而中国，就算是一穷二白，也处处维护本国各少数民族的利益，提倡民族之间的平等互助、团结和谐。这个先决条件非常重要，它决定了后来一系列民族优惠扶持政策的制定和实施。

就是由于有了这些有利的民族政策，像郑家庄这样位于西南边陲的小村庄，才能一步步依靠着村里七个民族的团结奋进，缔造着中国乡村的现实典范。

历史的渊源和世界的因果总是关联在一起的。中国各少数民族同胞，也参与支持了新中国的缔造。人民当家做主后，一切利益首先还是归还人民，但由于长期的历史原因，不少民族的经济文化的确还处于一个相对落后的局面，党和国家从一开始就意识到了这个问题，所以在一系列民族政策中，一

条关于安置游牧民族的好政策悄然落地。

那为什么游牧民族会从遥远的地方来到洱源、来到郑家庄呢？这还得从民国年间说起。

当时，云南德钦、德给、乡城、巴塘、盐井、德容、芒康等地的藏族农奴为逃避奴隶主的压迫，向南方逃亡，途中为抵抗外部侵扰，他们聚集成许多的小部落，互相依靠，互相帮助。在多年的逃亡生涯中，他们靠卖艺、卖牲口，有的还兼顾卖药维持生计，逐水草而居，逐渐形成了冬季往南走、夏季朝北回的游牧生活。

在来来往往的游牧生活中，藏族同胞与西双版纳的傣族同胞交往密切，后来发展到互相通婚，部分傣族同胞也就自然而然加入到游牧行列之中，这样就形成了更为特殊的游牧民族小部落。

1935 年前后，这些游牧民族先后来到洱源。洱源境内水资源丰沛，清澈的水流纵横交错，植物丰茂肥嫩，一片片坝子绿油油。优渥的自然条件使得来到此处的这些游牧民族将这里作为理想的生活、放牧之地。一直到 20 世纪 50 年代，不少游牧家族仍在洱源大佛村、小营、小新村（当时和郑家庄一样，属于三营乡管辖范畴）一带放牧、生活，水退则进，水进则退，不时还经营中草药材，与当地的汉族、白族人民进行氆氇、毛布与背带等货物的交易。

1958年后，洱源开挖海尾河，洱源的劳改农场也慢慢搬迁到郑家庄一带，一些游牧民族也常到那一带活动。1959年5月，一个决定郑家庄未来命运的日子到来了，政府对愿意留居洱源县内的游牧民族部落进行了安置，并分配给了土地。

游牧多年的藏族和傣族，终于可以定居了，其中有七户藏族、两户傣族被安置在了郑家庄。而后，历经多年的发展壮大和各民族的交往交流、联姻通婚、繁衍生息，逐渐形成了郑家庄如今汉族、藏族、傣族、白族、彝族、纳西族、傈僳族七个民族大杂居的格局。

老子曰："知常容，容乃公，公乃全，全乃天，天乃道，道乃久，没身不殆。"能够包容，自然就能够公正。郑家庄村民原本只以汉族和白族为主，一下子来了一群游牧民族，自然在新奇之余，也有些许担忧。不过，郑家庄村民具有中国农村千百年来的朴实与善良。

在郑家庄生活了70多年的村民郑晓东是土生土长的郑姓，正是他的郑姓祖先缔造了郑家庄。他清楚地记得，当年被安置来郑家庄的藏族和傣族是如何进村的。据他回忆，当时郑家庄人口不多，但是大家都对接纳其他民族进村之事，不仅不反对，还一起敲锣打鼓，欢迎新来的藏族和傣族游牧民。

村民小组长王庆荣也听老人说过此事。对于郑家庄先辈们的包容态度他感到挺自豪的。他也自觉学习这种包容精神，要把这份郑家庄可贵的传统继续发扬好。

正是郑家庄同心一致地接纳了外来民族，才使得郑家庄人口壮大。当然，还不仅仅是人口壮大这么简单，后来郑家庄的藏族领头人、村支书何国祥带领郑家庄走出了一条发展致富路，用事实证明了当时郑家庄村民以包容团结之心对待“外来户”是英明之举。尽管村民们并没有想到这种包容团结之心，会给郑家庄带来未来发展的连锁反应，让郑家庄好事连连。

春秋时期的思想家管仲在《管子·形势解》中说：“海不辞水，故能成其大；山不辞土石，故能成其高；明主不厌人，故能成其众；士不厌学，故能成其圣。”

近代民族英雄林则徐有自勉联：“海纳百川，有容乃大；壁立千仞，无欲则刚。”

晋代袁宏在《三国名臣序赞》中曰：“形器不存，方寸海纳。”

《尚书·君陈》道：“尔无忿疾于顽。无求备于一夫。必有忍，其乃有济。有容，德乃大。”

……

可见，包容精神在中华民族历朝历代皆有模范。郑家庄虽然是一个小村庄，但是和中国广大农村一样，在贫穷艰苦的年代依然保持着宽广包容的胸怀，这是难能可贵的。也正是这份心，影响、感动了外来的民族，促使他们在转变自己游牧身份的同时把郑家庄当作自己的另一个故乡。

郑家庄成了这些游牧民族新的家园，尽管这个新家园很贫穷落后，但是这块丰饶的土地上，生活着勤劳善良的郑家庄村民。他们都是老实巴交的朴素之人，是实实在在的农耕社会里世代相传的农民。他们有着天然的团结和包容精神，也有着对未来美好的期待和向往。

游牧民族闯入了这份期待里，郑家庄将会在民族新的融合里，走怎样一条新的道路呢?

郑家庄人不知道，新来的民族也不知道，所有人要面对的都是各自从来没有遇到过的问题和困难。如何克服这些困难与问题建设好新家园，成了郑家庄新老成员今后不得不面对的现实。

但是郑家庄的包容和团结，预示着未来必将有一条光明的道路，就像赶着牲畜唱着藏歌走进郑家庄村口的那个瞬间，在不知不觉中，已经朝着新的家园迈出了坚定而有力的第一步。

交融：互帮互助共前行

古希腊大哲学家柏拉图在《理想国》（第四卷）一书中探讨城邦问题时，有这样一段对话：

> 苏格拉底："我们不久前推测得非常准确，节制就是一种和谐。"
>
> 格劳孔："为什么会是一种和谐呢？"
>
> 苏格拉底："因为它不像勇敢和智慧，勇敢和智慧是分别处于一部分人中，前者使城邦勇敢，后者使城邦智慧。而节制所起的作用不同，它贯穿整个城邦，从上到下，比较弱的、比较强的和处于中间状态的——如果你愿意这样说的话，不管是智慧，或者力量，或者人数，或者金钱，以及其他各个方面——都联合在一起，唱同一个调子。所以我们可以有理由把这种一致称作节制……"

这里所引用的“节制”，事实上是关于个人与集体利益的平衡与协调，放在郑家庄来说，就意味着村子的领头人必须放弃个人利益。国家安置在郑家庄的游牧民族，从游牧到定居，再到后来成为引领郑家庄发展致富的动因和群体，它引领着郑家庄自上而下生产生活制度的另一种重建，并深刻地改变了这个村庄的原有格局和未来走向。

从人口、房屋等方面来说，1959年以前的郑家庄和现在的郑家庄，绝不可同日而语。当然，从现在的规模来说，郑家庄也是一个小村庄。但是，它却是中国边疆少数民族农村发展的一个缩影。从这个意义上来说，它的团结稳定，它的民族和睦，它经过几代人多年奋斗创建的郑家庄精神，就大大超过了一个村庄物理意义上的衡量标准和价值。

郑家庄为什么能够在不同历史时期推进自身发展，继而成为一个少数民族地区社会主义新农村建设的典范，这的确是一个值得思考和深究的问题。柏拉图在《理想国》中所阐述的“都联合在一起，唱同一个调子”的一致性的城邦精神和郑家庄的发展现状有着异曲同工之妙。

实际上，根据郑家庄村民郑林生回忆，1959年以前，也就是游牧民族还没有被安置到郑家庄之前，这里几乎算是“独家村”。那时候村子的中心并不在现在的位置，而是在更靠北（郑家庄篮球场以北方向）的位置。

那时候，郑家庄的生活十分艰苦。

郑林生家没有米面，只能吃糠粑粑。不过，对于政府安置的藏族和傣族之事，村里是十分欢迎的。他回忆起藏族和傣族刚进村时，没有住房被安置在自己家里。因为自己家是富农，房子比较多，政府安排来村里的七家藏族、两家傣族里，那两家傣族在自己家里住，另外有一家藏族住东房，两家藏族住西楼。一时间，家里热闹起来。这些外来民族大概住了两三年后，傣族和藏族同胞才在全村人的帮助下，自己也盖起了新房。

郑林生出生于1952年，他还记得小时候和隔壁的藏族杨光明（1955年生）以及傣族李国章（1953年生）玩得比较好。他和他们一起放牛放马，有东西一起搭伙吃。郑家庄四周的田野和山林，几个小伙伴常常一起去游玩。

那时候村里真是穷，没有什么供小孩玩的，大人们忙于劳作生计，小孩子们在帮家里干活的同时只得自己找玩的。因为大人们撇开了不同民族间的界限，互相帮助，所以这些说着不同语言的孩子才有机会进行更多的交流，成为亲密的小伙伴。长大以后，这种童年的友情一直保持着，只要有什么事情，互相之间都会来帮忙，亲近得就像一家人一样。

藏族和傣族刚来村里的时候，由于郑林生家是汉族，不懂藏语和傣语，语言不通造成了很多麻烦，就连村里的汉族和白族，也不大习惯。不同民族之间一个事情要相互讲清楚有很大困难，虽然游牧民族里也有稍微懂一点汉语的，但是多数藏族、傣族人不那么熟悉汉语，更不要说是白族话了，所以交流起来的确很困难。不过大家并没有因此疏远，反而更设身处地为对方着想，彼此耐心地倾听，用手比画着解释。慢慢地，交流越来越顺畅，语言上的障碍也就逐渐得到了克服。

除了语言之外，还有生活习惯也是一个问题。毕竟来村里的藏族和傣族常年游牧在外，许多生活习性不同，一时半会儿还不适应这种定居后的模式。郑林生家和村里的其他群众并没有因此排斥他们，而是尊重和引导着这两个民族的同胞们，一点点根据自己的喜好，改进定居后的生活习惯。

还有最让人头疼的问题是，这些刚定居下来的藏族和傣族同胞不会干农活——游牧民族的生活方式决定他们不可能会像农耕民族那样做春播夏耘秋收冬藏的农活。关于时令、农具的使用，还有具体的栽秧、种菜等，都是后来村里的汉族和白族手把手教会的。

郑家庄现在的带头人、村支书何国祥对此也有很深的印象。

他们家当初游牧到大佛村一带，被政府安置到郑家庄后，就是寄住在郑林生家。后来他在分析郑家庄发展进步的原因时说，郑家庄七个民族能如此团结一心，与当初大家在生产生活上相互帮助、照顾是分不开的。外来民族进来时，原来的汉族、白族村民毫无保留地传授农田种植经验，外来少数民族后来又通过经商来反哺郑家庄，给予村里其他民族同胞帮助。村里各民族结亲联姻普遍，加上各家家庭、朋友、家族，最终才形成了一村七个民族一家亲。村领导在中间主持公道，在大是大非面前，毫无民族狭隘观念，一切都从整个村子的团结进步出发。

郑家庄各民族慢慢地在共同生产生活的岁月中，深化了彼此之间的感情。

到20世纪80年代，虽然郑家庄地处自然环境良好的洱源坝子，但是世世代代种田种地，靠农业为生，加之耕种的土地有限，无论怎么努力，生活依

然清苦。而藏族同胞早在游牧时期，就零星做一些药材、牲畜生意，只是后来安置在郑家庄后，又逢人民公社集体化以及“文革”等，难以再在这条路上走下去。

党的十一届三中全会以后，藏族同胞依靠自己的优势，又开始零星外出做药材生意，家庭经济状况比村里只依靠农业生产的家庭好了不少。藏族家庭赚了钱，并没有忘记曾经接纳他们进村、给他们住处、给他们田地的郑家庄原住村民。

1980年发生的事情，让郑林生终生难忘。

当时自己的白族母亲杨六妹身患胃癌，病情十分严重，自己和纳西族妻子和秀清、父亲郑纯武，都急得团团转。在村里人的帮助下，送母亲到三营卫生院医治，恰逢藏族邻居杨光明家的小儿子也住院。杨光明家条件要好些，搭伙在一起时，给了他们不少帮助。郑林生母亲病情危重不得不转回家时，杨光明帮忙跟医院打招呼，并叫自己家人来帮忙，才把郑林生母亲转回家。进村后，何国祥和村里的人又都来帮忙。听说人参能救命，何国祥和哥哥何国发想办法找到了野生人参，可惜的是，等到把人参找来时，郑林生的母亲已经不在了。

杨光明家，以及村里其他民族的村民也在帮着忙这忙那，料理郑林生母亲的后事。郑林生很感谢，向杨光明说道谢的话时，杨光明对郑林生说：“我们外来民族到村里，全靠你们帮助。我们之间从来没有吵过架、红过脸，我们需要什么农具，你们就借给我们，还教我们怎么干农活。我的父亲不会插秧，你们就耐心地、毫无保留地教，还有拉田。那些艰难的年月，甚至你们种植的瓜果蔬菜，也免费给我们随便采摘随便吃……”

是啊！在郑家庄外来民族心中一直牢牢记得，当初郑家庄的村民是怎么帮助他们定居下来，又是怎么帮助他们在漫长的生产生活中掌握定居生活所需要的农活技能，更别说在村里特别困难的时期，本地民族也不吝啬自己家的瓜果蔬菜，与他们分享而食。

这是一种多么朴素纯洁的民族团结感情啊！藏族同胞又岂能够相忘？所以，当国家改革开放的春风吹遍大江南北之时，藏族同胞利用自己在藏药方面的传统优势渐渐打开了通往外面广阔世界的大门，因此赚到钱的时候，他们并没有忘记曾经帮助过自己的村里其他民族的村民们。

看着郑林生家只靠农业种植，经济上一直不景气，何国祥和杨光明心里很替他着急，几次去他家里邀约他跟着去做药材生意。

从1987年开始，郑林生下定决心，跟着藏族同胞出去闯一闯看一看。当初他曾顾虑到成本、市场等方面的困难，但何国祥和杨光明都为他考虑到并帮助解决了。郑林生跟随着他们去过山东、青海、甘肃、宁夏、新疆、四川、贵州等地。出去之后，郑林生才发现，郑家庄太小了，外面广阔的世界、新鲜的事物都让他很激动。跟着藏族同胞，不仅能赚钱，而且大大开阔了自己的视野；不仅家里的经济状况随之好了起来，而且整个人的精神气质也随着眼界的开阔发生了很大变化。

这些变化，不仅仅体现在自己身上，还有全村许许多多跟着藏族同胞外出做生意的村民，他们不仅也都慢慢富裕了起来，更为重要的是，整个村子的格局大了起来，集体的意识增强了。这种潜移默化之功，正越来越深地渗透进郑家庄村民的心里，为七个民族更加团结和更大发展，奠定了很好的物质和精神基础。

郑林生明白，当初国家安置游牧民族进来，村里人对他们的好，现在一点一点得到了加倍的回报。郑家庄是幸运的，它在悄然发生着历史性的改变。

这份改变，令人欣喜和充满期待。

在跟随何国祥、杨光明外出做生意的期间，郑林生得到了很大的帮助，特别让他难忘的是1988年外出的那一次经历。

当时，他们正好来到陕西西安志丹县，在一家小旅馆里住宿。连续几天在外销售药材（当时是摆地摊），大家都很累了，所以睡得比较早。从吃完饭到睡下，郑林生都没有感觉有什么不一样。可到了半夜12点，他突然在一阵剧痛中醒了过来，他预感到是胆囊炎发作了，真是疼得要命，豆大的汗珠冒了出来，他开始在床上呻吟翻滚。同行的杨光明等，赶紧起来照顾，背着抬着郑林生就往外跑。但是不巧的是，虽然找到了医院，却叫不开门，只好又返了回来。躺在床上的郑林生疼得肚皮都撑了起来。

大家急得团团转，杨光明急中生智，忽然想起自己带出来的草药中有气磺（天生磺），赶忙从药包里翻出来，没有热水，就到旅社里打来一缸冷水，舀了两勺，让郑林生就着冷水吃了下去。不大一会儿，病痛就得到了缓解，郑林生得以安然入睡。

那救命的两勺气磺，以及杨光明等藏族兄弟无微不至的照顾，令郑林生到今天仍念念不忘。郑林生家在困难时接纳了游牧民族，善报回到了他身上，救了他的命，让他学会了做药材生意，家里也富裕了起来。

整个郑家庄都被藏族同胞带动了起来，你跟着我、我跟着你，农闲时就外出做药材生意。村里渐渐形成了一种氛围，一种团结奋进、争先向上的郑家庄精神。

其实早在1986年，何国祥就带动村里人外出做药材生意。当然，当时在何国祥自己的族群里，也有个别人担忧过：做生意是有竞争的，生意场上大家都是竞争对手，如果把自己多少年来辛辛苦苦开拓的市场、结识的人脉、积累的资金，无私地给村里其他民族，是不是会断了自己的路呢？至少也会构成一种生意场上的威胁吧？

但以何国祥为首的绝大多数藏族村民，并不这么想。他们的视野并不只放在发展自己这么狭隘的空间里。在何国祥心中，一直充满了对当年郑家庄人接纳自己民族的感恩之情。还有来到郑家庄定居后，在艰难困苦的年代，村里人同样无私地帮助过自己的族群。现在，社会发展了，自己的民族能够依托传统优势去开拓市场靠售卖中草药发财致富，但是绝不能忘本，一定要

带动郑家庄的人，共同走向富裕。

所以，自己的族群首先得改变经商的观念。

经商不仅仅是为了致富，应该以更大的视野去看待经商。如果能带动村里人都外出卖药草，中国那么大，不仅仅这个市场会发展得越来越宽广，而且在相互带动的过程中，民族之间的交融会更密切。村里其他民族走向更广阔的世界后，其眼界思想会得到更大的提升，这对于今后村子的发展大有裨益。

何国祥这样想着，也常常这样劝说自己的族人们。慢慢地，以前因带着汉族人做生意而被同族人埋怨的情绪逐渐被消解了。

大家最终明白了这个更深刻的道理，也改变了观念，都积极带动身边不同民族的村民外出经营药材致富，最后形成了以村为单位、全村人都发动出去的格局，还带动起周边村子的人也跟着走出去。就是在这股精神力量的带动下，郑家庄现在几百号人在全国各地营销中草药，年收入达300万元以上。

最先跟何国祥一起做生意的汉族人王光培、傣族人张国旗、藏族人杨双武都清楚地记得，那时候出去一趟需要半个月到一个月时间。

1986年10月的一天中午十一二点，王光培、张国旗、杨双武他们跟随何国祥从郑家庄出发。崎岖不平的土路两边，庄稼已经基本收割完，阳光暖暖地照耀着每个人，每个人都怀着一种新的希望，因为何国祥和省医药公司联系好了，他们只要去到迪庆收到木香就可以送去，一趟下来，可以赚不少钱，只是一路上辛苦些。

迪庆是云南的一个藏族自治州，何国祥去到那里，可以直接和藏民们用藏语交流，所以比较方便。这趟药材收购之前，何国祥分别找他们几个谈过话。

由于担心自己穷，没有资金做垫本，再加上完全不知道怎么做这个事情，王光培他们几个人开始都有些犹豫和胆怯。

何国祥鼓励大伙说，这是个机会，大家跟我一起出去闯闯吧！没有成本不要紧，我给大家垫着，吃住跟着我，我吃什么，大家吃什么，我住什么，大家住什么，我会手把手教会大家怎么做药材生意，赚了钱会分配给大家，只要有心，跟着我出去闯就可以……何国祥一番肺腑之言，让他们心里暖暖的，同时像是吃了定心丸，就都决定跟着何国祥出去闯一闯。

他们先乘坐客车，因为半途搭车，车上十分拥挤，没有座位，只能一路站着，经过3个多小时的颠簸，来到了丽江松原桥，然后转车，又经过几个小时，下午6点30分到达上江，便找了一家小旅店住下。

第二天一大早，顾不上劳累，急忙到码头乘船，来到江东村供销社。因为需要停留一段时间，所以只能租房子。几个人租房子，比住旅社便宜很多。出门在外，能省就省。就这样，大家住了下来。

随后的日子，何国祥带着他们到当地农户家，一家一家地跑，并教会他们如何与当地人打交道，如何辨别药材好坏，等等。每一个细节，何国祥都讲得很仔细，生怕他们没听清楚。就这样，几个人边学边做，大家跟着何国祥一家一家、一点一点收购木香。

由于收的是青木香，还需要晾晒加工，何国祥又教大家如何加工。持续了两个多月，收购的量差不多时，何国祥又教大家如何联系车辆把这些木香运送到家里，在家继续晾晒去皮等。

经过这次外出，亲身体验经历，他们从何国祥身上学到了本事，并且，事后何国祥还发给每个人400～500元的工资，更是让他们深感意外。要知道，在那个时候，这笔钱对于农村人来说已经不是个小数目。更为重要的是，出去一趟整个人都变了，眼界开阔了，胆量增加了，闯劲更足了，集体观念更强了，对于村里的发展，突然都有了一种使命感。

这都是何国祥带头树立的好榜样啊！

像这样的例子，真是不胜枚举。在何国祥等藏族同胞的带领下，郑家庄人一个跟着一个、一家跟着一家，做起了中草药材生意。外出经商，渐渐成为郑家庄一道奇特的风景，一条把大家牢牢拴在一起的纽带。大家越来越团结，郑家庄就越来越像一个大家庭。慢慢地，村里百分之四五十的人都做起了药材生意。

到现在，全村125户525人中，已有几百人加入药材销售行业，几乎每一家都得益于药材生意带来的经济增长。通过做药材生意，每一家的收入都大有改观，每一家都意识到集体的力量和好处，每一家都通过搭伙做药材生意而变得更加团结奋进、勤劳友爱、和睦相处。

郑家庄民族之间的界限，在一种共同的美好价值追求中消弭了，仿佛各民族之间只剩下一种称谓，那就是“郑家庄人”。

柏拉图在《理想国》中提出的团结联合在一起、一起歌唱同一个调子的理想城邦，在中国西南边陲的郑家庄，得到了现实印证。郑家庄作为社会主义新农村建设中的民族团结示范村，正用自己的发展，证明和引领着社会主义新农村建设，就像一盏明灯，照亮着许许多多还在贫穷落后困境中奋斗的中国农村。

光明：相亲相爱一家人

“三十辐共一毂，当其无，有车之用。埏埴以为器，当其无，有器之用。凿户牖以为室，当其无，有室之用。故有之以为利，无之以为用。”这是老子在《道德经》十一章“论道”里所提倡的“有”与“无”和“利”与“用”的辩证关系，说的是三十根辐条汇集在一个车毂上，有了车毂的中空，才能具有车的作用。把黏土放进模具做成器皿，有了器皿的中空，才能具有器皿的作用。开凿门窗以为房舍，有了门窗的中空，才能具有房舍的作用。因此，有了器物可以带来便利，器物中空才能发挥作用。

在郑家庄这样一个发展奋进的村庄里，七个民族如何融洽共同进步，除了村民对自己有要求外，更重要的是，对别人的礼让和帮助，哪怕是自己吃点亏，受点累，也要做老子在《道德经》里提倡的“道”里的“中空”。让自己能够为了集体“中空”，从而团结更多的人，为郑家庄的发展建设起到更大的作用。从这个角度上来说，“让”就成为郑家庄精神的另一个向度，礼让、谦让、退让……只要是为别人、为集体，郑家庄七个民族的人，都懂得退一步海阔天空。

这种意识和精神，在中国农村里十分难得。不过要让村民最终形成如此默契而自觉的行为，并非是一朝一夕之功，更不是喊口号下命令所能达到的效果。

以身作则、潜移默化，是村里领头人的共识。所以，到了郑家庄，首先会看到一些奇特的现象，这些现象，从郑家庄的房屋开始延伸，它渗透到了郑家庄生产生活的各方面，成为郑家庄一道道美丽而独特的风景，并且是活的风景，随着时代发展进步而演变朝前的风景，它为郑家庄的繁荣，提供了另一种保障。

在村民心里，它可能来自一幢房屋的建设，也可能来自一件身边的小事；它可能是一条村规民约，也可能是一位他村的邻居感悟；它可能是村里那些无私安装的声控灯，也可能是为修道路自觉挪一挪的一堵墙……总之，在郑家庄，“中空”成为无所不在的道理，它串联起来的精神力量，可能更加令人难以察觉，但它在漫长的岁月中所起的激励作用，并不亚于在郑家庄发展前进中那些可圈可点的大事件，只是它更隐蔽、更谦虚地隐藏在那些大事件背后，却在每一位郑家庄村民心里点燃了一盏盏明亮的小灯。

温暖而光明的小灯，汇聚成为这个村子内敛而谦逊的另一番美德，这是值得骄傲和自豪的郑家庄“中空”精神。这种精神和我国古代伟大的思想家老子所提倡的“道”不谋而合，在新的时代，放射出更加灿烂的光辉与正能量。

走进郑家庄，整齐清朗的房屋建筑映入眼帘。不过，你在赞叹的同时，一定奇怪，为什么这个中国西南边陲乡村会有那么多像是精心规划建盖的农舍，因为这里毕竟生活着七个少数民族。按常理来说，每个民族对于房屋的要求，会因为民族生活习俗而大相径庭，但是，在郑家庄，有一种建筑美学，在更高层次上取代了各个民族各自为政的先天建筑模式，形成了郑家庄特有的民族融合型楼房。

村里的老人们回忆起当初郑家庄还是个落后贫穷的村子时，不禁也为今天郑家庄房子建筑格局感慨万千。是啊，这哪里是农村，简直就是一个世外桃源。

外人只要走进村子，就会看到一幢幢以白族民居风格为主的大房子，一排排一列列，简约而富有线条之美感的房屋错落布局。清流迂回、交通阡

陌、鸡犬相闻、绿树婆娑、鸟语花香、干净整洁、童叟同乐、和谐安宁……村里每一户的房子，乍看相似，但走近才发现，除了以白族典型民居为样式外，在很多细部和连接搭建处，各族村民的房子大胆而充分地融入了自己民族的建筑风格和样式。

这种以白族建筑风格为主、掺杂各自民族建筑特色的做法，在郑家庄比较普遍。据村支书何国祥介绍，郑家庄125户人家，每家居住的占地面积平均下来有370～380平方米，人均达到了90平方米以上。这样的建筑群体，是在1989年后陆续开始构建的，直到2011年前后，才基本形成今天整体的建筑格局。

当初建盖房屋时，七个民族的村民都有意识地尊重和提倡这种大民族大融合式的建筑样式，觉得这也是郑家庄民族团结精神的体现和象征，是能让大家都感到信服和喜爱的房子样式，是郑家庄独有的一道美丽建筑风景。

更为奇特的，要算这些房屋墙体上的彩绘。

这些彩绘是2011年后，何国祥支书和大伙商议，要让村里看起来更美丽、更清新，于是，郑家庄村民决定村里统一计划开始做的。三营镇政府为此专门拨了一笔钱，加上村民们自筹一部分资金，2012年年底，请了彩绘师根据不同民族的特点，分别进行了不同分类的彩绘。

这项工程做了两个多月才完成，也才有了如今一踏进郑家庄就能看到令人赏心悦目的墙体彩绘图。

那是怎样的图案和景致呢？

从入村口算起，每家每户，大大小小的彩绘图案，会伴随着行走的脚步不时显现，犹如放映机一样。“三坊一照壁”建筑的青瓦白墙上，一会儿出现白族的印花扎染，一会儿又出现藏族的宝鼎经幡，还有彝族的牛头装饰、刀耕火种、弦拨弹唱，另外还有东巴文字，傣家宝葫芦、泼水节庆图案，汉族古典文学中的经典诗词曲赋画框，等等，各个民族代表性的彩绘应有尽有、交相辉映。

这些图案和文字装饰错落有致、精心描摹、相得益彰，不得不令人大为感叹！郑家庄从村头到村尾，无不洋溢着浓郁的民族团结之风。如此生机勃勃、姿态万千的郑家庄民居彩绘，并不是生搬硬套拼凑出来的建筑美学，而是七个民族多年以来相互尊重、团结包容、和睦相处、共同奋斗的时代印记和历史见证。

彩绘工程，郑家庄不仅自己做了，还帮助相邻的新龙村、下共和做了。郑家庄发展不会忘记带动周边村子，这也是郑家庄民族团结最可贵的精神之一。

在郑家庄漂亮的、错落有致的民居建筑施工期间，如果不说，谁都难想得到，村里有一位白族汉子，一直在默默地关注着一件大家忽略的烦恼事，那就是黑夜里，乡村道路上盼望的光明。

那是在2004年，当时由何国祥支书出钱帮村里打的水泥路给村民的生产生活带来了极大的便利，可是到了晚上，如果遇到阴天没有月亮，村里道路上，特别是不少转角处依然漆黑一片，村民们晚上出行，特别是老人小孩出行，颇感不便。

这位白族汉子，也就是带头筹建修缮郑家庄大寺的白族老奶奶段承绪的三儿子段志华，正好他自己也在外面承包工程做活，手下有七八个人，当下便和村支书何国祥合计了一下，想为村里义务安装一些声控灯以解决大伙晚上外出照明的问题。

按理来说，这是集体的事情，不应该由他个人来承担，但

是段志华心中一直有种对村支书何国祥的感激与崇敬之情，他常常在想，何国祥支书家作为藏族外来安置户，为了郑家庄的发展建设，可以说是呕心沥血，自己作为这个村庄的原住村民，为什么不能帮村里做更多一些事情呢？再加上现在，郑家庄整个村子又那么团结友爱、奋进向上，天天都有好人好事，处处都有帮扶济困，安装声控灯对于自己来说，经济上也是能承受的。想当初，要不是何国祥支书帮忙，自己能有今天吗？

是啊，段志华想起郑家庄也经历过穷困日子，自己家也是跟着搬迁到村里的藏族村民外出做事，才慢慢富裕起来的。自己的大哥段胜华家早在1984年就跟着藏族村民小组长杨秀弟的爹妈外出卖药，赚了点钱，才有垫本，后来做经销店和搞建材生意。而自己，1989年从大理卫校毕业回家后，当了13年的乡村医生。那时候，自己穷得连结婚的钱都不知道去哪里找，正是何国祥的父亲何尼玛借给自己1000元，这才把终身大事解决。

还有何国祥家帮忙贷款2000元，帮助自己建立乡村诊所，前前后后资助了上万元。后来没有钱进药，何国祥支书就出面到大理制药厂赊药，第一次大概赊了4500元的药，那是在1994年，之后又帮助自己赊了几次药，每次都在几万元。1998年，何国祥还主动借了5万元给自己买房，一年后，又拿土地交易证明为自己贷款5万元。

这一路走来，何国祥支书言传身教，介绍自己在1997年加入了中国共产党，并担任党小组科技示范岗10多年。还有村里的另一位藏族兄弟杨双武，从小娃娃时代开始关系就很好，从来没有吵过架、红过脸。1991年，自己外出做药材生意，在下关一个多星期，吃住都是他和何国祥帮忙。

受何国祥等人的积极影响，自己后来做工程，也带领村民一起，村里搞建设，自己也积极参与，为什么呢？受惠于这个村子的人太多。现在家里年收入10多万，也应该像何国祥一样，多帮助有困难的村民呀！自己从何国祥身上学到了很多，所以，为村民安装声控灯，简直是不值一提的小事啊！

段志华带领手下的七八个人仔细勘测了村里各条道路的情况，布点安装了50多盏声控灯，解决了村里多个地点的夜间照明问题。

2011年10月，政府扶贫开发又帮村里安装了15盏太阳能路灯；2013年4月，洱源县政府实施亮化工程，在通往郑家庄的老路上安装了78盏太阳能灯，在村里湿地公园安装了22盏太阳能灯，村子里则补进8盏太阳能灯（其中一盏本来要安装在位于村口的何国祥家门前，但是他坚决要让出来安装到其他村民家门前）。自此，郑家庄在黑夜里也迎来了温暖的光亮。正是段志华当初为村里首先安装的那些声控小灯，不仅见证了这个村庄从团结走向光明，也是后来得到政府更大亮化工程项目照顾的前提条件之一。

再拓展一些看，用洱源县民宗局局长杨润桃的话说：在洱源，有那么多村庄，为什么政府偏偏多次选择郑家庄作为重点扶持示范点呢？究其原因，郑家庄虽小，但是团结。1959年，藏族等游牧民族安居到郑家庄之后，由游牧变成了定居，后来带领全村人外出做药材生意，经商带动了全村致富。郑家庄人在外面看到、学到了很多先进的东西，老百姓整体素质之高很少见。郑家庄村民十分珍惜集体荣誉，几位带头人更是把老百姓的冷暖、村庄的发展放在心上。郑家庄人有远见有胸怀，村里遇到任何困难，有钱出钱、有力出力，就像村支书何国祥自掏腰包5万元钱修路一样，如果不修好这条路就觉得很“没面子”。就是在何国祥的带领下，村里的领导班子以身作则，郑家庄那么多民族，团结一致、血浓于水，后来连丽江的摩梭人也慕名前来定居，真是一个传奇。何国祥引领和感化了郑家庄那么多人，他家的房子为了村里公共道路建设而主动往后挪，体现了为集体的奉献精神。政府对这个

村庄的每一分扶贫投资，郑家庄全部用在了刀刃上，这是要何种精神才能达得到呢？不看别的，郑家庄原本由白族和汉族供奉的本主庙，现在七个民族共同祭拜，大家都把它当作平安和谐的精神寄托，这是非常自然却又非同寻常的事情。每次去郑家庄都能发现，村民们脸上洋溢着幸福，幸福来自哪里呢？来自村民自己，来自这个村庄在历史发展中因为团结而一步步产生的巨大推动力……

在郑家庄南面，与郑家庄的王品珍家一墙之隔的另一个村的村民赖福才，同样也对此深有感触。这位因为1990年修建水库，从洱源牛街龙门搬迁过来的乡村手艺人的家，其实严格来说，就在郑家庄的最南边。因为和郑家庄紧紧挨着，如果不说明，十个人会有十个人认为他家一定是郑家庄的。不过，赖福才从搬来新龙村的第一天开始，似乎也觉得自己更像是居住在郑家庄，也为自己能够搬迁到这里而感到十分庆幸。

赖福才除了农活外，主要做泥水匠、石匠等，他帮郑家庄许多人家做过手艺活，现在还承包着郑家庄10多亩田地。自然，他作为紧挨着郑家庄的外村人，也更了解郑家庄一些。

在他的眼里，这个村庄近年来发展变化如此之大，完全得益于七个民族的团结和村民相互之间的帮助，特别是在村支书何国祥的带领下，发展比任何一个村子都快。郑家庄人勤劳致富，干活相当认真，村里经济好，交通好，环境好，礼貌好，制度好……就连小娃娃都自觉爱护环境卫生，村里基本上没有什么矛盾。搬到这里20多年了，虽然自己是汉族，但是和郑家庄各少数民族一直相处得很好，他们都把自己当作是郑家庄人看待，丝毫没有任何排外思想，这很难得。如果再给自己一次机会，自己还是会毫不犹豫地选择搬到这里来。作为一个农民，没有谁不愿意生活在郑家庄这样幸福的村庄里……

赖福才和郑家庄村民每天都会沿着门前新修的水泥路走过。每天夜里，从外面回郑家庄的各个少数民族兄弟姐妹，还会在一盏盏明亮灯光照耀下踏进家门。

当你沿着这些路，走在这些乡村黑夜里显得特别明亮的灯光下时；当你知道，这个村庄四周层层叠叠都有大山包裹的时候；当你明白，这个村庄有无数股流水在地上地下纵横激荡而过的时候；当你了解，你走的每一段路，在几十年前，被一群群赶着牛马、衣着褴褛、饱经风霜、历经艰辛的游牧民族蹒跚踏过之时，郑家庄，这个西南边陲少数民族聚居村落，因为一代又一代少数民族同胞之间的团结友爱、不畏艰险、勤劳奋进的精神而形成七个民族一家亲的格局时，郑家庄，这个普普通通的村庄名字，刹那间，会擦亮你的眼睛，清空你的耳朵，净化你的心灵，带给你深深的无限感动。

一个在地理位置上如此普通的村庄，却散发出一股持久恒定的凝聚之力。这股把七个民族牢牢吸附、使他们亲如一家人的力量，正在以你看不见的速度和影响，在周边村庄扩大，甚至在西南少数民族村庄，乃至整个中国农村蔓延。

毛泽东曾经说过，星星之火，可以燎原。虽然那是在战争年代，却验证了后来中国农民革命运动的蓬勃发展、夺取胜利之势。那么在社会主义新时期、新农村建设探索阶段，像郑家庄这样多民族聚居的“星星之火”，是不是特别具有时代启发意义呢？它会不会像天上的星座一样，自身拥有着神秘而强大的吸引力，以此形成各自运行的合理轨道，奔跑腾转不息，构成灿烂的星空幻象，并以此向大地洒下无尽的光明和希望呢？

第三重奏

团结奋进显力量

引子：民族团结的典范村

郑家庄七个民族一家亲、团结奋进共发展的事迹，在当地已经是声名远播。七个本是有着各自生活习惯和精神信仰的民族，通过历史迁徙、邻里聚居、通婚融合等方式，一步步走到了今天。一个曾经贫穷落后、毫不起眼的西南边陲自然村，成为当下中国主要媒体，譬如中央电视台、《人民日报》、《光明日报》等连续追踪报道的热点村庄。

这种连续报道宣传的力度，对于中国西南边陲农村来说，是绝无仅有的。

为什么郑家庄会在这个时候成为热点？为什么郑家庄七个民族经过近半个世纪的共处交融，能够在当今中国社会主义新农村建设中脱颖而出？郑家庄存在的意义和价值，究竟能给中国新农村建设的探索带来什么样的启示？

这些问题都是值得深思和研究的。

但是，无论外面如何风起云涌，无论外界如何赞誉有加，郑家庄这个安静的村庄和安静的村民们，仍然一如既往地按照自己的生活方式努力地建设着自己的家园。

这一点十分可贵，或者从这一点上也可以看出，郑家庄并不是一个一夜之间就忽然成名的村子。它没有任何投机取巧，没有任何夸大其词。它的存在和发展，就像郑家庄异常干净整洁的村容村貌一样，是由一代又一代不同民族的郑家庄人，一点一滴，从小事做起，从自我做起，从大集体发展的角度做起，在领头人村支书何国祥的带领下，一步步走过来的。

它的不断发展进步，就好比流经郑家庄的清流，作为大理洱海源头的清泉，蜿蜒激荡，却始终向着更为阔大幽深之地行进……

那么究竟是什么力量推动了它？又是什么力量指引了它？

这个问题，不由得让人想到2015年获诺贝尔文学奖的白俄罗斯作家阿列克谢耶维奇的作品《我不知道该说什么，关于死亡还是爱情》，里面有一个章节《三段关于家园的独白》这样叙述：

> ……在奥什，吉尔吉斯族和乌孜别克族发生过大屠杀，即使当时是戈尔巴乔夫执政，不过后来平息下来了。可是我们是俄罗斯人，虽然吉尔吉斯人也怕俄罗斯人。你在排队买面包，他们会大嚷："俄罗斯人，滚回去！吉尔吉斯斯坦是吉尔吉斯人的土地!"……我们以前有祖国，现在已经消失了，我们是哪里人？我的母亲是乌克兰人，父亲是俄罗斯人，我在吉尔吉斯斯坦出生成长，嫁给了鞑靼人。我的孩子是哪里人？他们的国籍是什么？我们的血液都融合在一起。孩子和我们的护照上写着"白俄罗斯人"，可是我们不是俄罗斯人，我们是苏联人！但是那个国家——我出生的地

方——已经不存在了，我们成为祖国的地方已经消失，那段时间也不存在了。我们好像蝙蝠。我有五个孩子，最大的念八年级，最小的还在读幼儿园。我把他们带来这里，我们的国家已经不存在，但我们还在……

在阿列克谢耶维奇笔下，不同种族之间相互的排斥甚至是屠杀令人触目惊心。苏联解体之后，这种现象更加突出，以至于很多人不得已，宁愿跑到切尔诺贝利这个被核辐射笼罩着的死亡之地也在所不惜。因为这个地方，至少还有自然的安宁，还可以逃避人类不同种族民族间相互的残忍驱逐和杀戮。

两相比较，位于中国云南大理洱源三营共和村委会的郑家庄却是完全不同的生活景象，可以说和阿列克谢耶维奇笔下的村庄有着天堂和地狱之别。

郑家庄七个民族的团结奋进，并不是一个国家一个地区的偶然现象，郑家庄的自身发展建设和国家对少数民族好政策持续的扶持，是其中最重要的内因和外因。

正是这两股力量，让郑家庄成长为当今中国特别是西南少数民族地区社会主义新农村建设的典范村。它所显现出的民族团结进步之力，正以星火燎原之势，影响和推动着更多的中国新农村向前发展。

这是中国特有的民族团结，也是这个时代为之骄傲的人性美好……

中秋：团圆之夜一家亲

2014年4月，习近平总书记在新疆考察时强调：民族团结是发展进步的基石。

2014年9月，在中央民族工作会议上，习近平总书记指出，“民族团结是我国各族人民的生命线”，“做好民族工作，最关键的是搞好民族团结，最管用的是争取人心”。

这是习近平同志作为总书记的新一届党中央对开展民族工作的思路，而这一工作理念可以从习近平26年前的文章中找到端倪。

“我们的事业方方面面，千万不能漠视少数民族事业这一重要方面。这是一个原则……”早在1989年6月，习近平同志在担任中共宁德地委书记期间，曾就搞好民族工作、促进民族大团结的历史意义和现实意义这一问题进行过具体的思考，并撰写成《巩固民族大团结的基础》一文，该文收录在之后出版的《摆脱贫困》一书中。

在该书中，习近平同志阐述了“民族问题有相当的敏感性和复杂性”。他认为，社会主义时期是各民族全面发展、共同繁荣的时期，各民族的民族自尊心和民族感情获得了相互承认，并具备了充分发展条件。各族人民都非常珍惜已经稳定的平等、团结、互助的社会主义民族关系，对在民族关系方面出现的问题、产生的矛盾，国家向来是十分重视的，而少数民族对此也较为敏感。

“民族问题处理得不好往往会引起社会的动荡，甚至政局的不稳。搞好民族工作是我们应尽的义务。”习近平同志在该书中指出，加速发展少数民族地区经济，使他们赶上或接近汉族的发展水平，才能够消除事实上的不平等，使各民族得到共同的繁荣。这是社会主义时期处理民族关系问题的主要内容，是少数民族工作的主要内容，也是少数民族的根本利益所在。民族平等，是马克思主义民族理论的基石，也是我国民族政策的核心。

2015年大
创建

县"民族团结进步
月"启动仪式

习近平同志认为，为了帮助少数民族和民族地区发展经济与文化事业，党和国家一直从各方面扶持、帮助少数民族和少数民族地区，这不是恩赐，也不是单方面的帮助。辩证地说，这是一种互相帮助。汉族帮助了少数民族，少数民族也帮助了汉族；国家扶持了民族地区，民族地区也支援了国家建设。

郑家庄正是在党和国家制定的一系列好的民族政策下，在习近平总书记关于民族团结的思想指导下，从各个方面，自觉做好村里七个民族团结奋进、发展有为的民族工作的。并且郑家庄的民族团结工作，细化到了生产生活的方方面面，特别是逢重大节日，各民族同胞更是欢聚一堂、亲如一家。

2015年9月27日（农历八月十五），这个日子，对于每一位中国人来说，是一个回归故乡、回归家庭的重大节日。这样一个日子，在中国西南边疆郑家庄，更显现出了别具意义的重要性。

按理来说，中秋团圆，是每个家庭所期盼的，但是在郑家庄，这份团圆的意义，并非止于一个家庭或者一个家族，而是一个有着七个民族聚集的中国农村。

郑家庄两条入村的水泥路，被旁边农田里金黄的色调和路肩错落有致的绿化树衬托着，在阳光的照射下，显得特别干净整洁。微风吹来，田野里弥漫着丰收的味道，令人宛如置身于世外桃源。

从头天开始，这两条路上，不时有车辆和行人进来。这些人当中，有很多都是带着大箱小箱、大包小包的礼物回来的。这些长期在外务工、做生意、上学的郑家庄村民，一个个在中秋时节赶回来，为的是和村里人每一年的相约团圆。

这是郑家庄一年到头最为隆重的聚会，所以，无论多远，无论多忙，无论多难，也无论男女老少，身在外地的郑家庄人都会在这天赶回村里，因为晚上村里将举办一个隆重热闹的集体中秋庆祝活动。

这个传统源于20多年前村支书何国祥的提议，一直持续到现在，从未间断。每年中秋的团圆聚会已经成为郑家庄人心里的一件大事，成为郑家庄一个最美好的民族团结情结。

在这一天，七个民族的兄弟姐妹们将在自己的村庄欢聚一堂，共享美食、共饮佳酿、聊聊家长里短……没有人知道，这个节日对于这个村庄的凝聚力起了多大作用，但到了这一天，郑家庄的人都会自己赶回来，杀猪宰牛、盛装歌舞……“民族团结友爱”在郑家庄并不是一句空话，而是实实在在的生活，就像这次中秋聚会一样，是能让每一个来郑家庄的人心里冒得出热气的团圆幸福生活。

在郑家庄人的记忆中，早在很多年前，村支书何国祥就自发组织村里人过这样的中秋节。那时候，郑家庄正在发展，邻里之间的团结友爱，已经蔚然成风，不过日常生活中的小摩擦也不可避免。

何国祥是一个特别心细的人，他的心细，不是因为自己有什么私心目的，而是郑家庄未来的发展蓝图已经在他脑海中构建。为了村庄的理想，他必须从村里的每一件小事和每一个人着眼。

他看到郑家庄这些年来通过努力，大家农闲时都有事情可做了，而且在村里村外都是一把能手。只是随着外出村民数量的增加，平时大家很少能够都聚合在村里，何不自己组织发动各家各户，趁中秋佳节把大伙都召唤回来，一起坐下来，喝一台酒，吃一顿饭，再谈谈各家的困难和对村子未来的想法……

另外，还可专门把有小矛盾的村民邀请坐在一张桌，“饭菜中间释矛盾，杯酒里面建真情”。大家都觉得这种形式挺好。后来，就成了郑家庄每年中秋不可或缺的、仪式一般的重要的团圆聚会。

想起当年筹备村里的中秋团圆饭，藏族村民小组长杨秀弟特别有感慨。他说，开始的时候，全是何国祥支书自己出资筹办，每家负责通知自己在外的家人回村团圆。这种情况，一直持续了四五年。渐渐地，村民们对郑家庄的团圆饭有了很深的感情和期盼。

“不能只让何国祥支书出钱办团圆饭”，村里其他人过意不去。几个曾跟随何国祥外出做药材生意赚了钱的村民，都自觉地参与到团圆饭的筹备中来。

再后来，大家都觉得这个事情对于郑家庄非常重要，于是有钱的出钱，有力的出力，一个村庄的事情大家办起来，众人拾柴火焰高，就是这个最朴实的道理。通过何国祥带头，“中秋团圆饭”在郑家庄村民心中扎下了根，发出了芽，并迅速成长。

今年的中秋节，回来过节的人是历年来最多的，不仅仅有常年在外忙活的郑家庄人回来，还有不少慕名而来的、别的地方别的村的人们。大家都想看看，这个村子究竟是否真的像传说中那么团结幸福！

来的人多了，这可忙坏了村民郑泮池。他不仅要和大家一起忙活，还得兼职负责统计来郑家庄的人数。根据他的粗略统计，今年来村里过节的人预计要超过700人。说这话时，郑泮池脸上抑制不住地露出幸福的笑容。这是郑家庄人独有的一种自豪感。这个村庄的团结进步形成的内力，已经潜移默化到了每一个郑家庄人身上。看着笑盈盈地招呼客人的村民，客人们都不禁要为这个村庄竖一竖大拇指。

中秋节前一天，也就是9月26日，阳光透过郑家庄的屋檐、树木，洒在村里各个角落。一大早，鸟儿就开始欢叫。村支书何国祥、村民小组长杨秀弟，身着藏族传统服装，汉族村民小组长王庆荣却一身西服正装。三个人开始了他们又一年中秋聚会忙碌的组织工作。

杨秀弟和王庆荣已经成了何国祥的左膀右臂，无须多说一句话，也不必多做一个动作，三人之间要干什么，只用一个眼神，自然心领神会，这是多年来团结一心谋发展形成的默契。

郑家庄精神在三位领头人之间体现得尤为充分。和他们交谈时，有时都会让人误以为是和同一个人在说话，这完全缘于三个人对自己村庄的那份执着的热爱和努力。为了这个村庄的长远发展，他们总是有使不完的劲、用不尽的力。一说起这个村庄的变化，三个人不约而同就会情绪激昂起来。

就是由于他们这种一心为村子谋发展的精神，激励和带动了郑家庄其他更多的人。

这不，今年的中秋筹备，就有几位村民为集体主动赞助：白族村民段志华早就为村里这台事养了一头大胖猪；汉族村民郑显红和郑文新分别捐献了一头牛和几百斤大米；还有许许多多村民，有的提供水果，有的提供酒，等等。

大伙都把这件事看得很重要，都以能够为村子做奉献为光荣。还有村里身着各自的民族服装的各民族妇女，有的负责接待，有的打扫卫生，有的洗菜捡菜，有的端盆拿碗……一个个勤劳美丽的身影，穿梭忙碌在郑家庄，为这个原本就漂亮的村庄，更增添了许多活力。

由于村里第二天要迎来全部在外回村的郑家庄人，所以得提前杀猪宰牛，这在郑家庄，有着仪式一样的讲究。

在杨秀弟的指挥下，几个村民一起，把段志华家为这次中秋团圆聚会早早准备好的大胖猪捆绑了起来，抬猪的杠木上特意拴了红布条；王庆荣带领另外一伙村民，到郑显红家赶牛，牛角上也特意系上了红布条，寄寓郑家庄民族团结牢不可破，发展建设顺顺利利，未来日子红红火火。

抬猪赶牛的两伙人，从村里的两条路吆喝而来，在郑家庄民族文化广场上相遇时，四周的人都欢呼起来，大家都感到，今年中秋喜庆来得更大，因为在2月份，郑家庄刚刚获得中央精神文明建设指导委员会授予的第四届“全国文明村镇”荣誉称号，并且，一个关乎郑家庄长远发展的规划也正在组织实施中……

一件又一件的喜事，让这个小村庄的这次中秋团圆聚会，变得更有意义，更让人期待。各个民族的村民脸上写满的笑容，为今天的准备工作增添了诸多喜庆色调。

是啊，在这个秋天的早晨，一切似乎都在等待着……

郑家庄上空特别耀眼的阳光，照到了村子的各个角落，它不仅仅照亮了郑家庄的土地和房屋，更照亮了每一个来到这里的人的心窝。

在郑家庄广场侧面，村里阳光文艺队的各民族妇女们，也都身着民族服装，正忙着准备饭菜。她们三五成群，有说有笑，手头的活计却一点儿都不马虎。一双双勤劳灵巧的手上，挑拣、清洗、加工着各种蔬菜瓜果。

这是多年来形成的传统，凡是郑家庄节日或者有接待，这些勤劳的妇女们，都会先放下自己家里的活计，自愿站出来为集体帮忙。

还有不少郑家庄年轻人，在阳光下，端着糕点果盘，相互馈赠礼物。这是郑家庄青年一代继承父母之辈团结友爱的自发行动。这种充满了爱的相互馈赠和祝福，为郑家庄的团结发展之路注入了一股强大的活力。这股希望之力，让人感受到，郑家庄未来一定会有一幅美好的图景……

在距离广场不远处的一块草坪上，一棵大梨树下，70多岁的郑晓东老人正被一群小孩子团团围住。这些孩子来自不同民族，身着鲜艳的民族服装。他们静静地围着这位汉族老爷爷，或站或坐。因为郑晓东老人正在向他们讲述村里的历史，讲他们的祖辈是如何在这块土地上安家落户，后来村里各个民族又是如何团结奋斗，如何成为相亲相爱的一家人……

郑晓东老人知道，郑家庄的未来，都在这些孩子身上，他有义务让这些不同民族的孩子深入了解这个村庄民族团结的发展奋斗历史。当他给孩子们讲到因为民族团结才促使郑家庄发展到今天，因为民族团结才有郑家庄如此美好的生活和环境时，孩子们都露出了兴奋和会意的笑容。

在这些不同民族孩子们幼小的心灵里，郑家庄祖辈们的团结美好，已经深深扎根。他们都知道，郑晓东爷爷所讲的这些话都是大实话，因为这些都是他们自小就生活和体验着的实实在在的生活和场景。孩子们虽然年纪不大，但是郑家庄优良的民族团结传统，郑家庄一鼓作气的勤劳奋进精神，郑家庄宽容友爱的集体氛围……都深深烙印在了这些孩子成长道路的每一步上……

给孩子们讲授郑家庄民族团结优良传统这件事情，也是郑家庄像郑晓东一样的诸多老年人从心底想做的事情。郑家庄的发展，牵动着每一位郑家庄人的心，无论男女老少；“郑家庄”这三个字已经成为郑家庄村民集体意识所围绕的至高言行准则。

一切都以民族团结的集体大局为重，这也是郑家庄多年以来保持快速发展进步的准则。孩子们就是在这样的优良传统下出生和成长的，所以，郑家庄各民族的孩子们，虽然身处边远农村，但其素质却是让人赞叹的。

就拿一件事情来说，郑家庄的小孩子绝对不会乱扔垃圾，并且看到地上有脏东西，会立马捡到垃圾箱里。这一点，就是大城市

里的孩子也无法都做得到。所以郑晓东老人在和这些孩子讲村庄的历史时，显得特别兴奋，他为这些懂事的孩子们高兴，也为这个村庄未来后继有人而开心。

郑晓东一遍又一遍地给这些活泼可爱的孩子们讲述这个村庄的方方面面，孩子们听得十分认真，他们在平时的生活中，已经感觉到自己的村庄和别的村庄不一样。他们从小就有了某种使命感，现在，通过郑晓东爷爷亲切细致的讲述，又让他们感觉到了自己得多向祖辈学习，和其他民族的小朋友

们一定要团结一心，努力学习文化知识，将来把郑家庄建设得更加美好。

白族风格的洁白墙壁，对应着绿油油的草坪。墙壁上，融合了藏族、傣族等风格的彩绘在阳光下闪耀着光芒……

空气中，飘荡着植物和果实的香气，小鸟叽叽喳喳欢叫个不停……

大梨树郁郁葱葱，一位老人和七个民族的孩子们，在中秋节即将到来之前，坐在这颗结满果实的大树下，讲述着郑家庄的往昔……

这一切，多像是一幅幸福乡村民族风俗画。画面的正中，定格了郑晓东老人和七个民族的孩子，也定格了郑家庄在当今时代独具一格的团结发展之路……

9月27日，更多返乡的郑家庄人回来了。

郑家庄巨大的牌子，竖立在214国道和村口道路的交叉点上，蔚蓝的天空和红色的字体交相辉映。沿着两条进村的水泥路，民族团结、村寨和谐的印迹随处可见。入村处，许多牌坊上，或绘有着白族纹饰，或写有藏族欢迎词、汉族对联。

其中一副对联这样写道：

汉藏傣白彝团结进步一家亲
农工商教文繁荣发展满园春

这副对联，可以说是郑家庄现在最真实的写照。

郑家庄村里道路两旁的壁画上，各民族元素的彩绘之间，还穿插有诸多“民族团结”“和谐发展”等字眼的民族政策标语。正如郑家庄村民的心声“我们不分彼此，都是一家人”一样，淳朴的字眼和宣传，并非只是口号。

在郑家庄，每一个刻画在牌坊和墙壁上的字，都是发自村民内心的呼声。这里的人们，生活在民族团结发展进步之中，国家每一个好的民族政策，都会化作村民的自觉呼应和行动意识，变成团结奋进的力量，推动着这个村庄不断向前奔跑……

聚餐前，郑家庄各条道路上，已经人来人往，好不热闹。经过昨天一天的准备，各种菜肴备齐，酒水饮料摆上了桌子。郑家庄无论男女老少，都在为此忙碌。一件事情，只要有人看到需要帮忙，就会马上去做。筹备这样的聚餐，完全是靠全村人团结的力量。

各民族村民，都身着自己最好的民族服装，为今天的团圆聚会精心准备好了一切所需。当然，在吃饭前，大合影是必不可少的。站在郑家庄小广场民族团结创建活动的大背景板前，村民们脸上洋溢着回归团聚的幸福笑容。

是啊，郑家庄发展到今天，怎能不让人高兴呢？！就拿20多年来的中秋佳节全村人自觉聚会这件事来说，有哪个村庄能够做得到呢？况且郑家庄这是有着七个民族聚居的自然村。按常理来说，应该是问题最多的村子，可是恰恰相反，经过七个民族几代人的努力，郑家庄成了如今远近闻名的民族团结示范村。

作为郑家庄人，不仅是从声誉上感到骄傲，还从日常生活中体验到了民族团结共同进步带来的益处。经济发达不说，远的大的不说，就拿村里留守的老人小孩来说，任何一位老人和儿童留守在村里，都是让人放心的，不但人身安全、饮食起居等生活方面，村里人都会帮忙照顾，不管遇到任何事情和困难，村里人都会主动上门帮助。所以郑家庄人即使一大部分年轻人常年在外做生意，家中的老人小孩一样有人帮照顾，而且照看得很好，一点儿也不需要担心，这和一些农村留守儿童和老年人悲惨的遭遇形成了巨大的反差和对比。

就拿这一点来说，郑家庄也的确无愧于“全国文明村镇”的光荣称号。所以当许多郑家庄人回来过节，站在这块民族团结背景牌前合影时，都掩饰不住对自己村庄的热爱和赞赏。按照村里人的说法，大家站在一起，的确有种一家人的亲切感。

不但郑家庄人有这种感觉，在我按下快门给他们拍摄合影的时候，也深切体会到了郑家庄这股强大的民族团结力量。

它让我这样一个外乡人，站在郑家庄合影的众多民族面前，真的感觉像是在给一个庞大的家族合影。慕名而来的许多人，想必他们和我的心情是一样的。合影的每个人脸上绽放的幸福与满足，感染了镜头，同时也感染了镜头后面的摄影者。那一刻，还会有种错觉，感觉到自己似乎也成了眼前这个村庄大集体合影中的一部分，也成了几百名郑家庄人中的一个。

你甚至能体会到他们此时此刻心中的喜悦和幸福。

在这方天地中，这种喜悦和幸福，是可以通过空气传染的，也是可以通

过外乡人传染的。当你按下快门，定格照片的那一刻，郑家庄几百张面孔，迅速地在转换融合，最后，就只剩下一张面孔，就是你脚下的、眼前的、心里的、脑海中的村庄——郑家庄！

“咔嚓咔嚓”，当相机的快门不停地定格着郑家庄2015年中秋团圆大合影时，民族团结大背景板后，已经摆好了几十张桌子，各种乡村原生态的美味佳肴热气腾腾，一碗碗自酿的老白干斟满了酒碗……七个民族的村民们，紧挨着落座，欢声笑语在饭桌上此起彼伏。

这时，村支书何国祥站到了高台上，正对着郑家庄集体食堂的活动中心大门的台阶。顿时，大家安静了下来。

何国祥身着金色配黑披的藏袍，满怀深情地开始了祝词。他说了许多问候大家的贴心话，还说了祝福自己村庄的话，说着说着，他抑制不住自己内心的激动，端起酒杯就想和大伙儿干杯。大家便纷纷站了起来，频频向这位优秀的村支书回敬美酒……

也许此时此刻，唯有放开喝酒，才更能表达郑家庄各民族兄弟姐妹之间的深情厚谊，才更能表达七个民族亲如一家的那份特别的团结，才更能让每

一个郑家庄人，打心底更加热爱自己的故土……

在何国祥的身后，大门两边贴着的是村民自己用毛笔在大红纸上写下的一副对联：

中秋月圆光辉增

民族团结一家亲

喝不完的美酒，吃不完的美食，说不尽的贴心话……在人头攒动的饭桌前，中秋佳节的浓郁氛围，已经在郑家庄集体聚会上蔓延开来。

这是一顿连续吃了20多年的集体餐，也是见证郑家庄持续发展的团圆饭，无论什么民族，无论什么身份，无论什么年龄，无论什么由来……所有坐在郑家庄集体食堂桌前的人们，都痛痛快快地敬酒吃肉，痛痛快快地祝福交谈，痛痛快快地加油打气……

这哪里像是一个村子的人，这哪里像是不同民族的人，这哪里像是久别不见的人，这分明就是一个民族、一个家庭、一条绳子……这些淳朴的郑家庄各民族村民们，边吃边起身帮着别人做事。

在这里，人人都是主人；在这里，人人都为别人。

在这里的每个人，都受到别人亲人般的对待，这在中国农村，也是极罕见的。这顿团圆饭，看似只是一次简单的聚会，但其背后团结的力量真是不可限量。它是郑家庄最可宝贵的核心精神，也是推动郑家庄前进的源源不断的动能。

不过，虽然此刻吃团圆饭已经显示出郑家庄人团结的力量和风貌，但郑家庄中秋聚会最激动人心的时刻还没有到来。在大家心中，得等到月圆之后，待月光洒满郑家庄之时，才是这次聚会的活动高潮——中秋团圆联欢庆祝晚会。

晚饭后，郑家庄各个民族的村民马不停蹄搬桌子，抬板凳，端月饼，提酒水……

全村人从自己家里拿出最好的食品，在村子中心的广场上，围成一个大圈，桌椅相连、顾盼相望；一家家、一个个紧紧挨着，一桌桌、一盘盘美食竞相呼应……大家乘着酒兴，围坐一起，畅谈村里的发展变化和自己的幸福

生活。

“其乐融融”这个词语，放在今晚的郑家庄，是最合适不过的了。七个民族兄弟姐妹的欢声笑语盈满了小广场，一起等待着，再过一会儿便可举杯、赏月、观舞……共度佳节良宵。

在广场的正中央，摆放着中秋祭祀的物品：一张老式木桌子上，两边供着月饼，正中大小两个摞起来的木质升斗里，装满了金黄的玉米，玉米上插着喜庆的红香，升斗外面，贴着红纸，小升斗红纸上书“四季平安”，大升斗红纸上书“五谷丰登”。这是郑家庄中秋祭祀的传统器物，具有典型的世居民族风格，为的是祈求七个民族共同的福祉。

明亮的月光和广场四周的灯光与每张桌子上的烛光交相辉映，把整个广场照得亮堂堂。这些光和鼎沸的人声交织在一起，有种别样的喜庆。

藏族村民小组长杨秀弟径直穿过小广场，登上民族团结大背景板前面的第一层台阶，金黄镶边的藏袍，显得特别喜气，他代表村里的党支部和几位领头人，向七个民族的兄弟姐妹致中秋祝词。

由于刚才吃饭时高兴，忍不住多喝了几杯，杨秀弟情绪高昂，声音中充满了无比的自豪。当月光、灯光、烛光交织的光线在他的藏袍上反射出更为耀眼的金色光芒时，这位藏族汉子说到了国家民族好政策，说到了郑家庄民族团结好风貌，说到了郑家庄美好的发展前景……台下掌声雷动，欢呼叫好声也随之此起彼伏……

杨秀弟正对着的小广场南面的一道铁门上挂满了金黄的玉米串，玉米串两边，是郑家庄人专门为今夜书写的一副红底黑字对联：

团结歌扬留朗月
和谐民族乐中秋

致辞之后，何国祥代表全村各少数民族同胞，走到了广场的中央。

他表情严肃，双手合十，而后手执两炷红香，按照郑家庄传统风俗，开始弯腰鞠躬，祭拜天地神灵。

他祈求村里各民族兄弟姐妹生活富裕安康，祈求郑家庄农业、生产风调雨顺，祈求外出做药材生意的村民平安兴旺，祈求郑家庄未来发展美好幸福……

何国祥作为郑家庄的领头人，对于郑家庄，他比任何一个人都更有感情、更有责任带动发展，这是他作为藏族人的情怀，同时也是他作为一名优秀共产党员和基层党支部书记的光荣使命。

在何国祥心中，一直有个愿望，通过多年的努力坚持，这个愿望实现了，并且持续了20多年。今天晚上，这个愿望，再一次冲击着他的心。

他热爱这个村庄，热爱这里的每一寸土地，热爱这里的每一个人。他在仪式上祈祷的时候，又默默给自己鼓了一把劲，他得把另一个关乎郑家庄未来发展的重大项目做成功，因为村里各民族兄弟姐妹的幸福，才是他最大的幸福。他一直表情严肃地默默祭拜祈祷许愿，在他内心深处，正为郑家庄今天晚上热闹非凡的团结聚会而万分高兴！

在何国祥四周，几百双眼睛，默默注视着这份祝福。

这一刻是神圣的，是一个村庄因为这些村民团结而有了灵魂般的神圣。这些眼睛也是圣洁的，这是来自泥土最接地气的一双双期盼的眼睛。但这些眼睛里散发出来的光芒，却是高远而有温度的，因为有了郑家庄，这个大家为之骄傲的村庄，一切都变得更有意义和更令人期待了。

各民族同胞们等着何国祥支书完成祭拜后，都纷纷起身，端着酒杯，拿着月饼，举着礼物……开始了今夜的庆贺狂欢。几缕月光落到了酒盅里，似

乎也被这团结欢快的场景所触动，变得越来越明亮、越来越柔和。

频频举杯、相互祝愿的声音，在郑家庄广场上连绵起伏。忽然，广场上空中升腾起一道道光点，“噼噼啪啪”，这些光点在空中爆裂成为五彩的线条和图案，转瞬便在漆黑的广场上空绽放出一朵朵美丽的烟花，落向郑家庄，落向沉浸在中秋喜悦之情中的各个民族群众的眼睛里。

“来了来了……”不知道是谁在人群中高声喊了起来。

只见从民族团结牌坊侧面，跳着走出来一支身着白族服装的舞蹈队。她们手执红色的扇子，踏着歌声，跳起了白族舞。

这些来自郑家庄阳光文艺队的妇女们刚刚还在厨房里忙出忙进，现在已换上统一的白族服装，跳起了扇子舞。

她们穿插舞动，手中的扇子扇动着中秋之夜各民族团结的喜悦之情。娴熟的舞姿，把大家的眼光吸引了过去。每一个动作都做得有模有样，每一个衔接都舞得有板有眼。真不知道这些勤劳的郑家庄妇女究竟用了多大功夫，才在业余时间练就这优美舞姿。

阳光文艺队的妇女们在自己村庄的民族文化广场上，尽情地舞蹈，尽情地把心中的欢乐传递给四周的乡亲们。人们边吃、边喝、边说、边欣赏自己村子人的表演。无论是扇子舞，还是后来表演的霸王鞭、藏族的锅庄舞、纳西族的三步曲、傈僳族的打跳等舞蹈，无一不冲击着这个团圆的夜晚，给全

村带来了无尽的喜气。

中国千千万万农村，也许只有郑家庄像这样连续20多年，集体一道在村子的民族文化广场上共同度过。无须太多的言语，郑家庄在这个团圆的夜晚，用欢声笑语，用音乐舞蹈，用美酒佳肴，用团结友爱……诠释着一个村庄的活力和传奇。

沿着这些桌子走上一圈，你看到的老人们，都在儿孙的簇拥下，露出慈祥的笑；顺着酒杯的碰撞声走一转，你看到的中青年们，都意气风发频频举杯；乘着音乐的旋律和舞蹈的节拍走一趟，你看到的孩子们，一个个都活泼好动、健康可爱……

月亮不知道什么时候已经升到了头顶，时间不知不觉指向了午夜……郑家庄民族文化广场上的各族村民，都在用藏语“扎西德勒”互相祝愿，互道平安。

村支书何国祥醉了，村民小组长王庆荣、杨秀弟醉了，村里的各民族醉了，就连外来的人们，也都跟着郑家庄人醉了……在这个朗月当空的夜晚，郑家庄人给中国的传统节日画上了浓墨重彩的一笔。不过，就算是玩得再晚，郑家庄各个民族的村民，也一定要把卫生打扫得干干净净，才肯回去睡觉。这一点，是让人始料未及的。这个良好、勤劳的习惯，是宝贵的郑家庄精神之一。

当各民族的村民一起动手清扫民族文化广场时，郑家庄上空的月亮，特别圆，特别大，特别亮，不得不让人感叹，万物都是有灵的。就连竖在广场旁边的那一根高高的经幡柱，在今夜，也显得特别高大挺拔。它似乎在向天空传递着郑家庄人中秋团圆的喜悦。它在今夜，见证了郑家庄民族团结不是一句空话，而是实实在在的生活。正是这种踏踏实实的生活，让中国传统佳节中秋节，在这村里被赋予了别样的意义，成为七个民族共同珍视的一年一度的隆重聚会，连续20多年从不间断，这需要多少人无私的奉献和坚持，才能做得到啊！

拥有这股精神力量的人是幸福的，拥有这股精神力量的村庄是幸运的。这股团结奋进之力所创造的奇迹还在延续。

当你午夜从一个喧嚣热闹的聚会，一下子转到一个人人动手清洁家园的现场；当你在所有郑家庄人清扫好村子的民族文化广场回去睡觉之后，静静地站在广场中间，回味刚才发生的一切时，如梦似幻的幸福感会让你觉得有些不太真实。然后你会觉得似乎一切都还在身边，各民族同胞的音容笑貌，被如此干净整洁的民族文化广场定格了，就像是什么都没有发生过，又像是什么都正在发生着……

这是多么奇妙的一次心灵体验啊！

要知道，第二天一大早，村里很多人就又要踏上外出的路，继续为了这个村庄的发展繁荣去忙活。然而今夜的聚会，会像20多年来的类似聚会一样，再一次增进累积着郑家庄各民族之间的感情。

它的意义，显然已经超越了中秋节一家人团圆所带来的幸福。

郑家庄能够从一个村子整体出发，看待所有问题，那么它也就可能在面临的任何艰难险阻面前，以集体的力量轻松应对和化解。

“一根筷子易折断，十根筷子不易折”的简单道理，人人都懂，但是不是所有的村子都能够像郑家庄这样，在中秋佳节之夜，以民族团结之名，把大家紧紧地“拴”在一起。

郑家庄的每一个民族都盼望着中秋团聚，这已经形成了郑家庄的传统。毛泽东说过：“一万年太久，只争朝夕。”中秋之夜如此短暂，但是郑家庄愿意为每年这个短暂的聚会付出长久的努力。

民族团结，这句话在郑家庄人心里的的确确不是一句口号，中秋聚会的强大凝聚力和号召力，已经说明了问题；郑家庄发展到今天取得的成绩，已经说明了问题；聚会狂欢到午夜之后还坚持把民族文化广场打扫得干干净净，已经说明了问题……

中国究竟需要怎么进行社会主义新农村建设？

郑家庄就在那里，可以去看一看、听一听、想一想，答案也许就在郑家庄民族团结亲如一家人的中秋团聚之中。当然，也在这个村庄各个民族的发展致富道路上。这里面，还藏着一味药，那可是郑家庄藏族领头人、村支书何国祥家的家传秘方……

藏族：药里乾坤大

郑家庄的发展，离不开民族团结；郑家庄的民族团结，离不开药材生意；郑家庄的药材生意，就是村里的藏族带动的。如今的村支书何国祥，就是以藏族的身份，带领郑家庄一步步走到了今天的繁荣。据统计，郑家庄现在有藏族94人，是除郑家庄世居民族汉族外人口最多的外来少数民族。

郑家庄做药材生意的传统由来已久，不过正是由于藏族同胞无私的帮扶带动，其他民族的村民才逐渐掌握了外出做药材生意的诀窍。郑家庄绝大部分家庭都跟随过村里的藏族外出做过药材生意。之后，这些人又带动了更多的甚至是其他村子的人。

因为有了这条路子，郑家庄的人均收入年年增加。2014年，全村人均收入其实已经过万。发家致富，当然也是郑家庄向前发展的重要前提，不过，通过做药材生意，使得郑家庄七个民族团结如一家人，才是郑家庄发展更为重要和稳定的因素，也是郑家庄精神得以形成和不断发扬的原因。

药里乾坤大，说的不仅仅只是做生意的事情，还有一个个家庭受其影响、勤劳致富的事情。

郑家庄就有这样的两个家庭，作为外出做药材生意的代表，一直影响和促进着郑家庄其他外出做事情的人们不断前行、开拓奋进。这是郑家庄团结勤劳精神的体现，也是郑家庄人不甘落后、一路奋进的真实写照。其中一家，就是村支书何国祥的姐姐何桂花；另一家，则是汉族村民小组长王庆荣的妹妹王荣瑞。

2015年10月11日，从大理洱源出发，经过一个多小时的车程，我找到了位于大理下关人民路的一家老字号藏药店，红底上“藏药山货店”几个黑字十分显眼，这就是郑家庄藏族人何桂花和她的藏族丈夫杨云龙开的药材店。

这是郑家庄人在外面开的第一家药材店，经营了快20年。别看这个店面积不算大，但是里面经营的药材都是精品。

在店里，杨云龙给我们展示了上等冬虫夏草等平时不容易看到的名贵药材，当然还有藏族按传统配方配好的许多日常用药，不但当地人常来购买服用，许许多多外地来大理旅游的人都慕名特意前来购买。

这间店小名声大的藏药店，凝聚了何桂花、杨云龙夫妻俩多年的心血，当然，也为郑家庄药材生意史写下了浓重的一笔。

身为郑家庄人，为什么要在大理下关开这样一间药材店呢？

何桂花回忆起过去的岁月，不禁感慨万千。

在她的记忆中，爷爷奶奶这一辈人，哪里水草好，就到哪里搭帐篷放牧生活，就这样一路从西藏到剑川，从剑川到洱源，然后到牛街、三营，最后有了国家对于游牧民族安置的好政策，才得以定居郑家庄。

从游牧时，何桂花的爷爷奶奶就开始做药材和骡马交易。那时候可不像现在，仅仅只是在长期放牧迁徙的过程中偶有交易而已，还算不上是正式的做生意。但是后来就不一样了，当自己的爷爷奶奶和族人被安置定居在郑家庄之后，一种全新的生产生活方式开始了。当然，在那个大集体时代，做此类生意不太可能。然而生活的艰难，不但没有压倒藏族人的意志，相反，苦难其实一直在磨炼和孕育着藏族人的许多奋斗精神和美好理想。

何桂花记得，那时候，只有爷爷会讲一些汉话，奶奶只会听不会讲。自己小的时候，没有上学之前，也是只会讲藏话，后来才学会了汉话。

虽然那时郑家庄十分贫穷，自己小时候，就觉得郑家庄路烂泥滑的，手推车都让不开，但是整个村子里的世居民族对于游牧民族的到来，都给予了很大的帮助。

也许是祖辈们看着郑家庄太过于贫穷，想要改变大家的生活状况，后来慢慢开始偷偷地做起药材和骡马生意。

何桂花最记得自己的父亲何尼玛，良心好、脾气大，当年在郑家庄就喜欢打抱不平，有时得罪了别人自己都不知道。后来父亲出了事情，感觉天都塌下来了，根本不愿意承受和面对，那时她常常在想，那要是一场梦就好了。

在那个特殊的年代，何桂花全家人，既要为生产队做事，还得偷偷摸摸做生意，其艰难可想而知，以至于自己不得不中断学业。十三四岁时，家中两兄妹（何桂花和大哥何国发）被当作一个劳动力，生产队栽秧划了一塘子任务，当天必须完成，没法，咬咬牙，也就这么挺过来了。

何桂花十四五岁时，第一次正式跟着妈妈和孃孃（云南方言，用于称呼母亲的妹妹）们外出做药材生意，先后到过贵州、湖南、四川等地。她记得自己和大人们背着当归、木香、洋参等一二十种药材，在外地的各个村镇摆摊。

开始学着卖药时感到很羞涩，毕竟还是个少女，后来也就慢慢习惯了，并熟悉了药材生意该怎么做。郑家庄很多孩子也都是这样，跟随着大人们一天天走南闯北风餐露宿，想起来，其实挺艰难的。

那时候销售药材全靠摆摊设点，遇到过很多意想不到的困难，但都一一克服了。为什么能一直坚持？就是想通过自己的努力，发家致富，然后带动村里其他民族，带动全村人共同富裕。只是先走这条路的人是最苦的，郑家庄的藏族村民，就是走在这条路前面的人。假如没有这些先走出路来的人，就不可能有郑家庄后来各个民族跟随做生意的盛况（也包括三营镇药材一条街）；没有后来郑家庄七个民族一起做药材生意取得的经济基础和团结一心的奋斗精神，也就不可能有今天郑家庄各个民族亲如一家和谐发展的繁荣进步。

通过跟随祖辈们艰难地外出摆摊销售药材，何桂花慢慢地也入了行。

1988年前后，她逐渐和大理药厂、云南白药厂等建立了联系，开始做大宗药材。也就是从那个时候起，何桂花不得不离开郑家庄来到下关。先是在建设路人民旅社住下。这个旅社当年全部被做生意的人承租下来，整个旅社就像是另一个村子，很热闹也很特别。当时药材大都经永胜、巍山、云龙等地拉运来下关。大伙喜欢这里，是因为住在这里收药材比较方便。

1993年左右，人民旅社要拆，大家都得重新找房子。也就是那时候，何桂花和丈夫杨云龙找到了现在这个地点，铺面一层，住房一层（在三楼），当时还没有开店，一直在跑着大宗药材生意。

这种状况一直持续到1997年，何桂花有了新的想法，她想开一个店，一个长久的店，可以作为郑家庄人做药材生意的一个站点，或者说是一扇对外的窗口。

1997年，这个名为“藏药山货店”的药材店正式开张营业。

开业后，由于大家对藏药并不了解，对这个小药店也缺乏认识，所以生意惨淡。不过两三年后，凭借一点一点建立起的信誉，店里的生意慢慢好了起来，从邻居到来大理旅游的游客，只要在这里买过一次药，就会来第二次，第三次……

何桂花很自信地分析说，自己店里经营的所有药材，都货真价实，绝不会卖假药，进货的渠道都非常谨慎，不像现在很多打着藏药旗子的药店，为了单纯追求利润，不惜做一些手脚。

藏药山货店进药，都是要到西藏药厂、香格里拉药厂等正规的大药厂，宁愿成本高利润少，也决不赚黑心钱。何桂花说，曾经有很多送药的来店里想以较低的价格包送，但自己和丈夫心底感到不踏实，都拒绝了。为什么？做人要对得起自己祖辈辛辛苦苦创建的这门生意，更要对得起郑家庄这块牌子。郑家庄其他民族兄弟姐妹，都在看着藏族人如何带头，而药材生意，可是郑家庄民族团结进步历史上的一根重要绳索啊！

正是有了何桂花、杨云龙夫妻长期对藏药生意的坚守和对药品质量的坚持，藏药山货店的生意，一天比一天好；藏药山货店的声誉，一天比一

天强。

到现在，只要你在下关问："买藏药去哪家好？"就会有人指引说："要买藏药就到人民街那家店，假不了，放心！"

与何桂花的藏药山货店遥相呼应的另一家藏药店，则是跟随藏族人做药材生意后自立门户的郑家庄汉族村民王荣瑞在大理古城开的店。

王荣瑞特意做了一个红木金字牌匾，匾上用汉藏两种文字书写店名"西藏藏药"。

"西藏藏药"店位于大理古城南门繁华地段。店面宽阔，装潢气派，店内售有西藏红景天、西藏野生重楼、西藏冬虫夏草等五六百种药材，是这条街非常醒目的藏药店，也是闻名大理古城的药材店。

2015年10月25日下午，我来到这个药店见到王荣瑞时，正巧遇到有省外的游客慕名前来购买药材。王荣瑞操着熟练的普通话和客人交流，可以听得出来，这位郑家庄走出来的女子，经过多年的药材销售磨炼，已经能独当一面、游刃有余了。

不过，据王荣瑞回忆，走上药材销售这条路，和郑家庄的藏族村民有着密切关系和渊源。

按照常理来说，王荣瑞从郑家庄嫁到了洱源新联村公所小河村，已经是别村的媳妇了，但是王荣瑞却不这么认为，郑家庄给予她的一切，让她无论在何时何地都坚持认为自己依然是郑家庄人。

她清楚地记得，在自己十五六岁时，就跟随村里的亲戚外出做药材生意。她的堂孃桂菊，嫁给了外来的藏族小果柴（李学才）。她与小果柴和桂菊的女儿李灿梅一起，跟随着大人们，在90年代初，从郑家庄出发，途经洱源县城、大理下关、广通，然后到达四川峨眉、乐山、内江等地销售药材。

那时候条件艰苦，药材完全靠自己用背包背，而且开始不懂行，自己只能带着药书，边学边卖。在外面摆摊，还经常受到当地人的欺负。

这种情形一直持续了十多年。

结婚后，自己带着白族老公段福海一起，常年在外面跑药材生意。省外黑龙江、青海、四川等地跑了几年；云南省内，大一点的城市都基本去过。楚雄的火把节、保山的端午节、大理三月街、丽江华坪骡马交易集市等都去赶过。后来有了孩子，自己也常想，郑家庄那么多年来，藏族同胞带动做药材生意的人那么多，而且何桂花大姐已经在下关成功开了一家藏药店，自己何不学着在大理古城再开一家，两相呼应呢？一来，可以巩固郑家庄多年来药材生意的对外窗口；二来，也可以相对固定下来照顾孩子；三呢，还可以作为郑家庄药店销售的探索之路……

这样一想，再和老公一商量，找好地段租好房子后，就决定在2014年10月1日开业。自己负责藏药店，老公依然在外地跑，毕竟那么多年开拓的药材市场，还有不少老主顾。

王荣瑞嫁到小河村，不但自己家做药材生意，而且还带动老公的妹妹段丽珍等兄弟姐妹也从事这行业。这些亲戚农闲时跟着段福海在外面跑，平时则在村里种田。这也是王荣瑞借鉴了娘家郑家庄藏族成功带动别的民族发家致富所积累的经验。

王荣瑞记忆中的一件事情，至今想起来，依然令人感动。

当年因为自己家困难，学做药材生意没有资本，郑家庄藏族村民何国祥拿出虫草给自己母亲去卖，分文不收。何国祥是真心帮助其他民族。他甚至宁愿自己吃亏受损失也要帮助其他人。正是他，有力地带动了郑家庄药材生意的发达，为今天郑家庄精神的建立和发展，注入了源源不竭的民族团结之力。

王荣瑞从小在郑家庄，就看着这个村庄是如何发展起来的，所以，她对民族团结这个问题有很深刻的认识。她自己家就是这样做的。无论是自己的二哥、郑家庄村民小组长王庆荣，还是其他兄弟姐妹，几十年来，这个家庭在郑家庄整个村子团结奋进精神的影响下，从来没有起过冲突。

按照王荣瑞的话来说，小家的团结构成了大家的团结，大家的团结才让郑家庄七个民族成为一家亲。

所以当她嫁到小河村之后，通过做药材生意赚了些钱，但依然保持着在郑家庄培养的各种良好习惯。比如，主动绿化烤烟房四周的地。尽管小河村有些人说，这是吃多了没事干，但王荣瑞就是想用郑家庄精神带动小河村。她甚至还按照郑家庄的做法，在村子大路边，种了二三十颗雪松。让人哭笑不得的是，种下后不久树苗就被人偷走了，这在郑家庄是难以想象的。

郑家庄人从来不轻易拿公家的东西，即使是郑家庄的小孩，也是这样自觉和遵守规矩的。王荣瑞虽然有些伤心，但是她并没有放弃。她决心用自己的言行来影响、改变小河村人，让他们树立起改变自己、改变村容村貌的意识。

要改变一个人是很难的，要改变一个村子，更难。

王荣瑞开藏药店的意义，现在又多了一层，那就是依靠郑家庄精神，影响和带动小河村。

若论文化水平，郑家庄人比起小河村以及其他村的人高不了多少。但是郑家庄人的素养之高，确实罕见。在小河村，有人带头做公益之事，总有别人说闲话；自己有时候拿平价药材给小河村的村民，也会有人说这是熟人之间的算计，当真让人哭笑不得。不过，这又不得不让人严肃思考，为什么会这样？又该如何改变这种状况？

王荣瑞总是想把郑家庄好的东西一点一点传到小河村。自己努力在大理古城开这个藏药店，就是还想让乡亲们看到希望。想当年，郑家庄就是这样一个人一个人、一个家庭一个家庭带动起来的，最终形成了全村良好的风气的。

郑家庄人的勤劳也是这样渐渐形成的。就算是闲下来，郑家庄的妇女

们也会积极学习各民族舞蹈，而不是像很多村庄的人那样，只晓得打麻将等。

在郑家庄，懒人是要被全村人笑话的。所以，王荣瑞从小就养成了手勤脚快的性格，她甚至想在大理古城再开一家藏药店，只可惜缺少管理人。

西藏藏药店每年能给王荣瑞带来三四十万元的收入，这得益于这家店良好的信誉，当然，还有王荣瑞身上所具有的郑家庄人的优良传统。她始终把自己当作是郑家庄人，每时每刻每地以郑家庄的规范要求自己。

这个藏药店，从里到外，都井然有序、干净整洁。这和郑家庄的村容村貌一脉相承。

说到郑家庄与别的村庄的区别时，王荣瑞列举了许多方面，其中说到郑家庄的环境卫生首屈一指。这一点，在我多次往返郑家庄和周边村子的采访调查中，也得到了印证。王荣瑞的初中同学来到郑家庄看后说，环境干净得太不可思议了。还有郑家庄的节日氛围好，因为村里讲究团结互助，所以集体过节，也是增进民族团结、帮扶贫弱的一次机会。而且郑家庄的勤劳上进是出了名的，大家都在比，不是比经济条件，而是比做活计，只要别人做得好，就想学习，就想要做得比别人更好！

郑家庄的集体意识观念之强，也影响着王荣瑞开这个药材店的初衷。她开的不仅仅是个人的店，还代表着自己家，更代表着养育自己的故土郑家庄！

村支书何国祥、村民小组长杨秀弟，以及自己的二哥王庆荣，他们为了集体、为了村里的事情常常是“损私肥公”。比如，为村子办事的电话费、车子的油费等都是自己掏钱。

二哥王庆荣当选村民小组长之后，她还劝说过他：“办事注意不要得罪人。”但是二哥斩钉截铁地回答：“村子里面不带头，如何好得起？哪怕不做自己的生意，也要忙村里的事情！”

这让王荣瑞大为震动，她决心也要向二哥学习，做一个有担当、有责任的郑家庄人！

所以这个藏药店一定得经营好，要用郑家庄精神，支撑起这方在外打拼的天地，不辱郑家庄这个牌子。虽然自己富裕了，还必须努力带动小河村等更多村庄的人们，共同走向富裕，因为自己是郑家庄人，得让郑家庄民族团结精神真正为小河村服务，为中国更为广大的农村发展服务。

白族：两个媳妇的骄傲

郑家庄民族团结所取得的成绩，细细分析下来，有一股力量绝不容忽视，那就是郑家庄各民族妇女在男人们背后默默付出的辛劳。

常言道，女人能顶半边天。这话放在郑家庄来说，是最合适不过的了。

郑家庄每一个家庭的和睦，决定了这个村子整体团结的面貌。由于历史原因，郑家庄各民族之间通婚的现象非常普遍，也可以说，正是这种多民族之间的联姻，为郑家庄的民族团结打下了坚实的基础。

不过，多民族通婚，无可避免地会带来不同民族之间在宗教信仰、生活习惯、爱好志趣等方面的差异，面对这些差异，郑家庄人又是怎么克服的呢？特别是作为郑家庄的女人，又是如何在一个多民族杂居的村里，经营好自己同样多民族的家庭的呢？

如果把郑家庄比作是一塘水，那么郑家庄的女人就是一股股不断注入水塘的活水之源。为什么这样说？我们可以通过郑家庄两位白族妇女的故事，来一点点剖析郑家庄多民族家庭的状况。这两位白族妇女身上所担负的责任和所具有的美德，可以说是郑家庄妇女的典型代表。正是由于她们在家庭生活中的默默付出，才使得为郑家庄的发展倾力而为的两位村民小组长没有后顾之忧，也使得郑家庄的领头人何国祥支书有了左膀右臂般的得力干将。

当然，拥有这般勤劳贤惠美德的妇女，在郑家庄是普遍的，这些令人尊敬的家庭主妇们，建构起了郑家庄发展过程中的另一条道路。这条道路是隐形的，让人不易察觉，同时也更令人赞叹！

这两个家庭在郑家庄民族通婚融合过程中具有代表性的意义，是郑家庄一百多户人家的模范。这两个家庭影响和带动着郑家庄，从另一个角度来看，这也是郑家庄民族团结最有力的支撑点之一。

2014年12月，郑家庄藏族村民小组长杨秀弟和他的白族媳妇段春梅捧着一块牌子回到郑家庄，那是中共云南省委宣传部和云南省民族宗教事务委员会联合颁发给这个家庭的“云南省民族团结进步模范家庭”称号的奖牌。

沉甸甸的奖牌上面刻有金光闪闪的字，这是给予一个家庭的荣誉，更是给予一个村庄的荣誉。这个村庄，因为有许许多多这样的家庭，才有了今天的长足发展；这个村庄的一步步发展，又带动了一个又一个这样的优秀家庭的产生，这是相辅相成的良性循环。

2015年10月21日，当我第一次走进这个家庭，采访这位优秀的郑家庄妇女代表时，家庭主妇段春梅向我讲述了许多往事。这些往事是郑家庄民族团结记忆的一部分，也是这个多民族家庭宝贵的奋斗史。

在这个宽敞干净，既有着白族典型建筑特色（白族传统照壁、装饰风格等），又融合了藏族文化（藏族佛堂、经幡、宝灯莲花彩绘等）的民居里，白族媳妇段春梅拉开了记忆匣子，许多往事倾泻而出……

段春梅家是胜利村的，她早就听说郑家庄人思想活跃积极，相当团结，对公益事业很热心。当时她还是个学生，杨秀弟是她的同班同学，在郑庄小学上学时，两人还是同桌，后来上中学，仍然在一个学校，即勋庄中学（现在的三营三中）上学。

那时候，段春梅就对郑家庄有好感，因为从杨秀弟身上，她看到了一种不一样的气质。后来毕业，一次偶然的机会，大队上放电影，两人不约而同都去看电影了。

既是年轻人，又是老同学，碰巧又聚在一起，自然谈了很多，相互之间便有了爱慕之意。

段春梅觉得杨秀弟这个人好，很可靠，因为郑家庄人在外名声都不错。这个村子那时虽然还在建设中，各方面还相对落后，但是，郑家庄人所展现出来的团结和干劲令人刮目相看。

往后的日子里，两人虽然各属不同民族，但是爱是挡不住的。不过，段春梅还是遇到了阻力，这股阻力来自家中的父母。因为父母特别疼爱自己的女儿，所以很担心段春梅嫁到郑家庄藏族人家里会受委屈。

段春梅的妈妈特别担心的是，藏族的饮食、语言、信仰等都和白族大不一样，自己家的白族姑娘，真要是嫁给藏族汉子，万一有个事情，该怎么办？

在不了解郑家庄藏族的外人看来，藏族人都有些“野蛮”，段春梅半开玩笑地说，她妈妈甚至担心，藏族人会打死人哩！

母亲的担心归担心，段春梅心中明白杨秀弟是个什么样的人、郑家庄又是一个什么样的村庄，况且郑家庄和郑家庄的人在别的村都是有很好口碑的，还有啥好怕的呢？她暗自下定决心，并义无反顾地在1994年冬月十八从胜利村嫁到了郑家庄。

不过，嫁到杨秀弟家后，段春梅发现了不少问题和困难，她得一一面对。

首先是杨秀弟家家庭成员之间交流讲的都是藏族话，她可是一句都听不懂，咋办？而且杨秀弟的阿爸杨老三、阿妈何珀玛都相当严肃，让人有点害怕呢！藏族家庭还要求媳妇不可大声说话……才进到这个家，面对这些困境，段春梅很不适应，每天就盼着太阳赶紧落山，盼望时间过得能快一点……

按照藏族习惯，讨来的媳妇，早上要起来打酥油茶、做糌粑，可段春梅是白族，这些从来没有接触过，更别说怎么做了。

怎么办？

段春梅个性要强，暗暗下定决心：既然嫁到了藏族家庭，就一定得从头

开始学习，否则就无法融入这个家庭和民族。

憋着一股劲，段春梅虚心向婆婆学习，向丈夫求教。

她记得第一次打酥油茶的时候，盐巴放多了点，婆婆是一位要求较高的老人，说了几句不太中听的话，段春梅觉得有些委屈，就向妈妈高来玉诉苦。高来玉一面心疼自己的女儿，一面又给女儿讲道理，毕竟两个民族相处，即使作为一家人，也得有时间适应，要尊重婆婆，理解婆婆，自己再做好一点。

听了娘家的劝告，段春梅心中豁然开朗，更加努力地学习制作藏族饮食，而杨秀弟作为丈夫，也积极支持关心段春梅，不但教她简单的藏语，还耐心地帮助她学习掌握打酥油茶的技术。

功夫不负有心人，后来段春梅打得一手好酥油茶，甚至超过了丈夫杨秀弟。

婆婆看在眼里，也心疼儿媳，觉得她作为一个白族人，能够为了这个藏

族家庭如此用心学习和付出真是难得！

段春梅刚嫁过来时，二老正忙着跑外面做药材生意，家中承包了村里的20多亩鱼塘，全靠段春梅夫妻俩共同管理，另外还种了5亩田地，鱼塘里还栽种着茭瓜。

养鱼很辛苦，但并不赚钱，只能维持基本生活。段春梅特别记得，冬天天气很冷，天刚刚亮，她和丈夫就得用手推车推着鱼到外面卖。一个冬天过去，一双手全部是开裂的。

养鱼两三年后，由于大儿子出生，段春梅得从鱼塘折回村里照顾，只剩杨秀弟一个人忙活，后来不得不放弃，把鱼塘承包给别人，夫妻俩开始外出学着做药材生意。

段春梅记得，第一次是坐火车到楚雄、红河、思茅等地卖药材。那时候药材全靠人背，到了地方，摆个地摊，就算是卖药了，二三十种药材，比如当归、藏红花、川芎等，奔波劳累辛苦之余，就一心只想能好好卖到点钱。

此后，卖药每次带两三百斤，多的时候500公斤，夫妻俩搬不了，杨秀弟的哥哥杨秀全就来帮忙把车推到公路边，然后他们夫妻俩再乘车到下关，再转车。有时候没办法，还乘坐过拉货的车到各地销售。这种状况一直持续了六七年，直到2005年的时候，才花了8000元购买了一辆二手的柳州五菱微型车。

有了这辆车，就可以成吨地拉药材外出售卖了，有时候一出去就是个把月。让人气愤的是，卖药过程中，经常遇到一些地痞无赖。还好丈夫杨秀弟在身边，和那些人说好话，拿几十块钱或者拿包烟了事。还有故意找茬的人，会冲着自己喊：卖的什么药？给会闹死人？碰到街上的赤脚医生，也会来干扰，尽管夫妻俩办了营业执照和药材经营许可证，诸如此类的遭遇还是数不胜数。

段春梅心中一直在忍耐，因为有丈夫杨秀弟在，她就什么都不怕，即使受点委屈，慢慢也就习惯了，因为这个家需要自己付出，需要自己陪伴着丈夫一起来经营好，这是段春梅心中最牢固的信念和力量。

丈夫家的老房子，一直是一大家人住着，随着兄弟姐妹几个成家，孩子也慢慢长大，大家都感觉到越来越拥挤，后来不得不分家。

这是1998年的一天，段春梅和丈夫杨秀弟带着两岁多的大儿子杨泽宏，站在刚刚花了8.8万元买来的一个废弃的劳改农场（还做过养老院）的土地上，思考着今后的日子如何开始。这8.8万元还是各处借来的钱。分家时，由于考虑到兄弟姐妹的困难，段春梅和丈夫主动放弃了家产分配，二老给了他们3000元钱作为补偿。

这个废弃的农场位于郑家庄最北面，夫妻俩还带着小孩，生活的艰难可想而知。不过，段春梅心中的信念和力量，并没有因为暂时的困难而有所减弱。相反，她变得更加勤劳，和丈夫起早贪黑，除了干好农活，还和丈夫养猪、养奶牛，甚至还养过狗熊。

那时候，杨秀弟还没有当村民小组长。夫妻俩农闲时就到外面跑药材生意，互相之间加油鼓劲，后来生意忙的时候，一年在家最多20多天。这种状况持续到2008年小女儿杨泽烨出生。小女儿出生后，夫妻俩才重新考虑除了三大会——农历三月十五大理三月街、农历五月初五保山花街、农历六月二十四楚雄火把节外出销售药材外，其他时间，便留在家中照顾二老和小孩。

大儿子杨泽宏也常常给段春梅提出，住在劳改农场这块买来的土地上，很孤独。他对段春梅说："妈妈，我们回家可好？这里没有小伙伴玩。"

段春梅听着，心中很难过。再加上二老年纪越来越大，身体也不好，三天两头生病，段春梅得两处跑来跑去照料，生怕老人有事，所以她和丈夫商量，再苦再难，也要回村里，在父母的老房子旁边的自家地面重新盖新房。后来盖房时，特意请了段春梅的三叔赵学云过来帮招呼着，因为正好有一笔生意，需要夫妻俩到外面跑。

2012年，段春梅和丈夫的努力得到了回报，一座二层楼的新房子盖好了，两个孩子，两位老人，加上段春梅、杨秀弟夫妻俩，住进了这幢宽敞的，白族、藏族混合风格的民居。在这之前，杨秀弟已经当选为郑家庄的村民小组长。

段春梅感觉到，肩上的担子更重了。

杨秀弟当村民小组长之前，家中的事情由夫妻俩共同承担，段春梅比较轻松。可杨秀弟当了村民小组长之后，几乎天天有人来找他，为了村里的事情，家里几乎都顾不上了。

有一次，段春梅和丈夫正在种苞谷，村里有人来叫，说有急事情，杨秀弟立马就得去处理，只剩段春梅自己一个人种了两三亩地，种到手脚都发麻了，十分辛苦。那一刻，段春梅觉得很委屈，眼泪都在眼眶里打转了。

为了村里的事情，杨秀弟天天外出，开始段春梅有了些埋怨情绪，也很担忧。

杨秀弟对她说："我现在是村民小组长，为了整个村子、整个集体，不得不做好，家里的事情，我就不能做了，只能靠你一个人，只能辛苦你了！"

段春梅心中，更多地被丈夫为公家、为集体的奉献精神所感染和感动了。她只能通过承担更多家里的事情来为杨秀弟分担肩上的担子。她一心想把这个家庭搞好，她对丈夫说，即使再苦再累你也要坚持。因为她理解，杨秀弟作为村民小组长，舍小家顾大家所担当的重任；她也明白，在郑家庄作为带头人之一的丈夫，需要为这个村庄付出多少的辛劳与汗水。

段春梅知道，只有郑家庄发展好了，作为这个村庄一部分的自己的家，才会更有价值和意义。不过，她也就更加辛苦了！

每天早上6点多，段春梅就得起床了。按照藏族的习俗，在自家佛堂烧香，而后把小女儿杨泽烨送到离郑家庄两三千米的新龙小学上学，然后回来打扫家中卫生，和婆婆打酥油茶、做早饭，下午洗衣服等，遇到阳光文艺队值日或者重要接待，还得跟着忙……

忙碌的生活并没有削弱段春梅一心为家庭的努力，同时更赢得了婆婆以及杨秀弟家人的尊重和敬佩。

段春梅和杨秀弟在任何艰难的岁月中，都保持着相互理解、相敬如宾的夫妻共处之道。所以，自结婚以来，不但夫妻俩相处十分和谐融洽，就是和杨秀弟的哥哥姐姐等也从未发生过争执。杨秀弟家族的其他成员，包括小一辈的侄儿侄女，都相当尊敬段春梅。这是十分难得的，也是段春梅作为白族姑娘嫁到藏族家庭之后，通过自己的勤劳美德和坚持努力得到的认可与回报。

按照段春梅的话来说，自己的辛苦得到了回报，心中很欣慰。

特别值得一提的是段春梅和婆婆的关系。作为儿媳，从进门学习藏族饮食，到后来对婆婆无微不至的关怀，让这位藏族婆婆很感动。现在，婆媳间每天都会相互问候。婆婆生病的时候，段春梅悉心照料，会帮婆婆亲自贴膏药、擦药酒等。

平时婆媳间的交流很多，婆婆把段春梅当作很信任的人，有些话和自己女儿都不愿意讲的，却更乐意和儿媳讲。婆婆从来不在背后说一句段春梅的坏话，就连杨秀弟都觉得，自己媳妇和自己阿妈的关系，已经胜过了他和母亲的关系。

不但杨秀弟家的人对这个外来白族媳妇刮目相看，郑家庄许许多多妇女看到段春梅家如此和谐美好，若遇到夫妻间不愉快的事情，也纷纷来找她帮助解决。

有一次，一位妇女向段春梅诉苦，说是自己老公在外，打电话不接，自己心中很着急，也很怀疑。

段春梅劝她说，夫妻间要相互信任和理解，假如自己的丈夫杨秀弟很早出去，很晚回来，自己会首先问是否安全，而杨秀弟会说让自己放心。并且杨秀弟在外，也会随时打电话告知，回来也交流。这样，尽管杨秀弟接触的女性很多，但夫妻双方也很默契，没有什么冲突，更无怀疑。为什么能做到这一点呢？就是夫妻之间从心底的相互理解体谅，真正做到相亲相爱！

段春梅和杨秀弟这对夫妻，在郑家庄有着很好的口碑，这也影响和带动着许许多多郑家庄人家。

段春梅说过，自己辛苦点不怕，宁愿自己辛苦，宁愿一个人承担家中所有。就连段春梅的儿子也说，妈妈天天做活做惯了，闲下来就想做事，心里才舒坦。

段春梅爱着这个家，爱着这个村。因为这份爱，她在过年的时候，会帮老人、娃娃、丈夫买新衣服，自己却舍不得。杨秀弟是明白段春梅的，夫妻俩曾经有过一段深情的对话。

“讨（娶）着我略后悔？”

“不后悔，三妹（段春梅小名），你记好，只要有下辈子，我一定还找你。”

相隔半年多，2015年5月，郑家庄又传来喜讯，另一对模范夫妻获得了大理州委宣传部、大理州精神文明建设指导委员会办公室、大理州妇女联合会共同颁发的“大理州最美家庭”称号。

说来巧得很，这对夫妻的男主人正是和杨秀弟并肩奋斗的汉族村民小组长王庆荣，而女主人，则是和段春梅同样是白族的王淑芬。

走进王淑芬家的小院子，白族和汉族建筑风格混合的民居，似乎就暗示着男女主人的身份。地上整整齐齐地摆放着一摞摞金黄色的玉米。两根柱梁上挂了几串火红的辣椒，四周栽种着各种花草树木，整个院子一派生机勃勃，十分干净整洁。可以看得出，这房子的女主人一定非常勤劳能干。

王淑芬家和王庆荣家，代表了郑家庄世居的白族和汉族。在很小的时

候，两人就同在一个村庄长大，还在一个学校上过学，只是王庆荣长王淑芬好几岁，所以不同级。虽然在一个村子也见过面，但没有过交流。两人的姻缘，说来也巧，还是何国祥支书撮合的。

1995年，王庆荣已经24岁，在农村，早就到了谈婚论嫁的年纪，苦于无合适对象。老父亲王宪州、母亲王宝珍都很着急。还有一个人更着急，那就是何国祥。因为王庆荣自小就是他看着、带着长大的。不过在何国祥眼中，村里有很多优秀的姑娘，特别是白族姑娘王淑芬，和王庆荣很般配。他主动找到两家人，征询了各自意见，觉得此事若能撮合，真是大喜一桩！

何国祥对王庆荣说过，王淑芬非常不错，今年刚刚19岁，这家人在村里也很好，讨得着这样的媳妇，今后日子会很好过。

王庆荣明白何国祥支书的苦心，当然，他对王淑芬也很倾心。

王淑芬也觉得，王庆荣这人有责任，对人好，可以依靠。尽管两人属于不同民族，但是在郑家庄这个有着不同民族之间通婚传统的大家庭里，民族之间的差异显然已经被淡化，被另一种更高的郑家庄精神所取代。

经过何国祥的撮合，王庆荣和王淑芬两位有情人终成眷属。

王淑芬嫁到王庆荣家之后，不但和段春梅一样，每天要为家中大小事情忙碌，而且还得为丈夫王庆荣操心。特别是1996年，大儿子王磊出生，2005年二儿子王帜出生，加上公公婆婆渐渐老了，身体经常有些小毛病需要照料，王淑芬不得不全力以赴地料理家务，其中甘苦，自己知道，丈夫王庆荣也知道。因为丈夫为了村里的事情太忙了，无暇顾及家中，自己只能多承担一点，多做一点，为的也是让丈夫更好地安心做集体的事情。

在那些年里，家中不但要栽稻种豆、种苞谷大蒜、弄烤烟……农闲时，还要到外面跑药材生意。丈夫王庆荣随时可能接到村里有事的电话，只要接到就得立刻赶去处理。王淑芬不时也感觉委屈，但是一想到自己的丈夫是在为郑家庄集体的事情操劳时，一股温暖的力量自心底涌起，就把所有委屈压住了。

记得在王庆荣竞选小组长之前，王淑芬还是有点担心，担心自己的丈夫做不好。她明白在郑家庄，村民小组长这个职位意味着多大的付出，因为她在何国祥支书身上已经看到了这一点，所以她对自己的丈夫就更能理解，也就更支持了。

王淑芬在婚后的20多年里，一直默默支持着丈夫。

白族和汉族的生活习俗有相似之处，但也有不同的地方。王淑芬能够做到的，就是一切都以这个汉族家庭为主，以丈夫为郑家庄集体的事情为主，以老人、孩子为主，全然忘记了自己。

有时候，孩子的头发很长了，丈夫忙不过来，自己就带着孩子去理发；有时候，家中二老有点小病痛，丈夫不在家，自己便费心悉心照料。

更多的时候，王淑芬都是替别人着想，因为她从小在这个村庄长大，明白郑家庄今天的发展进步，来之不易；明白郑家庄七个民族在这块土地上和睦相处、互助互进、亲如一家，来之不易。无论是自己的娘家，还是现在的新家，都有责任为郑家庄的发展而努力；无论是自己的丈夫，还是自己，都有义务为郑家庄的繁荣而付出。

只有真正热爱自己村庄的人，才会持之以恒地为之坚守！

王庆荣当然也明白自己的媳妇。他心中更多的是对家庭的歉疚。

在王庆荣心目中，自己的媳妇，真是好得让人无话可说。能娶到作为郑家庄优秀妇女代表之一的王淑芬，真是他一生的幸福。

正是由于有了媳妇王淑芬的全力支持，王庆荣才可能腾出那么多时间和精力，与杨秀弟一起，跟着何国祥支书一步步把郑家庄带到了今天这个样子。当然，也才有可能在那次省委领导夜宿郑家庄之后，他代表村里写了那封信，并得到了省委领导的回信，成就了一段佳话。

王淑芬身上的集体主义感特别强烈。这或许也是她能理解并全力支持丈夫的动力之一。毕竟，这位自小就出生成长在郑家庄的白族妇女，对郑家庄领头人何国祥支书，以及各民族众乡亲，为集体所做的公益事业早已耳濡目染，并深受感动。

这份集体主义感，已成为郑家庄民族团结发展进步中最重要的力量之一。王淑芬深知，没有七个民族团结一心为集体，就不会有郑家庄的今天。

作为一名农村妇女，王淑芬是幸运的，因为她生长在了郑家庄。郑家庄发展过程中的每一件好事情，都给予了她思想的养分，让她能做到深明大义，支持丈夫舍小家为大家。反过来说，郑家庄有王淑芬这样的少数民族妇女，也是幸运的，因为许许多多像王淑芬这样的优秀农村妇女，在默默地支持自己的丈夫，成为推动和促使郑家庄发展的隐形力量。

王淑芬对王庆荣的爱，绝不只是停留在一般农村夫妇过过日子的那种程度上，就像段春梅对杨秀弟的爱，也是如此。

两个优秀的家庭，两个白族媳妇，有着很多共同共通之处，其中最重要的一点，就是基于郑家庄集体发展事业，而对村民小组长丈夫无怨无悔的全力支持！

这两位白族媳妇，为这两个家庭的操持，不亚于她们的丈夫对郑家庄发展所起的作用。她们是令人骄傲的两个白族媳妇。郑家庄所取得的荣誉里面，有她们这样的少数民族妇女在家庭背后的默默付出，这更让人钦佩，更值得赞美！

去过郑家庄的人，都说郑家庄环境美如画。但段春梅、王淑芬这样的郑家庄少数民族妇女代表，和许许多多勤劳、善良、贤惠的郑家庄妇女们用自己的生命、热情与爱支撑起来的半边天，才是这幅画中最美丽和最美好的那部分！

合纵：人口更少民族的幸福与期待

根据最新统计，郑家庄现有125户人家525人。在525人中，汉族347人，白族51人，藏族94人，其他分别是傣族、彝族、傈僳族、纳西族人。

不过，郑家庄的村民，无论民族人口多少，都会得到同样的尊重和照顾。这是郑家庄优良传统的一部分，也是这个村庄团结、开放、包容的具体体现。

每一个民族在郑家庄生活史的集合，就相当于郑家庄的整个发展史。考察这些人口更少民族的生产生活情况时你会发现，这些民族并没有因为人口较少而在郑家庄失去分量或者受到歧视。相反，这些民族，更为郑家庄这个大家庭所珍视。

每一个人口较少民族，都能在郑家庄实现自己的价值，获得本民族的发展。可以说，郑家庄民族团结并非只是一句口号，从人口较少民族在郑家庄的发展历史来看，民族团结的力量显得更加突出，并且通过各民族相互通婚联姻，这些民族与其他民族之间的关系变得越来越亲密，这反过来成了促使郑家庄民族团结发展进步的又一个重要因素。

郑家庄七个民族亲密无间，并非是强加组合，而是各个民族之间自然而然发生的关联。这也不是偶然现象，而是郑家庄历史传统和现实生活中都长期恪守民族团结优良传统的必然结果。深入这些民族生活中，郑家庄团结一心的精神气度，便会跃然纸上。

在郑家庄村子的主干道旁，有一个园子十分引人注目，靠近这个园子，就可以闻到一股木瓜的天然清香。

2015年9月的一天，我走进了这个园子，恰巧有村民正在采摘收获木瓜。满眼绿黄的色调在阳光下闪烁，满园的香气紧紧挟裹着你，让人仿佛置身仙境，这就是纳西族妇女和秀清家的木瓜园。

和秀清嫁给了土生土长的郑家庄汉族男子郑林生。他们1975年生的大儿子郑荣辉，1978年生的大女儿郑荣英，还有1980年生的小女儿郑荣华族别上都是跟着母亲和秀清，属于纳西族。

郑林生家，就是当年民族迁徙安置时接纳了藏族、傣族等几家人的原住汉族。事隔那么多年，他仍然记得，当年父亲郑纯武和白族母亲杨六妹是怎么热情地照顾这些外来民族在自己家住了几年的。

家里的这段往事，也成为后来他娶纳西族媳妇的一个前因。

在郑林生年少时的记忆中，郑家庄民族团结和睦共处的景象，一直伴随他一生。父母当年言传身教，为外来游牧民族所做的一切，还有后来，以何国祥支书为主的藏族带领全村走向发展富裕道路的事迹，都给郑林生以某种信念和力量。这或多或少成为30年前他和纳西族媳妇共同创建木瓜园的一个理由。

木瓜园原来四周都没有围栏，就是为了方便村里的人来里面玩，特别是村里各民族的小孩，在丰收季节可以进来摘木瓜吃。

每年农历二月，木瓜花盛开，红红的花朵在一片绿色的背景衬托下特别

漂亮。村里村外的人们都喜欢来观赏。木瓜园里面，还有两棵百年以上的老木瓜树，盘根错节、遒劲苍老，结的果子很好。

木瓜园栽种有40多棵木瓜树，每年可结果4吨多。由于这里水源土壤环境好，挂果的木瓜惹人喜爱，不用自己操心，就会有人慕名前来收购，这让郑林生夫妇感到很开心。

这个典型的汉族和纳西族联姻的家庭，从组建以来就十分和睦。郑林生感觉到，自己都有些被“纳西化”了，毕竟几个孩子都跟着妈妈的族别。不过这没关系，在郑林生的脸上还是可以看得出，纳西族媳妇改变了他，让他这个本土汉族有了更多的包容品质。

这一点很重要，因为在郑家庄，类似于郑林生这样多民族组建的家庭比较普遍，这是郑家庄最基本的家庭构成单元，也是郑家庄最稳定的民族团结发展要素。多民族家庭的特点，便是让这些家庭有了更加开放活跃的思想，有了更多为别人和别的民族设身处地考虑的前提，郑家庄也就有了更加繁荣进步的可能。

郑林生家是很幸福的，三个儿女成家后，又分别有了子女，并加入了新的民族（大女婿李春福是白族），全家现在十多口人，甚是热闹。如果齐聚在木瓜园，一个多民族其乐融融的家庭，多么让人羡慕。

郑林生家除了木瓜园，还有七亩田地，可以种烤烟、种大蒜、种稻谷……儿媳还在村外开了一家小超市，儿子还兼顾着开车跑客运，年纯收入三万元以上。

不过，郑林生家并没有满足于眼前的生活，而是跟随郑家庄的发展，把目光放得更远了。

就在2014年12月22日，中共中央、国务院印发了《关于加强和改进新形势下民族工作的意见》，提出要推动建立嵌入式社区结构和社会环境，促进各民族群众相互了解、相互尊重、相互包容、相互欣赏、相互学习、相互帮助。国家大政策和郑家庄多年来自觉形成的民族团结氛围，可谓惊人的相似。可以说，郑家庄在那么多年的发展进步中，早已把民族团结放在了首位，这个村庄也尝到了由此带来的甜头。

在郑家庄几位领头人的建议下，郑林生一家商量好了，先配合郑家庄湿地公园建设，把木瓜园作为郑家庄的一道风景建设好（木瓜园被纳入湿地公园建设范围），不仅如此，还要继续配合村里未来一个重要的民族文化旅游发展项目开发，就在这块地上，建一个现代化的农家乐。

如今，经过郑家庄村民议事小组同意，在这片宽阔的木瓜园里，一幢带有民族特色的二层小楼已经建好，整个农家乐前期投资了60多万，2016年就已开业。郑林生和自己的纳西族妻儿们十分开心，等待着这个多民族家庭的一定是一片更加灿烂的天空。

外来纳西族和本土汉族结合的幸福家庭，在郑家庄成了木瓜园里最动人的景致。当郑林生坐在自家木瓜园的木瓜树下，悠闲地端起酒杯小酌时，当他的媳妇纳西族妇女和秀清在木瓜园旁边自家屋子里，忙碌着把青黄的木瓜一个个分装时，这个曾经为外来民族迁徙定居做出奉献的家庭，已然得到了民族团结最好的回报！

木瓜园里各种植物欣欣向荣的绿意，不正象征着民族团结的勃勃生机和活力吗？

郑家庄里有一个如此漂亮的木瓜园，正切合了这个村庄赖以发展的团结之力。七个民族的足迹，都走进过这个园子。未来，将会有更多不同民族的人们，来这里参观。

这座凝聚着纳西族和汉族辛勤汗水的园子，同样见证了郑林生与和秀清夫妻俩共同构建多民族家庭的幸福时光。这在农村来说，是一件多么美好的事情。不过，更令人欣慰的是，这个园子和它不同民族的主人，正与郑家庄的发展迈步同行！

遇到彝族人杨学礼时，他正好在木瓜园里帮郑林生忙活。

他是一眼就能让人看出是彝族的人，五官以及言行举止，都有着彝族人典型的特征。

杨学礼生于1954年，老家在丽江玉龙雪山新合村，年轻时跟随村里的人出来闯荡。做药材生意时，通过郑家庄做生意的朋友，17岁时便来到郑家庄，恰巧碰到了郑家庄的藏族姑娘杨车珠，两人情投意合，谈起了恋爱。后来，杨学礼不顾一切，追随女朋友到了郑家庄。那是1976年，杨学礼刚刚22岁，是来郑家庄的第一位彝族人。

杨学礼到郑家庄，属于上门女婿。媳妇杨车珠家，有四个兄弟两个姐妹。杨车珠的父母对外来的彝族姑爷很不错。她的几个兄弟姐妹也很照顾杨学礼，这让杨学礼很感动。

在杨学礼的印象中，郑家庄当时房子少，而且多是茅草房。路也很窄，都是土路，崎岖不平，农忙时，挑谷子都很难走。大家生活比较艰苦，但是民族之间互助风气浓郁，让外来民族有集体的温暖感。

杨学礼生在玉龙雪山上，后来又长期外出做生意，对水稻等农业栽种技术并不熟悉，幸好郑家庄的汉族、白族村民手把手地教他们夫妻，什么时候播种，什么时候收割，怎么管理农田，等等。

杨学礼记得当时的汉族队长杨家谷安排村里的汉族、白族专门教会其他民族种稻谷。后来，藏族村民和他，又带着村里的汉族外出，教他们怎么做药材生意。各个民族，就是在这种相互帮助的氛围里变得越来越团结。

杨学礼到郑家庄上门之后，感觉生活习惯相差大，很不习惯。比如在他老家，彝族平时主食都是洋芋，一家人围着一塘烧得很旺的火，把洋芋埋在火塘四周，烤熟后就着热茶吃；或者吃苦荞加工的粑粑，以及燕麦打粉后冲开水吃等。那时还吃不上大米，也无法进行稻谷种植。这和媳妇杨车珠家藏族的饮食习惯完全不同。打酥油茶喝、吃玉米杂粮饼等，杨学礼开始时总感到身体有点吃不消，胃里也很难受，怎么办？他想了很久，也适应了很久，慢慢地，自己的思想意识到身体的适应性，都发生了改变。他要求自己必须习惯这个家和这个村庄的一切，这是在这里生活的根本前提。

好在藏族妻子和这个家庭，还有这个村庄的其他民族，都很关心他，让他这个外乡外族人心中充满了感念，慢慢地，他最终被藏族家庭“同化”了。

现在回想起来，杨学礼觉得当时真是有一股力量支撑着他，那便是民族之间的融合之力，就像后来生活好起来了，杨学礼和藏族家人一起按照彝族习惯坐在火塘边，但这次不是吃烤洋芋，而是过节杀了羊，边烤边用刀子割肉吃。这种方式，甚至已经让人分不清到底是藏族的还是彝族的传统，或许是两者已经紧密融合，两个民族已经真正成了一家人了。

最近一些年，杨学礼的姐姐等亲戚还来郑家庄探望。看到郑家庄的变化，跟杨学礼说：“这个村庄真好，你好在了。”语气和眼神中都充满了羡慕和赞赏。

对郑家庄的发展变化，杨学礼有着自己内心的感慨。他觉得最近这些年来，党的政策好了，村里的党员，特别是支书何国祥带头，加上各个民族团结一心，整个村庄发展大步朝前，自己的家庭也跟着受惠，民族之间，也有了更好更高的互助平台和交流发展机会。

现在家中的两个娃娃都很听话，虽然跟着媳妇当了藏族，但是他们身上也同样流淌着彝族的血脉，对老人也很孝顺。家中这么多年来，没有什么大矛盾。邻里家里，只要有什么困难，村里各民族都会互相帮忙解决。这些可喜的面貌，和村里长期以来民族团结所营造的良好社会风气是分不开的。

在杨学礼的记忆中，1979年，家中生活特别困难，是何国祥支书家借他钱买了一头小黄牛犊子用于制造肥料。可别小看了那些肥料，在当时，是可以抵扣工分的。小黄牛长大后，还抵了家中的劳动力。有这些个支撑，家里才慢慢好转起来。

何国祥家并没有因为自己是从丽江过来上门的彝族人而轻视自己，借给了钱不说，在往后的日子里，很多次，家中医病经济困难时，他都倾囊相助。何国祥支书有帮助能力，还有对各少数民族的爱心，真是让人感动！

就是在这民族团结融洽的浓郁氛围影响下，外面又有不少彝族伙子和姑娘通过联姻方式来到郑家庄生活，甚至还有从丽江泸沽湖畔来杨学礼家上门的摩梭小伙熊志高。这些更年轻一代的彝族人、纳西族人很快也和郑家庄融为一体，和其他少数民族同胞们打成一片。郑家庄长年坚守和发扬的民族团结精神，带动了这些年轻人，这是郑家庄最为宝贵的精神财富。

在距木瓜园不远处的郑家庄村子中心，建有一个民族文化广场（郑家庄小广场），有篮球场，有民族团结大背景板，有一块很大的LED户外电子全彩显示屏……还有正对着进村路的一间小卖部。

这间小卖部，现在由村里的傣族张茶花的哥哥张子荣家开着，不过因张子荣和他的白族媳妇杨灿华忙于外面的生意，只留下侄儿张俊杰看管，张茶花不时得过来帮忙照看。

每当夜幕降临，由村里妇女自发组织起来的郑家庄阳光文艺队便会聚集到小卖部的灯光下，统计轮班人数，开始她们日复一日的清洁卫生义务工作；每当周末节假日，村里的孩子们便叽叽喳喳跑到这个小卖部，买糖果，

买作业本，买铅笔；每当空闲时，村里的老人们也会到这里来坐一坐、看一看，有的还会买一些生活用品；每当村里有人家来了客人，村民便会到这里买烟，买酒，买茶……

这个小卖部是2013年开起来的，为的是方便村里各民族兄弟姐妹的日常生活。张茶花和她的侄儿明白，现在这块地和这间房子，是郑家庄给外来傣族的，是对傣族的照顾，所以，小卖部销售的东西，品种齐全，物美价廉，算是傣族回报这个村子的一个小小心愿、一种简朴方式。

郑家庄的傣族，是当年和藏族一起被安置在郑家庄的。在这之前，张茶花的祖辈们一直生活在云南西双版纳，因生活所迫，外出谋生，碰到游牧的藏族，张茶花的老（云南方言，用来指称家中排行最小的一个）嬢张玉凤，嫁给了藏族姑爹杨立松。安置之后，张茶花的父亲张朝龙和母亲李秀珍跟随着族人，大家都寄住在郑林生家。

在张茶花的记忆中，小的时候，一起来的傣族伙伴们都得到了郑家庄各民族的照顾。自己也受到同龄人的关心，和各个民族的小朋友们一起快乐成长。各民族之间不但没有丝毫的排外，而且十分团结，互相帮助，这是郑家庄最让她感动的地方。所以，1989年，她顺理成章地和本村的白族郭先科结婚了。

张茶花出生在郑家庄，从小就受到郑家庄民族团结风气的影响。没结婚之前，跟着娘家人带动着其他民族的人做药材生意。嫁给郭先科之后，虽然傣族和白族有一些生活习俗不同，但并不妨碍这个家庭的和睦幸福。

1990年，张茶花生下大女儿郭丽芬；1992年，又生下小儿子郭靖华。之后，张茶花便主动在家忙着做种烤烟、玉米、稻谷等农活，曾经还养过两头奶牛、六头猪，还有不少鸡鸭……农闲时，还和丈夫一起跑药材生意。由于她和丈夫都属于那种勤劳能干的人，日子过得一直安安稳稳，踏踏实实。

1999年，张茶花的丈夫郭先科开始在大姐郭杏兰开的砖厂跑运输，加上其他方面的收入，家中生活条件越来越好。现在，他们家有了三辆拖拉机、一辆力帆载货小汽车。

张茶花同时也发现，周围的邻居和自己家也差不多，为数不少的多民族联姻家庭，日子都过得红红火火。

遥想当年，郑家庄也有过贫穷落后之时。张茶花清楚地记得，自己小时候上学，带着苞谷面饭，两相对比，后来郑家庄发展变化如此之大，真是令人无限感慨！

不过，即使是物质贫乏的年代，郑家庄各民族邻里之间，也相处得很好。相互之间，只要有什么事，大家都会热心帮忙。如今郑家庄发展繁荣，日子好过了，七个民族之间就更加团结了。

就拿自己来说，生活在傣族和白族组合而成的家庭，丈夫郭先科尊重傣族习惯，两个孩子跟着自己，户口上属于傣族，常用傣族语教汉话。逢年过节，家中也都要按照傣族风味做菜，郭先科从来没有什么怨言。当然，张茶花也用自己的勤劳能干和温柔大方的性格，为傣族妇女争了光。

郑家庄诸多多民族家庭之所以和睦幸福，的确是因为夫妻双方都能够充分尊重和理解对方，以郑家庄民族团结精神为自己的行为准则，以包容和热爱之心去经营自己的多民族家庭。这在中国农村是十分难得的高素质体现，

也是保证郑家庄不断朝前发展的强大动力。

一个家庭和睦不稀奇，一个村子的家庭，而且是多民族家庭相处得都那么好，就一定有很特殊的原因了。张茶花和郭先科家，作为傣族和白族结合的一个家庭，当然是郑家庄民族团结的一个先进典型，不过，张茶花的表哥张国旗，也从另一个方面证实了郑家庄民族团结的力量。

张茶花一直生活在郑家庄，而张国旗已经从郑家庄走了出去，去到了省城昆明居住。为此，2015年10月27日，我专门跑到位于昆明市五华区普吉路的明日城市小区，对这位从郑家庄走出去的傣族汉子进行了采访，希望从一个走出去的傣族人眼中，复原另一个角度中团结奋进的郑家庄。

张国旗（傣族名字岩罕）说起自己的祖辈无限感慨——当时西双版纳的傣族从1949年开始就背井离乡，在外漂流游牧了10年，如果不是国家在1959年对少数民族的安置政策的话，大家还真不好预料现在是什么状况。

说来凑巧的是，张国旗刚好就出生于1959年。他小的时候，目睹过村里的汉族和白族邻居如何教自己的傣族父亲张朝枝和汉族母亲李玉莲种田种地。

随着大集体时代结束，郑家庄也跟着实行包产到户，自己也在村里找了个本地汉族媳妇郑桂花。自己也有过连锄头都不会拿，靠村里别的民族的老人教的经历。后来，他还跟着学会了驾两头牛犁豆子收割之后的“钢板田”。

张国旗家一共有八姊妹，老大是姐姐张珺花，接着是大哥张国庆，二哥李国光，三哥李国章，二姐张翠花，四哥李国红，自己是老七，还有一个最小的兄弟李国兵。亲兄弟姊妹为什么有的姓张有的姓李？原来是自己的张姓爷爷到李姓奶奶家上门，到了自己这一代，返祖归宗，得还一部分姓给爷爷家。

兄弟姐妹那么多，又是外来傣族，在物质贫乏的年代，生活自然十分艰苦。还好当时寄住郑林生家三四年后，郑家庄象征性地收了60块钱就卖了一大块地给自己家，随后盖了七八间茅草房，一大家人总算是有了个自己的安身立命之所。

20世纪60年代初，张国旗的父亲张朝枝外出到剑川伐木，后来村里需要被叫了回来继续种田。大姐张珺花跟着孃孃张玉凤卖药。大哥张国庆读书厉害，分配在牛街小学教书。二哥李国光当兵转业到了洱源县委宣传部。二姐张翠花、四哥李国红、小弟李国兵，都从事药材生意……一大家人在郑家庄和村里的其他民族一起努力奋斗着，各方面都得到了村里人的照顾。

张国旗很小的时候就跟随妈妈和姐姐外出卖药。上初中时，又跟着父亲做药材生意。成家立业之后，和媳妇张桂花继续卖药。不过，最让张国旗感动的是，在后来20多年的岁月里，有一个人对自己的帮助最大，这个人就是郑家庄村支书何国祥。也可以说，这是郑家庄藏族支书对傣族村民20多年来如亲兄弟般情谊的关心和照料。有了这份民族间的帮助，也才有了张国旗家今天所能过上的好日子。

何国祥不仅带着张国旗把药材生意做好，而且在此过程中，只要张国旗家中有困难，总是及时给予帮助，并且一帮到底。张国旗的女儿张镇燕（跟着张国旗属于傣族），1982年出生，后来在洱源一中上学，2002年考取四川工业学院材料科学与工程专业。当时张国旗家生活贫困，而女儿上学一年的学费需要7000元，为此张国旗十分着急。何国祥支书得知情况后，对张国旗说："不要担心，你姑娘（云南方言，女儿）考取大学，是我们村的骄傲，我一定帮你供出来。"

从张镇燕入学到2006年毕业，每年7000元的学费，都由何国祥帮助支付。不仅如此，张镇燕毕业之后来到昆明，没有住处也没有工作，何国祥又帮她介绍了一份工作，在昆明广福路一家做农具用品的私营企业上班，并把她收留在自己大女儿何丽娜在昆明的家里。

一年后，张镇燕应聘到海马汽车公司做销售，公司规定必须要有驾照，何国祥又拿出4000元，资助她考取驾照。也就是在这家公司，张镇燕找到了张国旗未来的汉族女婿刘永俊。2009年，买房子准备结婚时，没有预付款，何国祥又帮支付了15万元，在高新区买了结婚的新房。自此，张国旗的女儿才稳定了下来。

张国旗的儿子张镇武（傣族），出生于1983年，因为上学到初三时，家中实在困难，便主动让姐姐上。成人后，一直在郑家庄种田。2000年，张国旗向何国祥说了此事后，何国祥把张镇武介绍到了下关大理药业当保安。张镇武自己工资每月600元，却一直帮忙支付姐姐每个月400元上大学的生活费。2011年，张镇武在下关找到了一位白族姑娘宝艳明做媳妇。

一件让人想不到的事，令张国旗更为感动。

何国祥看到张国旗父母的坟墓距离郑家庄20多千米，来去远不说，有些山路走上去都难，就对张国旗说，整整你爸爸妈妈的坟吧，钱我来出。于是何国祥拿了8000元，帮助张国旗把他父母的坟从草盖山迁到了郑家庄村子边上的苹果园。

1993年到1994年，张国旗家分家时，只分得四个碗、四双筷、一条长板凳，他自己把长板凳锯断，改造成两条凳子，另外还分得有一间茅草房。

何国祥的父亲何尼玛听说后，给张国旗买了两头猪、一头牛，还给张国旗家送肉食，经常一百元两百元地给予帮助。何国祥的哥哥何国发，当时还资助了150元给张国旗换盖房子上的油毛毡……

一个穷苦傣族人家的命运，就是在郑家庄民族之间点点滴滴的不断帮助下，得到了完全的改变。如果没有当年国家的安置政策，没有郑家庄各民族之间互助的团结氛围，没有以何国祥支书为代表的郑家庄人的古道热肠，张国旗的家会是什么样简直无法想象！

如今，张国旗和妻子都搬到昆明女儿的家中居住，帮着带一带孙辈。

不过，大城市物质生活条件虽好，却始终让张国旗觉得缺少些什么。他说，在这个城市没有朋友，人与人之间也不像自己在郑家庄那样讲团结友爱、讲集体进步。大城市忙碌的节奏和邻里人情的淡漠，让张国旗很不适应。

访谈中，张国旗一直流露出一种十分怀旧的情绪。他不断说到郑家庄民族团结、生活和谐、家庭幸福等字眼。他说，等孙子大一些后，一定还要回去自己的村子，与郑家庄的生活对比之后，才更明白，这个村庄有多么好，各个民族之间有多么团结，生活有多么开心，心中有多么的喜悦和希望啊……

郑家庄还有一个比较特殊的家庭，男主人是来自丽江宁蒗县的傈僳族杨飞州，生于1979年，是当时郑家庄唯一的傈僳族人（后来生活好了，他就把自己的傈僳族父亲李学才接到了郑家庄）。

由于杨飞州长期在外做生意，这次采访是通过电话才联系上的。当时，他和媳妇正在西双版纳的村寨乡间忙碌着药材生意。

2001年冬天，杨飞州还是小伙子，由于家庭困难，外出打工，遇到了郑家庄的女孩子闻仙萍，确定关系后，他便从丽江宁蒗来到郑家庄上门。闻仙萍是村里的白族，生于1977年。杨飞州夫妇后来生了一个女儿，取名益西拉姆，随着父亲属傈僳族，现在有10多岁了。杨飞州和媳妇不在村里时，女儿就由岳父岳母帮忙带着。

在中国农村，许多家庭主要成员常年在外打工，村里留下老人、孩子的情况可不少，有留守老人、留守儿童问题的村子很多。

但在郑家庄不一样，类似于杨飞州夫妻俩这种情况的家庭，根本不必担心老人、孩子会出什么问题。因为郑家庄各民族非常团结，村里治安情况很好，如果真有什么困难需要解决，村里都会集体前来帮助。所以，杨飞州夫妇也很放心，一年大部分时间，都在外忙着销售药材，并不用担心孩子和老人。

在郑家庄，傈僳族是七个民族中人数最少的一个。但是，杨飞州家并没有因为这样被歧视，相反，村里的人对这个少数民族同胞更加热情，也给予了更多的帮助和照顾。

杨飞州记得当初来郑家庄时，这个村子各民族就很团结，村子也干净整

洁，当然，经过这么些年的发展建设，郑家庄各方面的发展都更好了。

杨飞州家里原来承包有10多亩田地，种植稻谷、大蒜、烤烟等，不过，光靠农业种植致富是远远不够的，随着其他民族跟随藏族外出做药材生意，杨飞州夫妇也在村里朋友的建议下，在何国祥支书的鼓动下，准备试一试。

2013年，杨飞州夫妇第一次跟着何国祥外出学做生意，由于资本不够，何国祥借给他1万元，并且手把手带他们夫妇，毫无保留地把多年做药材生意积累的经验传授给他们，教会了这个傈僳族和白族结合的家庭怎样做药材生意。

有了这个基础之后，杨飞州夫妇对药材生意越做越有感觉，收入也直线上升。现在，每年靠做药材生意，收入可达七八万元，远远超过了原来光靠农业生产的收入，家庭经济状况一下子得到了很大的提升。而且留守村里的女儿长大后很懂事，理解父母在外奔波的辛苦，这一点让杨飞州夫妇俩特别欣慰。

杨飞州夫妇虽然常年在外做生意，但是对于郑家庄的发展十分关心，常常用微信和村里的汉族、藏族、白族等朋友们联系，询问村里的情况。

杨飞州知道，自己的发展，完全是因为这个村庄的发展，没有村庄的集体发展，就不会有个人家庭的发展。而且，作为上门来到郑家庄的少数民族，一直以来都得到村里的照顾，村里其他民族并没有把自己当作外人，从村支书何国祥到两位村民小组长王庆荣、杨秀弟，以一种开放包容的心态，构建了七个民族一家亲的、新的民族大集体，这一点是特别让杨飞州感动的。

怀着对郑家庄的感情，这位傈僳族人也尽自己所能帮助别的民族。

有一次，隔壁家郑四海深更半夜生病，杨飞州骑着自行车到四五千米之外的三营镇上请医生，及时救助了郑四海。类似这样各民族间相互帮助的事情，在郑家庄数不胜数。在这个村庄，各民族之间只要有任何大小事，随便叫一声，都会有人不讲任何条件地及时赶来帮忙。

最近这些年，就像他自己的家庭变化一样，郑家庄的发展变化更大，让杨飞州十分欣喜和感慨。不过，他期待着有朝一日，自己不必再在外面奔波，而能够在家门口做生意。他的这个愿望，也许很快就能实现，因为村里正在建设一个关乎郑家庄未来发展的重大项目，这个民族旅游文化项目，标志着郑家庄多年来发展的一个高峰，当然，也是郑家庄民族团结奋斗的一大收获。

在杨飞州这位傈僳族人心里，期待着这个村庄更大的发展，同时也期待着自己能够为这个村庄的发展奉献一分力量。

郑家庄之所以成为今天这样具有标志性的社会主义新农村，是因为它把每一个民族、每一个家庭、每一个人，都紧紧团结在了一条合力共进的道路上。这样的道路，在中国千千万万个新农村建设的探索发展中是值得思考、称颂和借鉴的。

郑家庄七个民族凝聚的这股合力，正在打开中国社会主义新农村建设的又一扇流光溢彩的大门。未来展现的风景，无疑是值得期待和令人惊喜的，它将呈现一个社会主义新农村更加富裕繁荣的崭新面貌！

敬老：在更高的礼节上

古代先贤孟子在《梁惠王上》有言："老吾老，以及人之老；幼吾幼，以及人之幼。天下可运于掌。"说的是敬爱自己家的老人，进而敬爱别人家的老人；爱护自己的孩子，进而爱护别人家的孩子，那么得天下易如反掌。

孟子的治国之道，强调的是对老人和孩子的爱护，放在一个家庭，或者一个村庄，也同样适合。

尊重和孝顺老年人，是中华民族的传统美德。在郑家庄，这个优良传统也成了民族团结一个很重要的内容。多年来，村里对各民族老年人非常好，不但在平日里关心照顾这些老年人，而且每年在重阳节这天，村里都要组织年轻一辈出钱出力，为老人们准备一顿大餐、一份礼品，还安排丰富多彩的节目表演给老人们看。

2015年10月21日（农历九月初九），一大早，村里各民族中青年，就开始忙活起来，待会儿将举行一年一度的敬老节庆祝。

在郑家庄，这是一件大事。所以，村支书何国祥和村民小组长王庆荣、杨秀弟都身着本民族服装，在郑家庄客堂忙里忙外指挥着大家，为的是好好准备一顿饭、一份礼品、一场歌舞表演，慰问耄耋之年的各民族村民，带给郑家庄老人们一整天的高兴。

在这个敬老的节日里，不但郑家庄村里的人都要来帮忙，而且不少外出的郑家庄人，也会放下自己的事情，赶回村里为老人们庆贺。

比如下关藏药山货店老板娘何桂花家，还有杨秀海家、张国旗家、何青松老人家……常年在外忙碌的郑家庄人，只要不是太远来不了的，能来的都会按时赶回来，就像八月十五村里大团聚一样。不过，这次为的不是自己和自己家，而是村里的老年人，为了民族团结这面旗帜下的孝心。

中青年们在郑家庄食堂忙里忙外，人人心中都充满了愉悦，脸上都写满了笑意。这个专属老年人的节日，让郑家庄民族团结的氛围中，更有了一些崇高的意味。

是啊，这么些年来，如果没有老一辈郑家庄人对外来民族的包容和帮助，也就不会有后来这些游牧民族的后代。比如何国祥支书等，千方百计地要带领全村人劳动致富、科学致富、集体致富，并在这条发展致富的道路上，不断地无私帮助其他民族，以此最终形成了七个民族一家亲的特殊村庄。

放眼中国农村，从许多新闻报道可知，有的留守老人和留守儿童的情况还十分糟糕，留守老人和儿童无法得到应有的照顾和帮助，这是非常令人痛心的。

对比郑家庄来看，外出做事情的中青年人虽也不在少数，特别是做药材生意，出去就不得不辗转多个地方，有时候长年都难得回村一次。

但是究竟是什么让这个村子没有任何老年人因为留守原因而生活得不好。相反的是，在郑家庄，凡是能遇到的每一位老年人，身上都穿戴得干干净净，打理得整整齐齐，像是有人精心照料着一样。这些乐呵呵地生活在郑

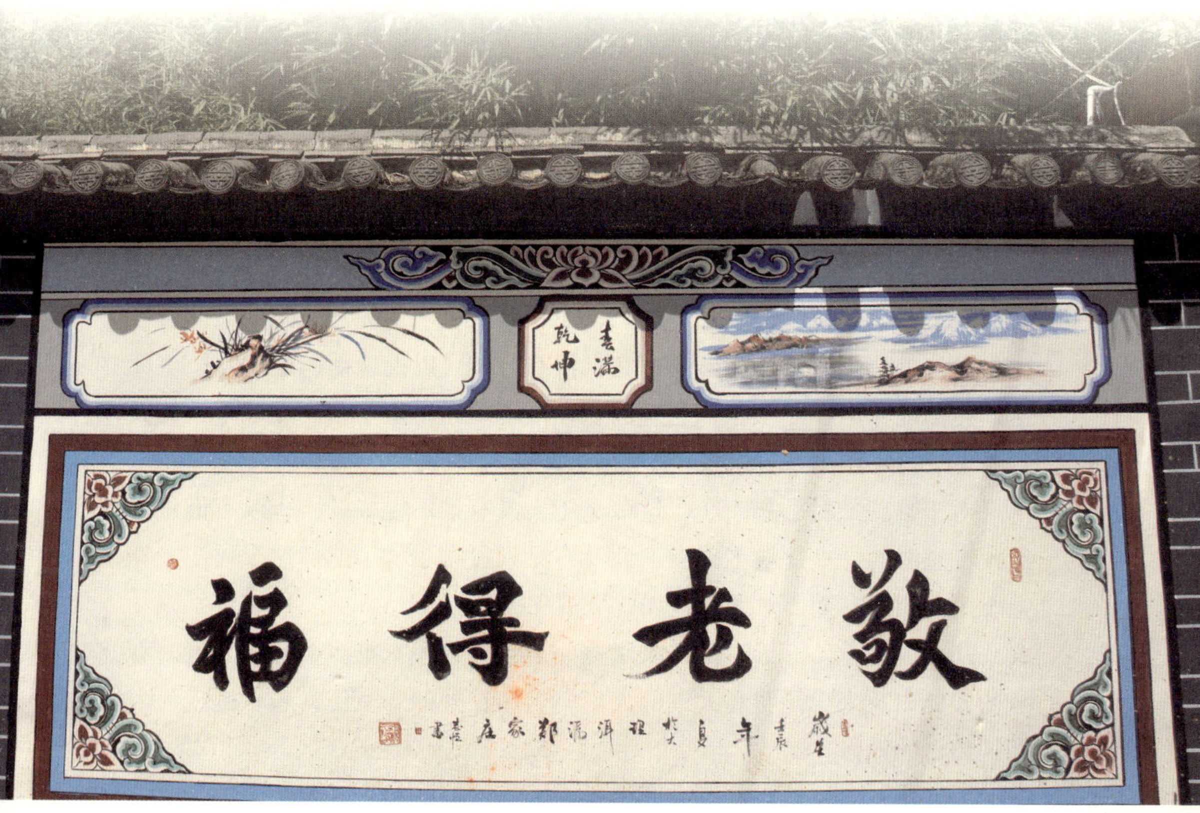

家庄的老年人们，有的只是享受天伦之乐的喜悦和无处不在被关心照料的幸福感！

这是让人惊喜的农村老年人生活的幸福景象。老有所依，不仅仅是可以依附自个儿的家庭，还可以依靠郑家庄这个幸福的集体！

今天，又到了这些老年人欢聚一堂、同享佳肴、共叙家常的时刻。

在郑家庄食堂蓝色彩钢瓦下，木板凳和十几张木桌子顺势摆开，团团围坐着不同民族、不同衣着、不同性别的老年人。

这些老人们脸上都透着安详和谐、无欲无求，他们彼此之间都是多年的老朋友，又逢自己的喜庆节日，大家都坐在一起，互相问候，说说从前、唠唠家常……

不用老人们操任何心，也无需老人们干任何活，村里所有的中青年，加上外面赶回来的郑家庄人，一起动手为这些前辈们准备着一顿丰盛的晚餐。

杯里倒满了酒，碗里倒满了饮料，中青年们抬着上菜的盘子，愉快地穿梭在这些老年人的饭桌之间。转眼，上等生皮、风味炸乳扇、肉圆子、冷拼、冬瓜排骨……就摆满了桌子。中青年们不忘不时地说些俏皮话，逗得老人们乐呵呵的。

虽然村里每一家的生活条件都不错，吃穿不愁了，但是这种专门为老年人做的饭菜、过的节日，还是让这些老人们感到非常开心。

爷爷辈的老人们喜好喝酒的就频频举杯；奶奶辈的老人们也端着饮料来回碰上几下，以示祝愿。人老了，还有什么可求的呢？一副健康的身体，一份愉快的心情，一个和谐的家庭，再有一群可以说说话的老朋友，也就够了。更何况，生在郑家庄，老人们平日里就得到村里晚辈们无微不至的关怀和尊重，每年还固定有这么一个专门的节日吃饭庆贺，真是让人开心哪！

对于自己的村子郑家庄，这些老年人没有谁不说好的，也没有谁不心存温暖和感激的，在这块土地上，还没有见到过哪个村子能像这个村庄一样，七个民族团结友爱，对老年人如此重视和关怀！

郑家庄食堂，今天不但迎来了这些老年人，还有不少慕名前来看一看究竟的媒体以及来自昆明和大理的人们。名声在外的郑家庄，越来越成为人们印证传奇的地方。

郑家庄办的敬老节，果真像传说中的那么好吗？

还没有等外来参观的人们缓过神来，筵席上就响起了欢呼之声。原来是村支书何国祥带着村民小组长王庆荣、杨秀弟，还有专门为此事操心的联络员郑文新开始一桌一桌向村里的老前辈，以及村民、朋友们敬酒了。

觥筹交错之间，兴致使然，四人还一起唱起了藏族祝酒歌《闪亮的酒杯》，祝愿老人们健康长寿、心情愉快！祝愿到场的村民和外来的朋友们，吉祥如意！祝愿郑家庄团结发展、和谐美满！

闪亮的酒杯高举起
这酒中充满了情和意
祝愿朋友吉祥如意
祝愿朋友一帆风顺
欢聚的时刻虽然是这样的短暂
友谊的花朵却开在我们的心里
幸福的回忆
却留在我们的心里……

一句句率性的歌词，从郑家庄领导集体的口里唱了出来。这是一个村庄的心声，也是这么些年来，对郑家庄发展的呼应。

歌声是质朴的，演唱是真情的，令旁人听来甚是感动。

这是不是一个村庄的灵魂呢？

在中国西南边陲这个坝子里，四周是肥沃的土地和良田。千百年来，老年人们，有什么时候，能像今天这般受到如此敬重的款待，活得如此安宁、欢乐、幸福？有什么时候，主管自己村庄的这些人，会低下头弯下腰来敬酒献歌？又有什么时候，那么多的老年人，能够汇集在一起，共同享受一个村庄给予的最高馈赠？

无疑，这是值得赞美的一件善举。这样的善举，在郑家庄数不胜数。所以，这个敬老节对于这个村庄是重要的，对于外来参观的人们，如果没有亲眼看到这些，是无法想象和理解的。

人们究竟需要什么样的生活？当一个人老了的时候，如果能坐在郑家

庄，坐在今天的现场，你就可以得到一个满意的答案！

不过，这个敬老节的欢乐，并不止于此。

随着何国祥支书第一轮敬酒歌的结束，郑家庄的藏族妇女何继莲（藏族名卓玛央宗）、白族妇女郭杏花等，带领其他各民族姐妹们，开始了为老人们的第二轮敬酒献歌。

大家围着桌子，举着杯，用汉语放声高唱起《情满酒歌》：

春雨要下透
朋友请喝够
美酒融进我的心
双手高高举过头

……

这些少数民族姐妹们，还用藏语唱《三杯酒》，歌曲寓意一敬天地，二敬父母，三敬朋友……还有用白族语歌唱的《敬酒歌》，用酒与歌的方式，表达最热烈的情感，表达对一桌桌老年人的尊敬和祝愿，表达对郑家庄美好新生活的歌颂和祝福……

歌声、掌声、笑声、欢呼声和美酒佳肴一起，滋润着郑家庄老人们的心田，也让来到这里的每一个中青年人激动。

一些老人们不由自主地站了起来，也跟着哼唱，另一些来此参观的年轻人也跟着站起来了，融入这欢乐祥和的敬老节，仿佛这些老人不但是郑家庄人的长辈，也是自己的长辈一样；仿佛这不仅仅是给老年人过节，也是给在场的所有人过节。

整个敬老节的气氛，令人陶醉，就连食堂顶上的金属瓦，似乎也被那动情的歌声所感染，随着歌唱的节拍在晚风中和夕阳下发出愉快的和声……

敬老节的节庆，还在继续。

不知道何时，郑家庄阳光文艺队的队员们，已经换下刚才洗菜做饭的衣服，换上了平时演出时穿的各民族鲜艳的服装，一圈圈、一道道、一排排，把正在品尝美食美酒的老人们团团围住，随着播放机里音乐响起，跳起了各民族欢快的舞蹈。

时光在民族音乐舞蹈中飞逝，老人们感受到了郑家庄给予自己的最高礼遇。

此刻，一切都跟着律动起来，甚至于青春，这个对于这些老年人来说久违的字样，也在这场民族团结的敬老盛宴上，重新被唤回，并在每一个人的心中跳动了起来……

在这块留下过老人们青春足迹的土地上，唯有此时此刻，才能重新唤醒那些美好年华的美好记忆。对于身在农村的老年人来说，这是十分奢侈和难得的事情，也是令人无限欣喜和期待的事情。

正是郑家庄的今天，唤醒和重新塑造了这种美好。唯有在这样一个民族团结的村庄，才可能拥有这种力量；唯有在这样一个发展奋进充满活力与希望的村庄，才可能创造这份力量。

老人们看着阳光文艺队跳动和变化着的舞步，一定是无比幸福的。这些作为郑家庄中坚力量的妇女们已经超越了自己，她们踏着民族团结的舞步，正把这个美丽的村庄，带往一个更加美好的明天。这是令人踏实放心的，也是令人欢欣鼓舞的。

歌舞表演快要结束的时候，由何国祥带领村民小组长以及郑家庄理事会的部分成员，提着早就准备好的礼物，按顺序朝每张桌边的老人们发放。礼品袋里面有烟，有茶，有糖果……每发到一位老人，后辈们总不忘送上几句祝福的话。

饭桌边，尽是喜笑颜开的面孔。吃饱饭的年纪最大的老人们，此刻被安排坐成一排，媒体的记者挨个采访询问老人们的感受。

老人们没有多余的想法，都是异口同声说：“好！”

夕阳在郑家庄上空散发出灿烂的余晖，一切都被镀上了一层金质的色调。

敬老节还在继续着，庆祝的欢乐还在延续，不但老人们希望这样的美好时光永远停留，每一位在场的人，也都有此愿望。

人生百年，“最美不过夕阳红”。

不过夕阳的美，也还得有外物支撑和衬托。郑家庄的老人们心里明白，这股支撑和衬托的力量，来自郑家庄精神。它被民族团结的氛围紧紧包裹着。

回到古代圣贤孟子“老吾老，以及人之老”这句话，细细思考，郑家庄对老年人如此照顾和重视，就是不忘本，不忘推动这个村庄发展过程中的每一个人和每一件事，特别是七个民族之间，多年以休戚与共、合力创造这个村庄发展史的美好心愿和实干精神，成就了这个别开生面的重阳敬老节，拓展了郑家庄发展建设的新天地。

它还为中国传统敬老节，注入了新的时代内涵，并将被郑家庄人一代一代所珍视和传承。

生活在郑家庄的老人，是幸福的和有依靠的，因为这个集体十分讲究民族团结。七个民族的年轻一代，都会把别的民族的老人当作自己家的老人一样，热心帮助和悉心照顾。这在边远农村，是很不容易做到的一件事，但郑家庄做到了，而且从1987年开始就一直坚持这样做着。

换一个角度看，这或许也是促成郑家庄七个民族如此团结的一个重要原因。

因为大家看到了无私奉献，看到了美好希望。只要是能爱惜尊重老年人的人，就一定能够尊重和爱惜别人，也就能够促成一个大团结的局面和生活现场。

郑家庄人和人之间的关系就是这么简单，无须多说，更不必解释，自然明白团结之力的深层内涵。它通过自发举办这个敬老节，向世人展示了什么叫团结友爱；又通过那么多生活幸福的老年人，向世人证明着郑家庄精神的无私与崇高！

这是一份持久之力、内核之力，是在无数次迁徙定居发展演变中完成的

伟大之力，因此人类才有了家国，有了故乡，有了乡愁，当然，同时也培育造就了一往无前的勇气和决心……

庄子云：“天道运而无所积，故万物成。”

郑家庄七个民族经过迁徙汇集在一起，或许就预示着郑家庄前行的步伐不会停止。七个民族在郑家庄这块土地上繁衍生息，他们为郑家庄带来的力量，不仅仅推动着自己的村庄，而且也为各民族祖先和遥远的故乡带去了荣耀。

他们在创造一个村子的神话的同时，也为这条民族大融合的迁徙之路，涂上了闪亮的金色光芒……

第四重奏

担当引领写人生

引子：支书心里的理想村

孟子曰："存乎人者，莫良于眸子。眸子不能掩其恶。胸中正，则眸子瞭焉；胸中不正，则眸子眊焉。听其言也，观其眸子，人焉廋哉？"（《孟子》离娄上凡二十八章）

孟子说的是，观察人没有比观察眼睛更好的了。眼睛不能掩饰人的丑恶。胸怀端正坦荡，眼睛就会明亮；胸怀不正邪僻，眼睛就会灰暗。听一个人说话，观察他的眼睛，这个人哪里可以躲藏得了？

在郑家庄，有一个39岁、从小就患小儿麻痹不得不坐在轮椅上，每天得依靠母亲喂饭、喂水、解手的人；他也是郑家庄最贫穷人家里的人。但是，就是这个人的那双眼睛，是我从来没有见到过的、如此干净明亮的一双眼睛。

2015年10月3日的下午，在与这双眼对视的一瞬间，不知道是感动还是震惊，是担忧还是幸福，种种复杂的情绪，一下子涌上了心头，令我不得不重新审视这次对郑家庄的采访调查。

这双从出生到现在就一直在郑家庄看着这个村庄前行的眼睛，里面装着这个村庄39年的过往。这位身患小儿麻痹症的村民叫郑世昌，他虽然不能像正常人那样清楚地说话，但是他的眼睛却一直在盯着我，像是想跟我说点什么。

我似乎也能看到这双如此明亮和充满希望的眼睛里，听到这张只能吐出含混不清字眼的嘴巴里想要表达的心声。他的眼神看起来是那么干净纯粹，令我些不知所措，更令我为自己先前一些无谓的担忧而惭愧。

我为这双眼睛而感动，为生育他的郑树枝妈妈而感动，为养育这双眼睛的郑家庄而感动……

郑世昌的妈妈郑树枝，在自己不大却整洁素朴的房子里接受了我短暂的采访。她的儿子郑世昌，一直盯着我微笑。

他虽然不能直接和我们对话，但是能够听得懂我和他母亲在交谈什么。因为他眼睛里的光华，一直像一汪清泉那样让人愉悦。

虽然郑世昌的父亲郑显周去年去世了，郑树枝依然把自己的儿子照顾得很好。生活的贫穷，并没有摧毁这个不幸的家庭，相反，却给了这个家庭别样的勇气和力量。

我很奇怪这股力量的源泉，尽管隐约想到，那是这个特殊村子给予这个家庭的，但我仍然不是太明白，为什么这股力量能够这么长久，并一直持续着。

郑树枝是怀着感激之情讲起这个村庄的。

1950年出生的她是白族，从共和村委会香柏村嫁到了郑家庄。她的丈夫郑显周，是这个村庄最古老姓氏的家族成员之一。她特别强调了郑家庄现在发展得好，各民族之间很团结。比如在她丈夫患肺癌住院期间，医药费花了10多万元，要是没有村里借的四五万元，捐款的1万多元，可能丈夫会去世得更早。

以何国祥为带头人的村干部对她的家庭非常关心和照顾，郑树枝家只要有事情，都会得到村里的帮助，比如那一亩多农田里的活计，家里养的牲口，患病儿子有个大小事，等等。就算是平日，隔三岔五，村里的人也会来看望，每次都给几百块钱；节假日就更不用说了，何国祥带头送东西送钱。加上村里还为郑世昌办理了低保，每个月有一百多块钱补助，虽然生活清贫，但也不觉得特别困难了。这个村庄各个民族对郑树枝家已经给予了最大的帮助。

郑树枝明白这一点，她对村干部很满意，言语中对郑家庄尽是感激之情！

作为郑家庄最困难的家庭，郑树枝既对自己的现实处境有些无奈，同时又对未来充满了信心和希望，这是有些矛盾和纠结的想法。但她认为，村里给予自己家的帮助够多了，再有困难更想靠自己解决。

不过，只要郑树枝生活在郑家庄，她家的事就会是全村的事，这是何国祥支书一贯的作风。不仅郑树枝家是这样，郑家庄所有的人，只要有困难，这位村支书都会带头，第一个站出来帮助解决。

仔细想来，这股力量，似乎和患病儿郑世昌眼中那股充满希望的清澈之光是一致的。

或许这就是我要找的答案。

郑世昌眼中的光芒，不正映射着郑家庄各民族不畏艰难、团结一心、开拓未来的勇气和力量吗？拥有这股力和勇气的人，不正是郑家庄的领头人何国祥吗？

带着郑世昌眼中的信念和希望，我们得走近何国祥，去仔细看一看这位引领郑家庄一步步走到今天的村支书，究竟是怎样的一个人；他心里的理想村庄究竟是怎样的；在他的眼睛里，又会有什么样的光芒，照亮那份充满了担当与爱的村支书人生……

颂词：泽润乡梓

“须菩提，如恒河中所有沙数，如是沙等恒河，于意云何？是诸恒河沙宁为多不？”

须菩提言：“甚多，世尊。但诸恒河尚多无数，何况其沙！”

“须菩提，我今实言告汝：若有善男子、善女子，以七宝满尔所恒河沙数三千大千世界，以用布施，得福多不？”

须菩提言：“甚多，至尊。”

这是《金刚经》里，佛和须菩提的一段对话。

佛问须菩提像恒河中所有的无可计数的沙数，假如这条河中的每一粒沙子又成一条恒河，你有什么看法？所有恒河中的尘沙加在一起，你认为那沙子算不算多呢？

须菩提回答，非常多，世尊。仅仅是恒河之沙那么多的恒河已是无可计数，何况所有河中的沙子的数量呢。

佛又问，须菩提，我今天实实在在地以真实话语向你宣说，如果有善男子、善女子，用遍满上述所有恒河沙数那么多的三千大千世界的七宝，来进行布施，他们所获得的福报功德多不多？

须菩提回答，非常多，世尊。

郑家庄有本主庙，供奉着菩萨神灵；郑家庄上空温暖的太阳，孕育着万物；郑家庄有一位优秀的藏族村支书领头，他就是何国祥。

世居村民郑林生说，村里的人都称何国祥是郑家庄的“活佛”，郑家庄南面洱源县职业技术高级中学（以下简称洱源职中）的教师卢继海也说，郑家庄的人都把何国祥比作村里的太阳。

民族团结，绝不仅表现在一个方面。在郑家庄，民族团结精神显然已经扩展到了生活的方方面面。这也是郑家庄精神力量强大的重要原因。

作为藏族人，何国祥从内心关心和爱护着每一位村里其他民族的兄弟姐妹，甚至是郑家庄以外的民族，他也一样关照。

这是一种大爱，这种爱，为民族团结注入了新的内涵和活力，也让郑家庄人在外的口碑极好，成为大家交口称赞的实际典型。

在何国祥家正楼二楼的银白色栏杆上，挂着一块黑底金字的牌匾："泽润乡梓"，上书：致何家福乡友；落款：郑家庄全体村民敬赠；时间是公元二〇〇八年元旦。另外，在何国祥家的老房子、何国祥弟弟家的正房门上，也赫然挂着一块牌匾，上书：捐资助教，落款：郑庄小学赠。

第一块牌匾，是对何国祥长期以来做公益事业的奖励。这份奖励，来自郑家庄所有村民内心的敬仰和自发组织，并由郑家庄老年协会牵头赠送。

村里的白族教师高汉云清楚地记得，当时由他、李学才（藏族）、郑晓东（汉族）、和秀清（纳西族）等各个民族的代表和两位村民小组长王庆荣、杨秀弟一起，带领村里所有的老年人，登门送牌匾。

都是乡里乡亲，为什么一定送牌匾？

高汉云说，全村的人都感激何国祥，他长期为村里做的公益事业简直是数不胜数，大伙儿一定要表达心意，没有何国祥，就没有郑家庄的今天。

不仅仅何国祥对村里这样做，何国祥的父亲何尼玛在更早的时候，就树立了助人为乐的榜样，成为何国祥家族传承的优秀品质。

第二块牌匾“捐资助教”，就是专门送给何尼玛这位老人的，上面的字，还是高汉云亲手所书。

事情得从郑庄小学说起。

1981年，郑庄小学筹建，地点位于郑家庄村子北面，原来洱源农场遗留下来的马房所在地，条件很不好，教室破烂，地面不平。到了1987年，学生增加，原来的教室已经容纳不下那么多学生，需要扩建四间教室。学校有现成的木材、砖头等，但苦于无资金，该怎么办?

当时任校长的高汉云四处筹集经费，向上级反映，但暂时解决不了问题。恰巧高汉云受洱源县委宣传部委托，要写有关何尼玛的一篇报道，在交谈时，无意中说起了这件令他十分苦恼的事情。

何尼玛听后，安慰高汉云说：“不要紧不要紧，差的钱我来出。”根据初步预算，当时请一个工，大约需要两块钱，何尼玛捐了请100个工的钱，总共200元。有了这笔钱，郑庄小学平整了地面，安装了玻璃窗子，改造了马厩门……很快就把教室建盖好了，新增加的学生终于有了上课的地方。

1988年元旦，高汉云校长亲自题写牌匾，带领全体教师学生，敲锣打鼓把牌匾送到了何尼玛家，以感谢他对郑家庄教育事业的支持。

何尼玛尊师重教的品格，在儿子何国祥身上得到了传承。在2015年10月10日的采访中，洱源职中的副校长李宏方和政教主任卢继海给我讲了一些感人的事情。

洱源职中，位于郑家庄南面，与郑家庄相距不到1千米。1981年，洱源职中在劳改农场基础上改建而成，现有33个班，2300多学生。不过，很多学生家境贫穷，其中有一位2011级148班旅游专业的学生叫廖志鹏，来自洱源贫困乡镇乔后镇大梁村委会上坝村。

2012年6月，廖志鹏的班主任赵凤和老师发现，这个学生突然变得意志消沉，不在学校宿舍睡觉，却跑到学校旅游专业教学用的“模拟客房”独自一人住。于是，赵老师就找到廖志鹏，详细了解情况。原来是他家中经济困难，没有了生活费，顶岗实习的路费、参加职业资格考试的鉴定费也没钱交。

这事让赵老师很着急，她向平时关系比较好的梁润江老师说了此事（梁润江是卢继海的爱人），梁润江又告诉了卢继海。

卢继海便琢磨着，如何才能帮助这名困难学生。

恰巧当天下午，郑家庄的朋友约了卢继海一起在三营牛街饭店吃饭。在餐桌上，卢继海愁眉不展，心事重重。

这时候，电话铃声响了，赵凤和老师在电话里又跟卢继海详细说了此事。碰巧的是，坐在旁边的何国祥不经意间听到了两人的对话，不等卢继海挂上电话就从包里摸出1000元钱，让卢继海代转给这名贫苦学生。

何国祥留下一句话：至少让学生吃饱饭！

紧接着，在座的郑家庄村民小组长王庆荣、杨秀弟，村民何国伟、王宏康，勋庄的段水全等八个人，你300元、我500元，总共捐了4000多元给这名困难学生。

这是个意外之喜，令卢继海特别感动。卢继海觉得，帮学生解决困难，本应是学校要做的事情，在学校还没有做出实际行动之前，郑家庄的村民朋友们就慷慨解囊，真是太令人感动了！

他代这名困难学生频频向在座的各位敬酒，后来高兴得喝醉了。

回到学校，卢继海向黄志辉校长汇报了此事，黄志辉便让李宏方代表学校去向郑家庄致谢。可惜何国祥没有在家，由王庆荣、杨秀弟接待。杨秀弟告知他们，以后遇到诸如困难学生需要帮助的事情随时告知。

这笔钱由廖志鹏的班主任赵凤和老师及时转交给了廖志鹏。后来学生的父母亲带着一面锦旗、10斤自酿酒，从老家赶来郑家庄找何国祥致谢。

不巧何国祥有事情在外面忙着，没能见到。廖志鹏的父母来到学校感谢的时候，穿着一双破烂的黄胶鞋，出来后钱也用完了，回去的路费都没有。赵凤和老师给了他们50元，她认为，何国祥等郑家庄的村民都能够无私捐助学生，自己作为学生的班主任，也应该学习何书记等人无私奉献帮助别人的精神，这是必须的，也是很荣幸的。

廖志鹏很感动，发誓好好学习，有了成就就会告诉何国祥。

依靠这次资助，廖志鹏得以顺利毕业，并与何国祥见了一面。此时，廖志鹏暂时还没有找到工作。何国祥比较关心，问廖志鹏是否想去当兵，还说可以到乡镇为他争取一万元困难补助。

洱源职中后来想把何国祥他们捐款的事情作为一个送爱心活动的典型，邀请郑家庄的几位捐款人到学校参加答谢会，但是被拒绝了。最后，洱源职中只好向捐款的人每人补发了一本捐款证书作罢。

何国祥在郑家庄做了无数的好事情，但从来不图任何回报。其他的村民是切身感受到这一点的，就连勋庄的段水全也说，何国祥支书做了那么多好事都不愿意留名，他跟着做这点事情算什么。

郑家庄尊师重教的风气一直都很好，这和郑家庄对教育的重视程度有关。有着七个民族的村庄，想要发展，想要更团结地建设好村庄，必须要有更高的知识文化，这是何国祥心里的大事。所以每逢村里有活动，都会邀请洱源职中的老师参加。如果学校有任何困难，何国祥也会带领全体村民帮忙。

2011年到2012年期间，洱源职中附近有一些社会闲散青年来校门口扰乱秩序，严重影响到学校学生的安全，学校保安出面制止还被打伤。学生面临着危险，怎么办？

还是只有请何国祥出面，因为何国祥在整个三营镇的威望很高，没有人不尊重他。果然，经过何国祥支书出面协调，打学校保安的人不但赔偿了5000元，还当面道了歉。郑家庄联防队在何国祥的指挥下，也积极介入帮助处理。从此以后，三营片区的社会不良青年再也不敢来捣乱，学校恢复了往日良好的秩序。

何国祥的义举，对洱源职中的社会治安起到了很好的保护作用，学生的学习氛围也好起来了。当然，也给了四周村子一个良好的示范：安定团结，是一切的保障；民族团结，并不只限于一个村庄。

在卢继海的印象中，由何国祥作为领头人的郑家庄，热情好客，有江湖的侠气，扶危济困。村民的素质非常高，讲究形象，外出言行都很得体，都自觉维护郑家庄的形象，有作为郑家庄人的自豪感……

李宏方也感觉到，郑家庄公共环境很整洁，社会治安稳定，村民不会为了房屋、土地争斗，学生对老师的尊重比其他村庄好得多，全村尊师重教，把老师奉为上宾……他还记得，骑单车到郑家庄，郑家庄的村民会主动帮看护，还让他放心，不会丢。

2012年，卢继海的老母亲卢菊莲患风湿病，朋友介绍郑家庄有一剂中药比较好，卢继海并不清楚当时这药的市场价是4000多元，只带了3000元前去准备购买，但何国祥支书却坚决不要卢继海的钱，并很严肃地对他说：“你老母亲生病，你有这份孝心就很难得，除非我在郑家庄穷得摆地摊卖药，你给我钱，我才会收。”

2013年，何国祥支书带着村里的篮球队到卢继海所在的菜园村参加春节联谊活动，看到一名残疾人，便主动询问他是否办理了残疾证，他答，没有。两个月后，何国祥帮这位残疾人办好了残疾证，使他得到了国家对残疾人的优惠政策照顾，并顺利办理了低保。像这种随时随地乐于助人、视别人的苦痛为自己苦痛的人，不分民族，不分亲疏，不分贵贱，积极帮助别人的人，和太阳的光芒普照大地，又有什么区别呢？

从小就见证了何国祥种种助人为乐的善心、善事的村民小组长王庆荣，一直以来以何国祥为榜样。在何国祥的带动下，王庆荣也在精神层面上不断向何国祥学习靠拢。

王庆荣做的一件事情，也让李宏方非常感动。

2000年，王庆荣的老师李寿荣和妻子一起不幸遭遇车祸，昏迷住院，情况比较危急。当时，李寿荣夫妻俩的孩子都在外地，无法及时赶回，王庆荣就像亲生儿子一样，几天几夜守在医院，无微不至地照顾他们。在两位老师的记忆中，每逢教师节何国祥支书都要带领郑家庄一起庆贺，办伙食还赞助学校一头猪（市场价不低于3000元），等等。

何国祥和郑家庄，就像是学校的知己一样，处处给予帮助。当然，两位老师也从更高的层面来看郑家庄，觉得这是个了不起的村庄，给了中国广大农村一个方向和坐标。在他们的印象中（包括自己老家所在的村庄），都缺乏像何国祥这样的领路人，村民小农意识比较强，不像郑家庄的村民集体意识那么好。

郑家庄，的的确确为广大农村树立了典范和标杆。

两位老师不避嫌，说现在再回到自己的村庄，会比较痛苦，因为有了比较，有了更高的要求，所以感觉到这份差距带来的痛苦。他们都希望自己的村庄能像郑家庄一样发展，甚至建议自己村里的村干部多到郑家庄走一走，多学习和借鉴郑家庄的经验，把村庄建设好。

对于农村，他们还有一句感慨的话：要是都有何国祥支书这样的人就好了！

在对郑家庄村民以及周边村子的随机采访中，没有一个人不称赞何国祥的，这一点让我感到意外和吃惊。跟随我一起进行采访活动的洱源作家苏金鸿也很感慨，他说，如果要用一部小说来写郑家庄，是不容易的，为什么呢？因为一直看到的、听到的全部都是温暖的、正能量的东西，没有太多的矛盾纠葛与戏剧冲突。

是的，在这样一个时代，这个村庄，几乎可以用“神奇”来形容和概括。

郑家庄全体村民敬赠给何国祥“泽润乡梓”的牌匾，绝非浪得虚名，而是实实在在的嘉奖和证据。

通过大量采访，得知何国祥做过的公益事业和帮助别人做的好事，真是不计其数。究竟是什么力量，促使一个村庄的藏族支部书记这样做呢？

这些问题，也许通过具体的事例，可以窥见一些原因，但是我相信，在何国祥内心深处，一定有着深厚的善良悲悯和太阳般的温暖博爱，这也是郑家庄精神里最可宝贵的核心力量。

正是这核心之力，带动了郑家庄的民族团结和发展进步，而且，它正潜移默化地辐射带动着周边更多、更大范围的村庄和村民，成为这个时代的骄傲。

郑文新作为郑家庄世居汉族，是村里村民自治监事会成员，又是村里大小事情的联络员和文明新风尚的负责人，对于郑家庄各方面的情况比较了解。在他的记忆中，郑家庄真正的变化，是从何国祥担任村里的支部书记开始的。正是何国祥为集体无私奉献的精神，构建了郑家庄的精神力量。

郑文新说，何国祥无私帮助过很多人，他自己家困难时，也得到过何国祥的无私帮助。10多年前，买一头牛需要9800元，但是他手头只有5000元，虽然又向亲戚朋友借了点，但还差3000元，何国祥支书得知后，把钱借给了自己。2015年3月，自己建新房，何国祥支书主动问询困难，又借给了他5万元。

在郑文新眼里，支书何国祥做好事，从不计较报酬。何国祥作为郑家庄的外来户，能够如此舍己为人、大公无私，经常关心村里每一位村民的生产生活，的确让人刮目相看。

何国祥带动和传递给郑家庄的，是一笔无穷的精神财富。郑家庄翻天覆地的变化，何国祥居功至伟。

郑泮池是村里村民自治理事会的理事，五六年前，在郑家庄西边村口经营着一家小铺子——“郑家庄段菊文商店”，卖农用品，也顺带卖些生活用品。2001年，在何国祥发展介绍下，他成了一名中共党员，现在是村里的党小组长。

郑泮池常说，何国祥支书对自己帮助相当大，有一件事情，他一直记在心上。

有一年，郑泮池的二女儿郑林英生病，先是住在洱源县医院，怀疑是脑膜炎，却一直没能确诊，洱源县医院通知转院，打电话给何国祥后，他帮联系到大理市第一人民医院的主治医生，才得以及时转院检查，确诊为病毒性脑炎。接着，何国祥又联系村民小组长杨秀弟，把他家珍藏的珍贵药材拿出来给郑泮池。就是靠及时转院确诊和服用这些珍贵药材，郑泮池最终才把自

己二女儿的病治好。

在郑泮池看来，何国祥不仅仅帮助自己，也帮助郑家庄其他民族的人，只要求到他的，认识不认识的人，他都会尽力帮忙。比如借钱，别人有困难借的，他从来不讨要，有就还，没有就算了。而且，只要他看到有困难，不用他们开口，必主动帮忙。

郑家庄村民何某，50多岁，四年前去世，因为家中比较困难，何国祥帮助买了棺材和坟地下葬，其他烧埋费也完全是由何国祥帮出……在郑家庄，凡是有婚丧嫁娶，无论何国祥在下关还是在昆明，或者在别的什么地方，他必定会赶回来主持打理。

2010年的一天，郑泮池跟着何国祥去勋庄办事，看见菜市场有个老人（后来才知道是永胜村委会常营村人），70多岁了，穿着一身破旧的衣服，头发花白，满是皱纹的脸上有些脏污，一看就知道此人没有人照管。这老人似乎是饿极了，伸出枯瘦的手指头，笨拙地一点一点不断捡拾案板上人们不要的细碎生肉末，放进嘴里，咀嚼得津津有味。

何国祥静静地看了一阵子，脸上露出吃惊和悲悯之情。

郑泮池明白，何国祥的心一定是被刺痛了。

果然，何国祥走上前，当即就称了两斤肉，送给了这个老人。

这老人一下子没有反应过来，开始还有些惊慌，等何国祥解释清楚之后，老人双手颤抖着接过肉，用苍老、低沉而浑浊的嗓音连连道谢，然后就捧着肉走了。

但让何国祥万万没有预料到的是，等他们回到村里，却听到一个非常让人意外和震惊的消息——那位老人暴毙。

“怎么死的呢？”何国祥心中咯噔了一下，充满了疑虑。

原来是这老倌拿着何国祥送他的两斤生肉，走到半路，就迫不及待地把生肉往嘴里送，狼吞虎咽地吃下这些生肉后，给活活噎死了。

了解到真实原因之后，何国祥的脸因为难过而扭曲得皱了起来，一来他心中为这位老人的意外过世而难过，要不是自己送他肉，也不至于发生这样看似十分荒唐的事情；二来，他也为农村现在还有这样贫穷的老人而难过。

后来，何国祥帮这老人买了一口棺材。

想来他在郑家庄，作为领头人，一心要让所有贫穷的人过上好日子，实际上他也确实做到了，但是别的村呢？中国那么多农村，怎么才能让所有贫穷的乡亲都脱贫致富，不再发生这样的悲剧呢？一个更大的问题冲击着何国祥的心；一份更大的希望，让何国祥身上的使命感又突然增强。是的，一定要像省委领导给郑家庄回信里提到的那样做好，郑家庄得带动更多的村庄发展致富，郑家庄做得更好了，才能影响和带动周边更多的村庄崛起……

同时，这件事情带给了他更多的思考，农村的诸多问题，还得更深入、更贴切地想办法解决好。今后，他不得不面对一些更大的农村发展问题，也不得不思考郑家庄新的发展道路。他还要思考如何才能为周边村落，特别是少数民族聚居村庄，甚至是中国广大贫困农村的发展提供行之有效的借鉴……

这事说起来真是奇谈，但是何国祥身上的侠骨柔肠，不得不令人钦佩！

郑泮池如今是郑家庄党小组长，他的前任是郑林生。2015年以前，按照国家政策，每个村的村支书每年有120元补贴。2015年以来，这笔钱增加到每年1200元。作为郑家庄村支书的何国祥，却从来不要一分本该给他的钱。

他说，这钱就给党小组长，作为电话等补贴。所以10多年来，郑家庄村支书的补贴，都是给了历任党小组长的。这事虽也不大，但足见一个人的高风亮节和奉献精神！

何国祥不仅仅对郑家庄的人好，对别的村需要帮助的各民族困难群众也同样热心。

大约在2006年，共和村委会中马营，70多岁的老人杨时珍家房子被火烧了，何国祥组织郑家庄人捐钱捐物，给予帮助。

2005年，何国祥拉来独蒜种，大概10多吨，价值近10万元，无偿赊给郑家庄村民，让村民先种，种后赚了钱再还。对有些困难户，他没有让还。独蒜种不但给郑家庄村民，还给了高三营、梅城村、新生邑等地的各民族同胞。由此，他开启和培育了这块土地上大蒜种植的先河。后来，种植大蒜，也成为当地各族村民的重要收入之一。

段伟林是郑家庄党小组负责村务财务监督岗的，他记得，2009年母亲生病的时候，就是何国祥支书主动询问自己，并借给自己3000元钱，让他很感动。

他认为郑家庄七个民族如今这般团结，主要靠何国祥支书的带头作用。

比如八九年前，村里打操场，何国祥支书带头，忙活到夜里两三点；还带头到西边大河里捞沙子，自己出了力还又捐了钱，真是了不起！说心里话，如果这个社会多有几个像何国祥这样的人，贫困的人就都有所寄托了。

何国祥支书的眼光，不在自己身上，不在自己民族身上，也不在哪个个别人身上，而在全村各民族集体身上，甚至在农村所有贫困农民身上。竭尽所能地帮助各民族贫困村民脱贫致富，是何国祥支书最大的心愿，也是最让人感动的地方。

高汉云算是郑家庄的一个文化人。

这位2011年退休的白族教师，如今生活在郑家庄一幢老式院落里，环境幽雅，植物茂盛。

高汉云是1969年12月被下放到郑家庄的，来的时候，正好是冬季。

他记得，当时郑家庄有三四十户人家，100多口人，虽然很穷，但是团结，只要哪家杀猪，就请全村人吃。

高汉云作为外来户，到今天与郑家庄各民族相处了40多年。他最记得1992年，村里给他家宅基地盖房子的情景。上梁那天，全村人都来帮忙，能抬的抬，能挑的挑，能扛的扛，忙得不亦乐乎！

郑家庄各民族间的团结互助、淳朴善良是有传统的。不过，郑家庄变化最大的是何国祥成为领头人之后。

就拿教育来说，何国祥家为什么一直支持教育事业，是有很重要的原因的。20世纪70年代以前，郑家庄的初中生寥寥无几，文盲多，直到70年代中后期，初中生增加，高中生也有几个了，到现在，大中专生有30多个。

在郑家庄附近的洱源职中读书的郑家庄姑娘郑洁秀，成为职中里第一个考取昆明理工大学的学生。这些年，郑家庄人在外面参加工作的也有二十七八个。郑家庄很多人读书后，就改变了家庭状况。

何国祥支书比较重视教育，捐资助学是平常事。

1985年，共和小学建盖时，他就捐了8000元。在他的带动下，郑家庄形成了尊师重教的良好风气。凡是村里有活动，都邀请老师们来参加。

重视教育还带来一个好处，就是不管从哪个方面来说，全村都容易形成良好的习惯并相互影响。郑家庄墙上的壁画，开始有些小娃娃不懂事，会搞破坏，村里原想对家长罚款，后来改变了方式，要求每家家长以身作则，并以诗歌的形式开展宣讲教育后，就再也没有出现过破坏的情况了。

何国祥支书对村里的公益事业，那可是真正做到了无私奉献。

村民家发生困难，何国祥总是能带动村里人积极想办法帮助解决，特别是还能结合国家对少数民族地区的配套和优惠政策，争取资金，哪怕是自己贴钱出力，也要把国家资金用好用大（比如国家补助10万元，村里能干出20万元的事情）。

可以说，何国祥支书是一位有着使命感的好干部，没有以他为首的村领导集体，就不会有郑家庄的今天。有何国祥在，事情有人办，而且办得好。郑家庄能够从省级文明村到国家级文明村镇，何国祥支书很不容易，按照郑家庄以前的贫穷落后情况，真是想都不敢想。

藏族村民小组长杨秀弟说起何国祥帮助村里人的事情，更是如数家珍。他只要一提到何国祥支书，就按捺不住内心的激动。他认为："家福，就是我们村的'福'！"

2008年，郑家庄郑晓东老人的孙子寸镇源不小心被烫伤，手臂和背上全是水泡，昏迷不醒。送到医院后，面对高额的医药费，老人一筹莫展。何国祥闻讯赶来，不仅垫付了医药费，而且还拿出1000元给郑晓东，说帮孩子治疗，需要多少钱就直接说，并联系了州医院最好的医生，让寸镇源得到了及时治疗。郑晓东很感动，对孙子说："这样的恩情，你要记住！"

黄中华在郑家庄比较贫困，是何国祥作为支部书记的帮扶对象之一。多年来，何国祥无论大小事都帮助黄中华，这让黄中华十分感激。何国祥当年建议他发展养殖业，并借给他7000元钱，有了这笔启动资金，加上何国祥的指导帮助，没用几年打拼，黄中华也就脱贫致富了。

村民王洪康父亲过世得早，家里只有三间茅草房和一排刺篱笆。何国祥支书看在眼里，急在心中，就带着他去做药材生意。王洪康没有资本，何国祥就给他1万元做资本，并让王洪康跟着自己走南闯北，手把手地教他怎么做。

王洪康记得有一次外出去收药材，遇到大雪封山被困住，当时路很滑，车子差点掉到金沙江里，何国祥支书和大家一起推车，加上当地老百姓帮忙，才最终脱离了危险。

王洪康跟了何国祥几年后，何国祥又拿出钱来，让王洪康自立门户。

为什么呢？

何国祥是这样说的："我支持他，主要是他也要有他的路，他还要带动一些人，如果我把他留在身边，就仅限他一人。他离开我，还有亲戚，我们的老百姓，带动这些人，又出去经商，一个带动一个……"

经过几年打拼，王洪康收入可观。2008年，王洪康在村里盖起了30多万元的楼房，并成了全村致富的榜样。王洪康感激何国祥的无私帮助，逢人便说："没有何书记的倾囊相助，我哪里会有今天的好日子！"当然，王洪康也从何国祥支书帮助自己的事情上认识到，应该像何国祥一样去帮助别人，所以，他也带动了村里村外10多人外出做药材生意。

何国祥"先富带动后富，富的帮助穷的，自己富还得大家富"的思想，最终成为郑家庄各族人民集体致富的法宝。他认为，只有这样，老百姓致富才能"吹糠见米"。这也是他的美好愿望。

在何国祥美好愿望的实现过程中，也影响到了两个村民小组长王庆荣和杨秀弟，他们也不甘落后，先后带富了一批又一批的村民。

村民杨树培就是杨秀弟一手带起来的。

杨树培在跟着杨秀弟做生意之前，一年收入不到1万元，做药材生意后，一年有了20多万元的收入，真是天壤之别。

杨树培感慨地说："秀弟就像亲大哥一样，不是只顾自家事的人。"

有人问杨秀弟："教会徒弟，会不会饿死师傅？"

面对质疑，杨秀弟想都没想就回答说："一个人富起来，身边的亲戚朋友却没富起来，周围的人也没富起来，那自己也没面子。"

杨秀弟的回答，正是对何国祥作为致富榜样的一种推崇和感激！

他和王庆荣，正是遵循着何国祥支书的教诲，协助何国祥带动郑家庄集体致富，所以才形成了郑家庄现在宜农则农、宜商则商，忙时为农、闲时为商的格局。全村500多人，在北京、上海、新疆等全国各地营销中草药，年收入300多万元，实际人均年纯收入超过1万元，成了远近闻名的民族团结示范村和富裕村，并且还带动三营镇，形成一条药材街市。

王庆荣作为村民小组长，又是郑家庄党支部的组织委员。他认为，帮扶困难群众，是自己义不容辞的责任。王庆荣很小就跟着何国祥，受到何国祥的影响很大，耳濡目染了何国祥为村里做的诸多大好事，心中一直想像何国祥一样，能够帮助村里的困难户。

2007年，村民王东初家是郑家庄比较困难的人家，由于家庭历史原因，加上孩子还在上高中，交学费都感到吃力。

王庆荣琢磨着怎么帮王东初出主意想办法改变现状。他先是帮王东初买了母猪种苗，改造了他们家中的猪厩，然后又帮助他种植经济作物大蒜，并手把手地教他。买大蒜的全部垫本都是王庆荣帮他赊账或者出钱，并且还借了4000元给他买奶牛。

看到王初东家的黑白电视机坏了，王庆荣觉得应该让他家人了解外面的世界，便买了一台彩色电视机送给王东初。平日，遇到王东初家里拮据、有困难，王庆荣总是慷慨地解囊。因为王庆荣的长期帮扶，王东初家经济有了好转，两个娃娃也顺利考取了大学，毕业后当了老师。

村里王八妹家原先居住条件非常差。王庆荣看在眼里，急在心中，他主动借出5000元帮忙买建筑所需的材料，后来又借给王八妹家四五万元钱，同时还送去一台彩电。王八妹家经济困难时，经常300元、500元地接济，还帮助王八妹家出主意想办法致富。后来，王八妹家通过王庆荣的帮扶，勤劳致富，不但家里买了小车，而且娃娃也能到外面做生意了。

过去，对中国农村多有批评，比如说扶贫，因为看不到即时的利益，没有人去好好干。老百姓希望的“吹糠见米”，自有农村领头人该担当的合理性，因为“钱”的投入、项目成本的转换等，需要时间，还需要一些外在的条件，这对于普通农户，特别是较小农户，是挺纠结和难接受的。何国祥敏锐地看到了这一点，带头发动种独蒜等，不仅仅是帮扶示范，更是一种“信心工程”。

由于何国祥的模范带头作用，帮助不同民族的困难兄弟姐妹在郑家庄成了每一位村民自觉的行动。由于大家对村集体的无限热爱，郑家庄团结互助的风气非常之好，这让每一位住在这的人都感受到了浓郁的温暖。

可以说，能生活在郑家庄，是幸福的；能和这些幸福的各民族村民在一起，是幸运的，这里有着慈悲和温暖化身的村支书何国祥。

郑家庄群众说：“只要有家福在，我们什么困难都不怕！”

郑家庄群众又说：“家福、家福，他就是我们郑家庄全村的福！”

家族：放飞的梦想

“国伟，鱼塘怎么样了？”

何国祥的姐姐何桂花，问家中最小的弟弟何国伟。

“没有了，被那个‘恶霸’给我拿走了。”

何国伟有些委屈，假装埋怨地向姐姐告哥哥何国祥的状。

何桂花问的鱼塘，正是属于何国祥父亲何尼玛留给小儿子何国伟的财产，面积大约1.2亩，位于郑家庄村子正中间，也就是八月十五村里过团圆节时，办集体伙食捞鱼的那个鱼塘。

鱼塘归给集体，是郑家庄湿地公园建设规划的一部分，不仅如此，还有郑家庄广场上，何国伟家门口不远处，何国伟自己亲自设计修建的大香炉旁边的水井井栏等私有财产，都在哥哥何国祥的敦促下，一并被归给了郑家庄集体所有。

换作自己想想，这能不让人心中有些怅然若失吗？

在中国农村，时有发生村干部损公肥私的事情，但“损私肥公”的事情却是十分罕见。不过，在郑家庄，这样的稀奇事情，放在何国祥家，放在被何国祥影响和带动的郑家庄各少数民族家庭，还真不少。例如，为修建村里老年活动中心项目，何国祥媳妇郭杏花的兄弟郭先科的土地也无偿让了出来。

追溯这种精神的根源，就不得不提到何国祥家从游牧民族被安置到郑家庄的一些往事。

何国祥的爷爷革坚，是德钦燕门乡人；奶奶阿嘎，则是西藏盐井县人。二老带着何国祥的父亲何尼玛、母亲何青松等一家人，和自己的民族一路游牧，到达洱源县大佛村一带时，何尼玛、何青松夫妇带着刚刚一岁的大儿子何国发，碰到了国家安置游牧民族的好政策，从此开始了在郑家庄的定居生活。

何国祥的姐姐何桂花，就是在1959年出生的。此时一家人寄住在汉族郑林生家。后来花了10多块钱，在村里买了一块自留地，建了三间茅草房，一直到1984年。这期间，何国祥、何国伟相继于1962年、1966年出生。

一个原本是游牧民族的藏族家庭，开始了全新的生活和生产方式。谁也没有料到，这个家庭为后来郑家庄的发展培养了领头人。

何国祥的父亲何尼玛，当年不仅在郑家庄以豪爽义气、好打抱不平等著称，就是在整个洱源县，也颇有些名声。何尼玛年轻时候就喜欢到外面闯荡，有冒险精神。这一点，何国祥和父亲很相似，敢闯敢干。不过，何国祥已经由父亲的单打独斗，转变为带领全村各民族共同致富。

由于何尼玛在那个年代做集体牲口买卖，在“文革”中被当作典型批斗。1973年到1981年，一度含冤入狱，还好1985年得到了平反。出狱回到郑家庄后，何尼玛闲不下来，开始做皮子生意，从缅甸买牛皮，卖到大理外贸公司。后来又做药材生意，何国发也开始跟着父亲做。

何国祥目睹了父亲的坚毅、果敢、勤劳和慷慨，觉得父亲很伟大，特别是20世纪80年代，捐资助学，对于村里的贫困户，慷慨地借钱、给钱，心中装着村子，装着村子里的各民族兄弟姐妹。

不过，每个家庭的不幸，也是最考验人的时候。

何国祥记得，当年父亲被冤枉去石场改造后，他家陷入了非常贫穷的境地，没办法还在亲戚家讨要。这段贫穷的记忆，对于何国祥内心的冲击相当大，让他有了对别人的贫穷感同身受的切肤之痛，也让他的悲悯和助人之心日益强盛。

何国祥甚至觉得，村子里，大家要是都能有碗饭吃、过得好，就像是自己得到了帮助一样开心。何国祥特别能够体谅别人的苦难，因为贫穷的滋味他尝够了。全村受苦受穷的各民族村民的生活能够改变哪怕是一点点，也会让他感到无比欣慰。

正是怀着这般为大家、为集体的心思，何国祥开始先发展自己，准备发展好自己，再带动村里人。

1976年，何国祥14岁的时候就开始学着做生意，他做藏族酥油到三营去卖，到丽江去卖。

1982年，何国祥和白族姑娘郭杏花结婚后做起了药材生意，开始一小

包一小包地背到各地去卖，去过11个省几百个地区。三年后，做大宗药材生意，木香、重楼、杜定子、川芎、附子……从西藏，迪庆，四川甘孜、德荣等地进来，加工晾晒后，卖到昆明菊花村中草药批发市场、云南白药厂等地。

1997年，何国祥转向做牛黄、麝香等细药，从缅甸、贡山等地进来，发给云南白药厂、腾冲制药厂、北京同仁堂、保山制药厂、成都五块石药材批发市场等地，一直做到2005年。这期间，何国祥带动带领了郑家庄诸多各族人民群众，通过做药材生意发家致富。

2005年以后，何国祥看到郑家庄的用电不正常，便筹建了福和水电站，大哥何国发也在板桥建了电站。不过，从2006年之后，郑家庄的建设开始如火如荼，何国祥作为村党支部书记，把更多的精力和时间放到了村里的事情上，无暇顾及和壮大自己的产业，只是闲时买一些药材，并兼做一点农副产业。

令人痛惜的是，何国祥的父亲何尼玛，在维修三岔河水电站时，不幸遇到车祸去世，但这位藏族老人一生帮助别人的豪侠之气传给了何国祥。

之所以这位传奇的郑家庄村支书能够一心为各民族老百姓着想，是因为他从骨子里、血液里就有着这股子信仰和力量——为了郑家庄的集体事业，哪怕放弃自己个人的事业、牺牲自己的家庭，也在所不惜。这一点，何国祥的妻子郭杏花和两个女儿是知道的，也是理解的，而且都全力支持这位藏族汉子！

“走，快走、快走……”何国祥在梦中连呼数声，像在催促身边的人去办什么事情。

郭杏花轻轻摇了摇丈夫，何国祥稍微翻了下身，又沉沉睡去。

郭杏花无数次这样摇醒梦中还不忘尽责任的丈夫，只因她的丈夫何国祥无数次在梦中梦见自己的村庄，梦见自己带领村里各族群众一刻不停地干活。郭杏花心中充满了矛盾，一方面，她希望在丈夫的带领下，让郑家庄发展得越来越好；另一方面，她又十分担心丈夫的身体，在如此高强度的长期劳累中，是否能长久地支撑下去。

就在1982年腊月十四，郑家庄本土白族姑娘郭杏花，嫁给了藏族伙子何国祥。

郭杏花的父亲郭家林，16岁时就被抓壮丁参加了国民党，后来参与卢汉起义、抗美援朝，转业后在三营供销社工作，认识了郭杏花的母亲杨汝惠。父母总是心疼自己的儿女，在郭杏花决定要嫁给何国祥的时候，两位老人还是有些放心不下，因为藏族给他俩的印象是粗野、好喝酒。不过，当何国祥尊老爱幼、勤劳能干的品性在二老面前得到展现时，他们觉得女儿找对了人，自己也就放心了。

与何国祥结婚后，郭杏花就跟着丈夫外出做药材生意。这个生意既是藏族祖辈传下来的，又是未来郑家庄户户相带、人人相授的一条致富路。所以，何国祥作为村支书，一定得带头做好。郭杏花明白丈夫的心思，跟着丈夫，一来学习，二来帮忙。能为他分担一些事情，郭杏花心中就感到比较踏实和欣慰。

跟着何国祥做药材生意，开始也是很辛苦的。

1982年正月十五过后，郭杏花就跟着何国祥从郑家庄出发了，坐客车先到了楚雄，住一晚上后，第二天下午两点到昆明，然后再转乘火车到贵州等地。这一路，郭杏花身上带着木香、杜定子、虫草、藏红花、雪山贝母、雪莲……

外出做药材生意，一去就得几个月。有时候只能坐着烧煤的车，很呛鼻子，下车后，鼻子里外全是黑的。不过，跟着丈夫去了各大城市，她的眼界被打开了，听到、看到、想到了很多，也为丈夫立志改变郑家庄贫穷落后面貌的决心暗暗鼓劲。

后来，郭杏花和丈夫一起，还带过家族里的人以及村里的各民族兄弟姐妹外出学着做药材生意。这是丈夫计划里的事情，他是一个集体主义者，不会只是把自家的生活弄好，他心里想的是郑家庄全村各个民族，甚至还包括周边村子的群众。

何国祥成为村支书之后，这种一心为集体的思想，完完全全占据了他的心。

郭杏花一路陪伴丈夫走来，当然明白，带领全村致富发展、把郑家庄建设好就是何国祥的人生追求和目标。

有时候，村里的老年人见着郭杏花，就拉着她的手说，何书记又给了自己多少多少钱。这让郭杏花有些意外，但又在意料之中，自己的丈夫做好事，从来不想留名，甚至对家人都不会说，这一点，特别让郭杏花感动！

她知道丈夫何国祥的的确确是为郑家庄而生的。

且不说郑家庄大大小小的事情何国祥都要管好，周边村子的人有问题来找他，他也一样热情地帮忙分析和解决。

时间对于何国祥来说是不够用的。每天早上7点以前他就起床，去村里走一圈，10点左右和两位村小组长等人商量处理村里的事情。晚上要忙到12点才回家。特别是带着联防队巡逻时，更是要到夜里两三点才会回来。

郭杏花知道丈夫的辛苦，也体谅一个男人为了一个村庄的付出，所以家里的大小事，她便主动承担起来。不过，只要何国祥一有空，也会帮着妻子做事。

郭杏花说过，丈夫为集体、为村民、为朋友，真是义无反顾地投入和奉献，这个村庄凝聚了丈夫最多的心血，自己很能理解。

在平时，何国祥是一个非常细心周到的丈夫。从孩子上学到家庭团结，何国祥都怀着一颗慈爱的心，尽可能地做好。他还不忘给郭杏花讲述郑家庄发展的道理，说要把郑家庄建设好，还要把环境搞上去，自己吃点亏不怕……

郭杏花知道丈夫怕自己多心，但他却不知道，自己真正担心的是他的身体。

无论是在郑家庄，还是郑家庄之外的村子，何国祥都帮助过无数各民族的困难群众，捐资助学不胜枚举，村里红白二事亲自帮操持，特别是村里近年来的重大项目，更是竭尽所能、身体力行……

由于太忙，郭杏花总担心何国祥的身体吃不消，多次想让他去体检，但何国祥总是说忙，不肯去，一点儿也不会爱护自己的身体。直到有一天，何国祥发现腰痛，痛得实在是受不了了，才被送去医院。经检查，原来是肝脏上长了一个肿瘤，必须马上手术。

这是2014年10月发生的事情，在大理医学院，刚做完手术两三天，何国祥又开始打电话不停地说村里的事情，放心不下村里，一个星期后就忙着出院回郑家庄处理事情了。

郭杏花看在眼里，疼在心里。

她说，原来自己很支持丈夫，现在真的“不想支持”了。不想支持的理由只有一个，那就是担心丈夫的身体。但这样想归想，实际上，只要是村里的事情，哪怕是丈夫倒贴几万块钱，比如修集体的道路等，郭杏花也总是默默地在背后支持着。

郭杏花心疼丈夫身体的时候，会默默地在心里难过和祈祷。郭杏花没有什么大的愿望，她只希望自己的丈夫，这个肉体凡胎的丈夫，在为这个村子操劳的年月里始终健康平安。

就是在自己丈夫全心全意的操劳带动下，郑家庄才走到了今天。

特别值得一提的是，郑家庄对环境保护的意识。

一般农村，是不会太讲究这个，但是在郑家庄，这似乎成了头等大事，因为这里也是洱海的源头之一。由于带头示范做得好，就算是郑家庄的小孩子都能做到自觉把垃圾扔进垃圾桶。而且，郑家庄人都养成了种树绿化环境的习俗。你要是站在望乡台地界，朝整个三营坝子看一看，郁郁葱葱成片的那个地方，就一定是郑家庄。

郭杏花记得，何国祥在小伙子的时候，就喜欢帮助同学、朋友、老人等，这似乎也遗传了何尼玛的性格。在儿媳的眼里，这位藏族老人为人公正，好打抱不平，心胸宽广，乐于助人。

郭杏花还觉得，作为外来游牧民族的后代，自己的丈夫何国祥良心好、品德高尚，无论是对家庭还是对村子，都好，思想意识与境界更是高人一等。

郭杏花和丈夫何国祥一样，希望郑家庄建设得越来越漂亮，建成花园式的农村。为此，郭杏花还得继续替丈夫分担。她很乐意这样做，因为郑家庄是比自己家更大的家。

郭杏花除了心疼丈夫的身体外，还有一件事情让她内心一直难过和歉疚。每一位母亲，都是最疼爱自己的孩子的。然而，郭杏花却因为丈夫何国祥忙于村里的事情，自己也无暇顾及两个女儿，只得把二女儿寄养在大理下关马志华家，一直到初中。

因为实在是忙不过来，家中的大女儿也只好请人来帮领。郭杏花当时特别心疼，可是没有办法，孩子都渴望父母的爱，但她家的孩子却没得到。

由于丈夫经常在外忙集体的事情，每当大人回来团聚，这两个孩子就显得特别高兴。

现实中，自己家无法像其他家庭一样，全家人生活在一起。丈夫和自己，既要忙村里的事情，还得顾自己家的生计，而郑家庄的事情，又几乎占据了何国祥绝大部分的时间和精力。

如今，郭杏花与丈夫何国祥的两个女儿，都已长大成家，一个定居昆明，另一个移民加拿大。她们对自己的父母，对这个并不圆满的家，对自己的村庄郑家庄，又是怎么看待的呢?

何国祥的小女儿何维娜（藏族名扎丝拉姆）生于1985年，有着和母亲郭杏花类似的精神气质。她从3岁开始，就被送到了距离郑家庄几十千米外的大理下关马大爹（马志华）家，马志华与何国祥像弟兄一般。

这么小就被寄养在别人家，何维娜自然有着自己的苦恼。她说，有时候特别想念父母和姐姐，因为和父母半个月才能见一面，和姐姐更是需要半年或者一年才见得着。

思念的愁苦，何维娜深有体会。不过，随着日益长大懂事，何维娜开始感觉到了骄傲。为什么呢？因为父亲何国祥和自己的故乡郑家庄。

何维娜在外，听人一讲起郑家庄，都是褒奖之词。这个村庄无一人游手好闲、偷奸耍滑，各民族之间团结和谐，村子里风气之好，村民心态之积极向上，是其他村无法相比的。而且这一切，都是在自己父亲的带领下形成的。所以，何维娜对父亲很崇敬，觉得相当骄傲、相当自豪！

何维娜自小就十分理解父母，并且培养了独立的品性。虽然和父母聚少离多，但是这并不妨碍何维娜对事物的判断。她从小就知道父亲何国祥是个老好人，父亲为了村子、为了公益事业，做出了非常大的牺牲。

虽然何维娜也感觉到何国祥没有完全尽到做父亲的义务，但是他所做的一切，都是为了郑家庄全村各族人民更大的利益。这么多年以来，父亲一直兢兢业业、勤勤恳恳地付出着。

曾经有一小段时间，何维娜有些抱怨，毕竟自己那么小就被寄养在别人家，没有了像同学们那样的家庭温暖，甚至没有正常的家庭团聚，但慢慢地，她看到、听到了外面的人对郑家庄和自己父亲的评价，特别是看到村里各民族团结发展、生活幸福，何维娜开始理解和同情自己的父亲，甚至是有些心疼自己的父亲了。

每逢过年过节，别人家闲得下来团聚，自己家却忙得像打仗，为什么呢？还不是因为郑家庄集体的事情。作为领头人的父亲何国祥，没有一刻能够停下带领全村前进的步伐。所以，何维娜觉得父亲为郑家庄集体所付出和承受的，远远超过了一般的人，这是很了不起的奉献，自己所受的这点小委屈和父亲比起来，算得了什么呢？

在何维娜心中，父亲母亲是一体的，正是有了母亲郭杏花对家庭的悉心照料，才让父亲能够全身心地为郑家庄的发展日夜操劳。郭杏花被小女儿亲切地称呼为“最伟大的后勤部长”。

的确，在郭杏花身上，可看到白族妇女贤惠的优良传统，在这个藏族白族共同组建的家庭里，民族团结的最小单位，却放射出最灿烂的光芒。

也许是受到父母亲的影响，何维娜的丈夫赵树锋也是白族，是何维娜在昆明贸易经济学校的同学。父亲亲自为她操办了婚事，按照白族和藏族结合的仪式，举办了婚礼。宴请用白族八大碗，拜父母时又遵从藏族仪式。婚礼上，挂经幡是按照藏族的习俗，接喜神吹唢呐则是按照白族的习俗，就连白族新郎官也是穿着藏族服装完成婚礼的。

两个民族结合的婚礼形式，是对郑家庄民族团结的一种特别诠释。

在郑家庄成百个由不同民族组成的家庭里，这个传统已经成为郑家庄精神重要的一部分。藏族姑娘何维娜与白族小伙赵树锋别开生面的婚礼，不仅让作为父亲的何国祥再一次体会到了这个村庄民族团结基础的牢不可破，更让所有郑家庄的村民感受到了另一番引领带头的意义。

是啊！又一对由不同民族男女结合的新家庭在郑家庄组建了，又一股民族团结的力量注入了这个村庄，又一个未来的新生命，将在两个民族血液的交融里绽放出更加夺目的光彩。

何维娜的姐姐何丽娜，特意从加拿大请假回来参加妹妹的婚礼。虽然自小两姐妹聚少离多，但作为姐姐，何丽娜却一直十分关心妹妹，并且，何丽娜找的汉族丈夫苏振波，也是沿用了这种多民族交融混合的方式举办的婚礼。这在郑家庄已经成为一种民族之间通婚的常态，也成为民族团结的一种特殊婚礼仪式而代代相传。

何丽娜的藏族名字叫作泽里取睹。在妹妹何维娜眼里，姐姐从小就显示出不同于同龄人的成熟。或许是因为这个多民族家庭特殊的情况，让两个女孩子都培养出了一种坚忍的精神气质。

2014年，何丽娜和丈夫在加拿大举行了西式婚礼。不过回到郑家庄，他们又按照民族传统，举办了藏族和汉族结合的婚礼。何丽娜觉得，在家乡举办的婚礼更让人开心些，因为村里各个民族父老乡亲都来帮忙，十分热闹，充满了团结和友爱。

何丽娜定居加拿大后，常常拿国外的乡村和自己的家乡做比较，何丽娜觉得还是郑家庄更团结，更美好。并且，郑家庄现在的建设和国外有得一比。郑家庄的居住环境，甚至比国外的更美更好。郑家庄的发展水平比国外同类乡村还要好，这让何丽娜、苏振波这对在海外生活的夫妇，特别为祖国、家乡感到欣慰和骄傲。

何丽娜小的时候，很少见得到父亲，尽管她没有像妹妹那样被送到亲戚朋友家寄养，依然不太能和总是在为郑家庄忙碌不停的父亲何国祥见面。

由于母亲也要帮助父亲分担很多事情，所以大部分时间何丽娜都是和保姆在一起。到了三四年级，她才知道父母为什么那么忙碌，原来是在帮助别人。再大一点时，知道父亲带领村里人做事情，听到很多人赞扬他。

父亲在两个女儿面前一直很严肃，这基于他的教育思想。父亲不用骂，何丽娜就怕，这种威严在她心中烙下了深深的印迹，对于何丽娜日后独立自强性格的形成，影响很大。

从上小学到高中毕业，何丽娜主要靠保姆带。从郑庄完小、下关五中、洱源一中、洱源职中到从云南民族大学毕业，之后在云南创立药业工作五六年，其间，又到北京学习报考过了雅思，再到加拿大工作、结婚、定居……这一路的学习生活，父亲何国祥从不干涉，总是支持何丽娜的独立选择。何丽娜觉得何国祥开明得就像一位西方父亲一样，尊重和相信自己的女儿，也正是因为父亲的开明，支持她闯荡，才使得何丽娜有了今天的幸福生活。

何丽娜记得父亲常教导自己，要不怕受苦，受苦才能更坚强，跌倒了才能站起来，才不会轻易哭。如此独立自强的性格，自然是受到父亲的影响，这使得何丽娜与何国祥很相像。

在何丽娜眼里，父亲即使生病也不会告诉别人。“他只会分享好消息，不愿意告诉大家坏消息。”

好久不见时，父亲还会主动开一个家庭会，看看女儿们的成绩单。

何丽娜养成的良好学习习惯，也是和父亲注重文化的提高、支持自己、自己想学什么就可以学什么有关。这份良好的学习习惯，加上从小培养的独立自强的个性，为何丽娜到国外定居后的生活和工作，起到了非常重要的促进作用。

虽然何丽娜和丈夫定居国外，但是依然保持着藏族的习俗，家中设有小佛堂，丈夫也跟着她每天上香。

何丽娜明白，父亲希望她成为一个能够帮助别人的有用的人。所以，何丽娜在国外，丝毫不敢松懈，刚做美容顾问，靠自己的努力，三个月就从一名普通员工晋升为经理，月薪6000加币（约3万人民币）。丈夫苏振波，也在当地开了一家餐厅。

在国外的努力，源于何丽娜的品性，也源于从小对父亲何国祥的学习。

何丽娜有自己的理想，有自己的方向。她记得从小父亲何国祥就教导自己，做事情绝不要轻易放弃，要知道自己的优点，找到自己的学科，找准自己的工作，去做自己感兴趣的事情。

身在西南边陲小村庄的父亲的这种教育方式，现在看来和西方教育十分相像，这是某种神奇的契合。

通常，在中国农村，更多的教育方式是粗放型的，所以何丽娜觉得自己十分幸运，有这么一位优秀的父亲给了自己独立的空间，让自己去判断和思考，而且父亲所做的事情都充满了正能量。

父亲身上有一种美德，那就是他认为爱自己的孩子很容易，但用爱自己孩子的心去爱别人就更伟大。这是很不容易做到的美德，也是何丽娜从父亲身上得到的最大启示，更是她决心在国外闯出自己一片天地后，等有能力帮助更多的人时，再回郑家庄，继承父亲事业的一个心愿。

何丽娜记得，父亲做两次手术都没有告诉她，事后只是淡淡地和她说，没事，不过只是一个小手术而已。

父亲就是这样一个人，他从来不把个人的事情放大说，而且，他做了好事，也从不肯轻易说。正是由于父亲身上的这些优点，才让郑家庄的发展，从点滴汇集成大海，并且有了宽阔、浩瀚的前景。

郑家庄发展的动因，在何丽娜看来，有50%是因为父亲的经济头脑，他教各民族村民如何外出做生意，如何营造一个安定、团结、干净、整洁的环境，困难时及时给予大家帮助，是郑家庄的好领导人，有榜样作用，是一位精神领袖、很伟大的人，是自己学习效仿的榜样。郑家庄发展的另外50%，当然离不开各民族村民的协助和政府的支持。

何国祥在何丽娜眼里，最大的优点依然是无私奉献。

何丽娜认为，这世界上有钱人很多，自己家里并不是非常有钱。如果世界上稍微有钱的人，都能像父亲一样关心和帮助别人，那么社会就会更加和谐。

从父亲身上，何丽娜还感觉到有一种温暖。

何丽娜记得，父亲常说，一个有用的人，不会整天吹嘘自己多有用，如果真有用，不用吹，别人是看得出来的；如果无用，即使吹上天也白搭。所以，何丽娜在国外，更多的是靠自己的艰苦努力来获得丰厚回报。如今，她已经成为两家公司的经理，工作特别忙碌。但越是忙碌，越是想念父母亲人，想念自己的家乡郑家庄。

虽然何丽娜身在国外，却无时无刻不关注着自己的村庄。

何丽娜有个朴素的愿望，就是希望郑家庄在父亲的带领下，发展得越来越好，未来人均收入翻倍。因为每次回去，她都感觉不一样，房子翻新、环境绿化美化……这是个希望之村，也许以后不再是村庄，而是发展成为一个特别的小城市。

“自己永远达不到父亲那样的高度。”何丽娜心中这样感慨。

在她出国奋斗定居时，父母亲很支持并安慰她说，要志在四方，心里有家就行了。自己强大，才能帮助别人。何丽娜特别爱自己的父母亲，也特别理解父亲为郑家庄所做的一切。当然，也更能体会站在父亲身后的母亲有多么辛苦。

无论是曾经娇惯自己和妹妹的母亲，还是后来一心辅助父亲为集体奉献的母亲，在何丽娜心中，都是十分博爱的女人。她知道母亲郭杏花不会只爱自己的孩子，和父亲一样，她也具有大爱精神，这是女儿之福，也是丈夫何国祥之福，更是郑家庄之福。因为有了这个多民族家庭，有了类似于这个家庭的郑家庄所有的多民族家庭，才有了这份爱，有了这份团结，有了这份进步。

何丽娜常常用微信和父母亲联络，也和村里的小伙伴联系。在她心中，无论离开这个村庄多远，即使她身在异国他乡，她依然是郑家庄的人，依然会为这个村庄牵肠挂肚。

她和她的父母亲以及整个家族，为郑家庄的发展繁荣，从各个阶段，以各种方式，都倾注了心血。如果郑家庄的愿景是一个美丽的梦想，那么何国祥以及这个家族，就是放飞这个梦想最有力的手。

在郑家庄村支书何国祥家，建有一个藏传佛教的佛堂。这个佛堂布置所展现的庄严与虔诚，让人吃惊，更让人觉得，这个村庄的发展，似乎有了一种隐性精神力量的注入。

民族宗教，可能会改变一个人的品性。在郑家庄，在何国祥家族的历史上，在何国祥现在的家中，这份渗透改变，无疑是这个家族带领郑家庄几代人奋发有为的不竭动力，也是支撑这位藏族汉子孜孜不倦寻求村民幸福发展、村庄向着理想化迈进的重要支撑。

何国祥在郑家庄人眼里，是一位游牧而来的藏族同胞。他的包容和爱，与本民族的信仰不无关系。

但他同时又是一名优秀的共产党员，一名最基层的村庄党支部书记。

他的民族团结思想和集体主义理想，为他在郑家庄推进演变的过程中所发挥的巨大引领带头作用，注入了无限的动能与潜力。

他为郑家庄几十年来的忙忙碌碌，全然忘了自己、忘了家庭，却忘不了自己身上的重担和心中的信念。

在中国农村的现代化进程中，确实很需要像何国祥这样有血性、有担当的领头人，更需要他这种有头脑、顾大局的引领人。正是何国祥，以及他的家族，用善良与爱，为一个村庄纯净的朴素坚守和明朗的健康向上，提供了源源不竭的动力与保障。

肩膀：两个小组长

在郑家庄，说到领头人何国祥，就不得不提到另外两个人，他们就是汉族村民小组长王庆荣和藏族村民小组长杨秀弟。

一个村庄怎么会配两个村民小组长呢？他们又是怎么跟着何国祥一起，把郑家庄建设得如此这般好的呢？村里的各民族群众，又是怎么看待他们的呢？一个又一个的疑问，在我的心中埋下；一个又一个的假想，随之在眼前涌动。

在这个多民族聚集的村庄里，究竟是什么力量，把这些不同民族的人们紧紧团结在了一起，成就了独特的郑家庄精神，成为这个时代中国农村发展建设不可多得的一笔宝贵财富？

王庆荣记得，在2000年时，村里支部会议商议推选村民小组长时提议他和杨秀弟参选。为什么一定要一汉一藏两个小组长呢？原来是郑家庄比较特殊，七个民族里，如果有两个不同民族的人担任小组长，会更好做工作，也更利于郑家庄更快地发展前进。

和杨秀弟一起当选为村民小组长后，王庆荣感觉压力很大。

当时村里还是烂泥巴路，雨天一身泥，晴天一身灰，交通很不方便。

他记得1995年以前，大理电网改造，全靠各族村民集资，当时村里大部分家庭都比较困难，整个村里先富裕起来的较少。每一家凑100元钱，共凑得11000多元，但总的需要四五万元，11000多元显然不够，没办法，只得进行民间借贷……

上任后，在何国祥支书的引导下，一种使命感促使自己不得不认真思考：郑家庄未来的道路该怎么走？又该如何改变村里的面貌？

说起何国祥，王庆荣从小时候就跟着他赶马车玩耍。何国祥对王庆荣很关心，而王庆荣则一直把何国祥当作自己学习的榜样。

在王庆荣的印象中，何国祥是郑家庄先富起来的人。虽然是外来藏族，但是何国祥身上却有种担当精神。而且何国祥良心特别好，只要有事找到他，没有解决不了的。

就在王庆荣刚当选村民小组长时，家里人开始不太理解，怕做事得罪人，很反对。幸好何国祥亲自到他家中讲解，说集体事情多，需要像王庆荣这样的人担负此重任，要顾大家、舍小家……后来家里才对王庆荣担任小组长这事，转变成了大力支持。

铺路架桥，成了王庆荣当选村民小组长后，首先要做的事情。

虽然这事情，何国祥支书早已经想好要怎么干，但是还需要财力、人员和成熟的时机。何国祥看中王庆荣和杨秀弟，就是想把他俩带出来。今后郑家庄的发展，还得代代努力，薪火相传！

王庆荣和杨秀弟上任后，就在何国祥支书的指导下开展了具体的修路架桥工作。当时没有钱，怎么办？何国祥决定，先自己出钱。

因为这是村里集体的大事情，光靠支书出钱那可不行。于是王庆荣和杨秀弟两人商量了一下，决定由村民小组长带头筹钱，村里争取一点，压缩人工费用，在郑家庄找自己的泥水工，做架桥用的一字板。

为发挥好指导协调作用，他们将当时郑家庄的28名党员打散，结合村里的各民族群众，分成12个组，每组12～13人，分派任务，包干到组。大家齐心协力，清沟架桥，一周便架好了14座桥。

修路搭桥，属于村里的公益事，王庆荣和杨秀弟全力辅助村支书何国祥，组织各民族村民集体参与。全村人有钱出钱、有力出力，在集体力量的感召下，还有村民用拖拉机义务拉山石来修路面。

由于郑家庄那时候整体还穷，发展和壮大集体经济成了村支书何国祥心头的大事。王庆荣和杨秀弟自然也跟着急。

何国祥发动鼓励更多的郑家庄各民族村民外出打工、经营中草药，并且手把手地教和带。何国祥不仅仅自己带，还说服自己的家族带，资金不够的，何国祥帮垫上。

王庆荣和杨秀弟看在眼里，也学着何国祥，积极帮助村里的困难群众，把各民族村民当成自己的亲人。

就是在他们的共同努力下，郑家庄的各民族村民通过外出辛勤劳动经营，改变了自己的生活状况，也改变了自己的家庭命运，使得这个村庄到2015年，个人年纯收入实际上超过了1万元，并且还在上升……

王庆荣作为郑家庄党员帮扶人之一，还从个人角度帮助了村民何雪华。

何雪华家经济条件很差，其父在2008年生病住院3个月，54岁病逝，母亲外嫁，真是雪上加霜。王庆荣身为村民小组长，从生产生活上都给予了何雪华帮助，让何雪华在最困难的时候，有组织依靠，有村庄温暖。

通过帮扶，何雪华得以到外面学做生意，现在情况大有好转，生意成功，每年还带回来四五万元。当然，比起村支书何国祥来说，王庆荣觉得自己所做的这些事情，简直不值一提。

不过，在郑家庄整个建设发展中，除了领头人何国祥外，确实也还需要像王庆荣、杨秀弟这样优秀的村民小组长。

王庆荣和杨秀弟时时刻刻跟随何国祥，帮助困难群众，一心一意谋求村庄的发展进步，这就意味着，郑家庄的发展在多个点的努力下，被多方力量加速着。

郑家庄的领导集体，不能没有何国祥，也不能少了两个村民小组长。

在长期的合作共事中，三个人已经形成了默契。要不然，不会有后来王庆荣代表郑家庄给省委领导写的那封信，也就不可能有省委的回信。从这个意义上来说，王庆荣心中也装着自己的村庄，而且是装得满满的。

王庆荣也像何国祥一样，无时无刻不把自己放在郑家庄的发展过程中，义不容辞地奉献和牺牲着。因为自己是郑家庄的村民小组长之一，也是一名共产党员，更是支书何国祥得力的左膀右臂，所以，就必须为这个村庄的未来负责，必须为这个村庄七个民族的兄弟姐妹们负责，必须为大家推选的村民小组长这个职务负责。

就像王庆荣接到省委领导回信之后说的那样，省委的回信促使个人有了更大提升，感觉肩头上的担子更重。个人荣誉有多高，责任就有多大，作为郑家庄的村民小组长，他有了更强烈的使命感！

郑家庄另一位村民小组长，是村支书何国祥的藏族同胞杨秀弟，除了要管村里诸多事情外，近期一直忙于一件大事。

这件事情，不仅仅是他自己家里的事情，更关乎郑家庄的未来。这是一个重要的民族旅游文化项目的配套实施工程。因为他在计划的农家乐，准备和村里郑林生家的木瓜园一起开业。这两个农家乐，是郑家庄议事小组首批确定试点的接待站。

杨秀弟深知其意义重大，这不仅仅是赚钱的问题，还是郑家庄未来民族旅游文化项目的一个窗口。

由于郑家庄在外面的口碑，来这里参观学习的人越来越多，吃住行自然成为一件重要的事情。为此，何国祥支书在村里很认真地组织大家进行了集体讨论。杨秀弟作为村民小组长，得带好这个头，把好这道关，起示范作用。

杨秀弟与何国祥都是藏族。何国祥为村里人所做的一切，杨秀弟从小看在眼里，记在心里。他觉得何国祥的确是在全心全意为这个村庄做事情，令人十分钦佩！但为什么何国祥支书会这么执着地为这个村子的发展无私地奉献呢？

作为村民小组长，在长期跟随何国祥学习与共事中，杨秀弟发现，何国祥心中，一直有着一份对郑家庄的感恩之心。

这份感恩之心，不仅仅是出于自己，还出于一个民族对另一个民族，几个民族对另外几个民族的感谢！

这也是郑家庄民族团结的重要原因之一。

何国祥常常会说起当年的事情，作为游牧民族的藏族，正是由于国家对少数民族好的安置政策，以及郑家庄世居汉族、白族的接纳包容，他们才得以在郑家庄安家。安家之后，又得到兄弟民族的帮助和照顾，才学会了耕田种地。

村里的藏族人立志要带领全村各民族外出经营中草药，就是基于这份感恩之心。当然，不仅仅如此，何国祥作为一名共产党员，一位中国农村最基层的党支部书记，心中有着自己民族团结村庄的梦。

为了这个梦，他带动了全村所有的力量。

杨秀弟明白，自己也是实现这个中国农村美好梦想的追梦人之一。

杨秀弟对于在建的这个农家乐有着自己的理解。老百姓都在看自己做，自己先做成功，才可能有示范意义。

就在2015年6月，河南人专程来到郑家庄造访。原来是这些省外的人士看到了报纸报道郑家庄，觉得不可思议，便亲自过来看一看。

这让杨秀弟心中有了新的启发。郑家庄在建的民族旅游文化项目，今后一定会吸引大量的人来，这些人的吃住行以后会是一个大问题，如果自己带头把农家乐搞起来，搞好了，不但可以为自己和村里增加收入，还能解决村里的就业问题，到时候，大家也没有必要再往外跑生意那么辛苦了。

由于担任小组长后，村里的事情非常多，杨秀弟不得不花费三分之二以上的精力，用在村集体的事情上，自己计划的农家乐之事则一拖再拖。

2014年10月26日，省委领导来郑家庄宣讲党的十八届四中全会精神之后，杨秀弟就想动工，但是直到2015年下半年，才腾出点时间来做这件事情。

杨秀弟和他的白族媳妇段春梅守在工地上，带着几个人，爬上爬下，忙着改造这个农家乐。

这个占地22亩的农家乐，是郑家庄试点的一个重要项目。杨秀弟身为村民小组长，有着大局意识和创新精神，在何国祥支书的帮助下，勇敢地承担起郑家庄第一批农家乐的经营实验。

由于农家乐所在地是原来洱源县的劳改农场五中队，1982年还做过敬老院，很多房子年久失修，破败不堪，一切都得重新整理建造。

杨秀弟在1998年买下了这一片土地，原来计划搞果园。2014年前，还有人找他商谈承包之事，杨秀弟没有答应，因为有了村里的民族文化旅游项目，杨秀弟坚持要做这个项目的配套工程，也就是建一个大一点的农家乐，以满足未来到郑家庄游玩参观人群增长的需求。

杨秀弟对这个未来的农家乐充满信心，不过，目前他担心的是，人员素质是否具备，因为这不仅仅关乎自家的收益，更关乎郑家庄的形象和集体利益。

根据何国祥支书的计划，今后经过村里理事会商议同意，在郑家庄民族旅游文化大项目里，所有村民个人得以经营的项目所赚得的利润，都要向集体上缴一部分，用作集体的统筹资金，帮助更困难的人。

杨秀弟十分赞成这么做。他心中明白，在郑家庄，不是要一个人或一家人乃至一个家族富裕，而是要打造全村七个民族共同富裕的乡村梦想。为了这一点，杨秀弟深感责任重大，所以马不停蹄地忙着要把这个农家乐建好。

按照杨秀弟的计划，这个农家乐要朝农庄方向发展。外围还有8亩多地，他准备种一些梨树、桃树、李子树、松树、竹子等，要赶在2016年春节前完工。

我2015年10月份来到工地上时，看到杨秀弟请来的挖掘机正开足马力，挖着一个占地三亩多的鱼塘；一些工人在杨秀弟的带领下，忙着拆除原来摇摇欲坠的旧房子；还有一部分房子，需要改成餐厅；鱼塘边要建一些有特色的草房包房……

杨秀弟边建盖边调整，力求把农家乐的建筑装饰弄得更有民族特点一些，要加进郑家庄元素，毕竟这里是未来民族旅游项目建成实施后，外来游客了解郑家庄的又一道窗口。

可以预见的是，这个位于郑家庄村子北面的农家乐，对于周边村子将有着学习借鉴和推动发展的重要意义。

这也是郑家庄带头推动周边村庄建设的方向之一。

杨秀弟回想过去，郑家庄和周边村庄贫穷落后的状况也差不多，甚至有些方面，还不如这些村子。但是现在，郑家庄已经远远走在这些村庄的前头。不是这些村庄自然条件不好，他们完全可以做得到，甚至超过郑家庄，但是没有人能够站出来。郑家庄就是因为有何国祥支书这样的人站了出来，而自己所做的事情，都是很平凡的事情，人人都可以做得到。

杨秀弟到过很多地方，他看到那些地方条件都比郑家庄好得多，但没有人出来带头这样做事。从这点来说，郑家庄有何国祥支书带头，有王庆荣和自己全力配合，有38名党员以身作则，有七个民族兄弟姐妹一起团结努力，真是郑家庄发展之幸也！

在这片曾经的劳改农场和敬老院废弃的土地上新建的农家乐，将会是整个三营坝子一道亮丽的风景。

杨秀弟期待着未来郑家庄来来往往的客人们，能够在这里找到人生停留休憩的欢愉和幸福。这是他的一个朴素心愿，也是郑家庄七个民族的心愿。

“自己发展好了，总想带动别人，总想把自己的成功与别人分享。”郑家庄精神里，有此可贵之处。而且这个村庄的发展建设，也是为了让更多的人知道，在中国农村还有这样一群不同民族的人们聚居在一起，在追求幸福的道路上，以自己的成功模式带动着更多周边农村的发展。

这是郑家庄村支书何国祥的梦想，也是两个村民小组长王庆荣、杨秀弟的梦想，还是全村七个不同民族的村民的梦想，更是中国西南边地一座乡村在奋力追寻和缔造着的中国梦！

远方：伤疤和光芒

何国祥的大哥何国发，常常劝自己的兄弟说："可以啦，家福，你现在的身体也不好，可以啦，收场啦，我们郑家庄就是一个将军来管理也做不到这一点，何况你只是一个小小的村民……"

但是何国祥停不下来，一天也停不下来，一刻也停不下来。郑家庄在朝前迈进，他岂能停下脚步。

何国祥的姐姐何桂花也劝他说："该完工、该收场就收，你自己年纪大了，身体也不行了，该歇歇啦……"

何国祥笑着回答说："村里还有好些项目呢，你们认不得。"

何桂花记得，有一年大年初一，郑家庄有一家人吵架，大清早就在自己家门前嚷叫着找何国祥帮评理。当时自己很生气，觉得就算是一个机器，也得给它休息一下吧，更何况那天是何国祥的生日。

但何国祥不这么想，乡亲们的事，就是自己的事。

在何桂花的记忆中，村里的大事小事，大家都要来找何国祥。做好事情，当然没有什么不对，但是作为姐姐，十分心疼这个弟弟。还有村里办集体的事，大伙儿在一起，免不了要喝酒，有时候喝多了，挺伤身体。

何国祥带出了王庆荣和杨秀弟两个村民小组长，把郑家庄建设得这么好，真是相当了不起。他为村里的付出很大，而且经常是带病工作。浇灌村里的运动场（小广场）时，何国祥得了重感冒，流着鼻涕，熬夜支撑。

为什么呢?

还不是因为何国祥心中装着的是郑家庄的发展，还有村里七个民族的幸福。但他却从不为自己的身体考虑，大公无私，一心扑在郑家庄的建设发展上。哪个村有这样的村支书，不发展进步才是奇怪了!

在何桂花眼里，何国祥不仅仅对郑家庄全身心付出，对家里的人也非常好。

村里要建设湿地公园项目，需要征地，自己当时不太相信村民能自愿奉

献，结果何国祥靠着长期对村里的无私奉献，以及对郑家庄未来建设的长远规划，使得各民族村民积极响应他的号召，都愿意无偿把自己的土地让出。

还有小兄弟何国伟的鱼塘，先是说让拿出来配合湿地公园建设，使用权归何国伟，不过后来，所有权还是归了村集体，也难怪何国伟在电话里向姐姐“告状”诉苦。

还有因为要修村里的道路，自己家的房子需要让路，何桂花受弟弟何国祥的影响和感动，都愿意给集体无偿占用。

“就算是拆围墙都可以，只要不把房子全拆了。”何桂花恳切地说。

只要是为了郑家庄集体的事情，家人什么都支持何国祥。唯一的担心，就是何国祥的身体在这种高强度的操劳下会出问题。

作为姐姐，何桂花的担心不是没有道理。

何国祥担任郑家庄村党支部书记以来，没日没夜地为这个村庄的发展绞尽脑汁，身体力行做表率，他付出的汗水和心血，真是无法想象。

由于忙于村里的事情，何国祥没有在意过自己的身体，也不会爱护自己的身体，更没有时间注意休息。虽然媳妇郭杏花多次提醒催促，他也从不肯去医院做一下体检。

有一天，何国祥发现腰有些疼，仍然坚持带病为村里集体的事情操劳。再后来，实在是疼得受不了了，连晚上都无法入睡，才在家人的陪同下，到医院检查。检查结果让家人大吃一惊，何国祥为郑家庄长期操劳，不但患有肾结石，而且肝脏上还长了一个肿瘤，让人非常担心。

没办法，只得先做了肾结石手术。2014年10月，又做了肝脏肿瘤手术，缝了10多针，肚皮上留下了一大道暗红的伤疤。

连续两个手术，就算是年轻人，也很难承受，更何况何国祥已经是50多岁的人了。但是，让家人没有想到的是，肝脏手术两三天后，他又在电话里商谈起了村里的事情，才一个多星期，又急急忙忙下床出院，赶回郑家庄处理村里的事情。

家人十分心疼，劝他多休息一段时间，但何国祥为了建设好郑家庄，的确是鞠躬尽瘁，没人能够阻止得了他这颗无私奉献的心。

所以，何国祥的伤疤，在众人看来，闪着无限耀眼的光芒。

正是有了何国祥这种为村庄全心全意付出的决心和带头作用，郑家庄七个民族才始终能够如此团结共进。

现在的村庄和过去相比，无论是在哪一方面，都产生了翻天覆地的变化。郑家庄各民族的生产生活，有了非常大的进步；郑家庄这块牌子在外面，也越叫越响亮。

2015年2月，郑家庄获得了中央文明委授予的第四届“全国文明村镇”荣誉称号。何国祥本人，也因为对郑家庄不可替代的操劳和贡献，先后获得过云南省人民政府授予的“民族团结进步个人”，国务院授予的“全国民族团结进步模范个人”，中共云南省委组织部授予的“云南省先进党员”“云南最美村官”等荣誉称号……

何国祥从来不喜欢拿这些荣誉炫耀。在他看来，只有踏踏实实、勤勤恳恳为村里做事情，才对得起自己是一名共产党员和党的基层支部书记的身份，以及全村七个民族兄弟姐妹对社会主义新农村幸福生活的热切期盼。

不过，郑家庄的建设发展，并不是一两句话就能够解决的。它在长期的发展过程中也有过困难与失败、经验和教训。但是这些挫折并没有难倒何国祥和村里的各民族群众，因为七个民族团结的力量是无法估量的，何国祥为之付出的心力也是无可替代的。

在郑家庄取得成绩的今天，在领头人何国祥获得荣誉的现在，在一个村庄散发光芒的当下，回顾郑家庄多年的发展史，不但是对中国多民族农村发展道路的经验总结，也是对未来光明道路的探索寻求。

这一点，何国祥心中十分清楚，而且还有自己很多独到的思考，特别是对郑家庄，这个凝聚了他大半辈子心血与汗水的村庄，除了爱，用全部的生命热情去爱，别无他求。

在过去的岁月中，始终有一双眼睛关注着郑家庄。这双眼睛，后来成为引领郑家庄前行的希望之眼。因为这双眼睛看得到过去，更看得到未来，这是一双充满了爱与奉献的眼睛。

不过，在特殊年代，郑家庄各民族的惨痛教训，让何国祥记忆尤深。

他回忆起上世纪六七十年代，郑家庄处于大集体时期，生产生活都比较落后，村里自安置藏族、傣族之后，又有纳西族、傈僳族、彝族等同胞通过联姻方式进入郑家庄，成为七个民族大家庭中的重要组成部分。

何国祥记得自己十一二岁时，村里的农业生产比较落后，恰逢全国农

族团结进步先进

优秀共产党员

云南省"最美村官"

族团结进步模范

荣誉证书

荣誉证书

何国祥同志：

你在2015年被评为云南省"最美村官"，为洱源县经济社会发展做出了贡献，特发此证，以资鼓励。

中共洱源县委　洱源县人民政府

二〇一五年六月

HONORARY CREDENTIAL

荣誉证书

授予 何国祥 同志

云南省第三次民族团结进步先进个人

团结进步
共同繁荣

授予：何国祥

全国民族团结进步模范个人

中华人民共和国国务院

二〇一四年九月

荣誉証书

授予：何国祥

全国民族团结进步模范个人荣誉称号

Donzgez Cinbu

中华人民共和国国务院

业学大寨，村里又来了指导员，加上队长、副队长、会计、计分员、粮食保管员等，竟然有10多人。他们可以进行脱产性管理，上缴公余粮，完全不顾老百姓的实际生产，甚至有的人，为了保住队长职务，一味浮夸，比如说水稻，亩产300斤却要报440斤，为了个人利益，虚报贡献，还违反原则地照顾三亲六戚。

何国祥十三四岁时，出工只能得到六个工分。老百姓反对虚报公余粮，但是因为队上报得高，所以交得也就高。没有办法，大家只好借了高价粮食，影响了村里的团结，干活的时候也没有心思，打闹玩耍。后来撤了队长重选，但所选之人仍然不是全心全意为村民服务，还是走老路，村里又开始了内部斗争，严重影响了村里的生活生产。

1980年后，郑家庄包产到户，却又成了一盘散沙。

村里没有什么发展，做什么都是走个形式。老百姓不好管，管了也没用。这种情况大概持续了10年。那时候，郑家庄的道路，几乎无法行走，特别是位于郑家庄北边的劳改农场撤销之后，通往村里的道路走不通了。怎么办？只得先计划打一条弹石路……这些状况，何国祥看在眼里，急在心里。

只可惜他那时尚年轻，资历有限，只能干着急。

1987年，对于何国祥来说，是个重要的年份。这一年，他光荣地加入了中国共产党。共和村委会书记明道培觉得，何国祥热心、有能力，干事积极，便向三营党委书记李福寿建议，于1988年12月，推选何国祥为共和村公所支委，负责纪检工作。当时郑家庄的队长，是傣族人李国红。很快，何国祥敏锐地看到了郑家庄存在的问题，同时也有了自己的解决思路和办法。

第一，道路问题。机耕路不修好，相当影响生产，手推车三四个人通不过去，生产效率低。那时候村里经商的人数较少，经济上整体还比较落后，自己得带头做。

1989年，在何国祥的倡导下，村里开始修整道路，102户，每户出一人（出不了人的，每户出资100元），同时按照片数修，分段修。发动大家到三营挖混合沙，比较烂的地段，用石头填。

由于是刚刚才组织，不愿意出工的村民竟有20%。修了一天之后，何国祥便带头去每家做工作，效果不错，后来除了有病住院的，全都参与了进来。

雨水前，大概4月份修一次；庄稼收割前，大概10月份，再修一次。通过长期的修补，道路状况有了好转，但依然没有彻底解决交通问题。直到2015年，向政府争取到了基坑路工程。

第二，团结问题。郑家庄七个民族，团结问题是所有问题的核心。

凡村里有红白事，村领导都要出面主持。有矛盾纠纷的家庭，村里总是想办法在节假日把他们安排在一桌，子女之间先沟通交流积极化解，年纪大一点的，矛盾也就得到自然化解。

民族和民族之间的风俗习惯有所不同，如何在长期共处中融合是个问题。郑家庄农田不多，原来每人平均一亩左右，协调好农田承包，也是有利于团结的举措，但这是不够的。要提倡做公益事，靠培养村民的公益心来带动团结，才是更可靠的举措。

郑家庄人口增长之后，土地少的局面制约了村里的发展，怎么办？只得靠经商，靠做药材生意。

郑家庄世居汉族和白族，在农业种植方面有着自己的一套，并且毫无保留地教会了其他外来少数民族；而藏族做药材生意也是有着传统的，但是必须改变经商竞争观念，以更大的视野看待经商，才会越发展越宽广。

何国祥以前带着汉族人外出做药材生意，免不了被本民族同胞埋怨指责，这可以理解，但是必须改变观念，所以，何国祥做他们的思想工作，向他们说明这件事的利弊得失，以及郑家庄要团结发展，必须在经济手段和思想理念上有所改变，要依靠和带动各民族做药材生意。

等大家都理解这种行为之后，就形成了一个帮一个、一家带一家的优良传统。最后，所有人都积极行动，以村为单位，开启了郑家庄中草药材销售民族团结之旅。

早在1986年，何国祥就带着藏族村民杨双武、汉族村民王光培、傣族村民张国旗等外出销售中草药，不但帮他们垫付成本，而且吃住全包，每个月还付工资，这等好事，恐怕当时只有在郑家庄、只有在何国祥身上才可能发生。

外出经商的带动，成了郑家庄民族团结的一条重要纽带。郑家庄人不但经济收入大有改观，而且自然地形成了各民族和谐团结的天然自觉性。

第三个问题，就是发展。

帮助、带领郑家庄人做药材生意，按照何国祥的想法，绝不是带出去

“跑江湖”，那可不是长久之计。现在国家对药材生意管理越来越严格，如果没有GSP认证，已经不行。谋划今后的道路还必须从其他方面来考虑郑家庄的发展大计，而不能躺在历史的功绩上沾沾自喜。

那么根据郑家庄现有的条件，七个民族就是一个很好的资源，加上郑家庄这么多年的努力建设，村里已经不再是当年贫穷落后的面貌，取而代之的是一个干净整洁、像公园一样美丽的村庄。

有这么好的自然条件和民族条件，就可以搞民族文化旅游，配套再搞农家乐。农家乐并不是单纯的单干，而是有计划地以郑家庄集体的形式试点，并逐步推出，以此形成大家共同的利益。

不过要做成此事，首要的还是团结，只有七个民族在未来发展利益共享的前提下，依然保持现有的团结精神，才能够不断地做成功。

仅靠村里的力量，要做大项目还是不行，还需要国家好的民族政策扶持，尽量联系县里和州里，要项目、做公益事业。集体暂时没有那么多资金，可以先用自己的钱去做，从我做起，不怕吃亏。作为村里的带头人，七个民族的老百姓都在看呢。

当然，何国祥提出的郑家庄的这三个问题，并不是一朝一夕就能解决的。实际上，在郑家庄的每一个进步背后，都凝聚了何国祥的倾力付出，也凝聚了郑家庄七个民族的集体智慧和辛勤汗水。

在发展郑家庄集体经济的道路上，也遇到过很多麻烦和困难。

2002年，农村电网改造，原来的郑家庄负责人李国红和郑林生，无奈中只得为村里借了2万多元高利息款项。那是没有办法，急着改造，村里又没有那么多钱，只好出此下策。到了2004年，连本带息69000元，村里无法还，怎么办？作为继任者的何国祥，代表村民，想尽办法去解决，自己还拿出了几千元，最终才把这个事情搞定，总算是了结了集体的一个大难题。

2006年10月，建设民族团结示范村，云南省民委给了25万元资金，进行村里的道路硬化工程。那时候正是农忙时节，只能边收割庄稼边筹划此事。按照预算，村里道路硬化成水泥路需要47万元，还差20多万元，怎么办？

何国祥心中犯了急，政府资助的资金，只够买沙石水泥等材料。他赶紧召集村民议事小组开会，动员村里的泥瓦匠，请了技术人员，商量路该怎么

修，具体该如何做。

何国祥依靠自己的人脉和信誉，不少朋友自愿来帮忙。永胜菜园村卢定康无偿提供搅拌机以及模版模具，还有大理药业的老总杨君祥，在郑家庄搞建设时就一万元两万元的捐助支持。何国祥自己也带头捐了两万元。

何国祥和两个村民小组长组织党员和村里老年协会成员协调，配合技术员做质量监督，发动全村村民，男女老少自觉齐上阵，分组分片修路。

一时间，郑家庄一派热火朝天的施工景象，抬的抬，挑的挑，量的量，推的推……七个民族同心协力，只用了45天时间，就修好了路。

在修路期间，由于道路扩建需要，有许多村民家的围墙都被局部拆除，为集体让出了修路空间，且没有要集体一分钱。大家集体意识十分强，自身素质很高，都认为村里修路，是造福集体和后代。

在何国祥心中，还有一个更大的理想，修这路，也是为了今后村里民族旅游的发展做准备。

2005年，在修建从214国道到村里的弹石路时，何国祥就自掏腰包5万元。

通往外界，仅有一条路是不够的。何国祥的着眼点不是在当下，而是在未来。所以，作为大理州人大代表，他在会上提出了议案，郑家庄村北另一条通往214国道的路，全长近1千米，还通往共和村委会，有的地方很窄，拉东西会拥堵。2006年，被修成了弹石路。2012年，洱源县交通局来查看，建议修成6米宽，最后商议修成5米宽，结果修成了4.5米宽，经常出车祸。没办法，何国祥一直为此事极力争取项目资金，找到洱源县领导，又向大理州交通局争取了60万元资金支持。2013年，终于把路加宽成6米。

郑家庄还有4800米农垦路项目，关乎农业生产，为此，何国祥积极争取项目资金，多方想办法，为郑家庄各民族群众解决生产道路运输问题……

从2008年开始，何国祥就想在郑家庄搞一个活动中心，一来作为党员活动场地，二来还可以作为村里联防队、阳光文艺队、老年协会、图书室等的活动场地。

活动中心在一座老房子的基础上建盖，首先得把这座老房子拆除。旁边有些秧田闲置，需要填高1.2米给集体用。当时资金很紧张，何国祥只得寻

求各方面的力量来支援。

新龙村委会的杨占辉经营着3个石场，修建活动中心，他义务用自己的装载机上了108车农用车混合沙。

活动中心旁边需要搭建钢棚，大理药业老总杨君祥捐助了15万元，用于购买彩钢瓦等。

在建活动室时，三营乡、大理州拨款支持了15万元，拆了老的活动室，建盖了新的活动室和篮球场。洱源县文体局捐了篮球架，还支持了2万元。

但是这些捐款依然不够，何国祥只得又向杨君祥寻求帮助。杨君祥立马又捐了10万元，建了联防队室、老年活动中心、阳光文艺队室等。

自此，郑家庄这方面的基础建设已宣告完毕，这为后来村里全方位工作的开展和整体的发展进步，打下了良好的基础。

在这些项目的建设阶段，由于资金十分紧张，不可能请人，何国祥便组织郑家庄七个民族投工投劳，规定一家一个义务工，分批出，如果人在外的，需要出钱请人顶工，每工100元。

村里出的泥瓦等技术工，不要报酬，自愿义务为集体服务。何国祥作为领头人，当然是总指挥，但是他自己认为做指挥没有出工，按照规定每天反贴了100元给集体。

村民小组长王庆荣和杨秀弟，虽然也在指挥，但看到村支书这么做，也跟着效仿。这样一来，此模范行为，让郑家庄村民十分服气和敬佩，纷纷听从指挥，全力支持村里的集体建设项目。

在农村基层，特别是像郑家庄这样有着七个民族的村庄，要老百姓做事不是太难，但要得到老百姓的心特别不容易。由于何国祥大公无私，一心为村民，带领村民小组长等踏踏实实为郑家庄做了几件集体实事，老百姓十分认可，民族之间自然就很团结。不过，做这些事情十分辛苦。但是，在何国祥心中，为了集体，为了各民族老百姓，自己哪怕是再辛苦也觉得值得。

房屋建设，也是郑家庄的一件大事，是关乎未来郑家庄民族旅游整体规划的大事。

从1989年起，郑家庄建房的村民就开始增加。2011年，郑家庄房屋建筑格局就定了下来。全村125户，平均每家占地面积380平方米左右，人均达到了90平方米以上。各民族村民都很自觉，每一家在建房前，都会主动告知村委会建房情况，没有任何影响到公共建设和公共道路的违建情况。从1995年后，没有再出现过历史占地问题。

郑家庄村里，大多数房屋选用白族建筑风格样式。墙体彩绘，也以白族风格为主。2011年后，墙体整体彩绘由村里统一规划实施，自筹了一部分，三营镇也给了一些补助。2012年年底开始实施，两个月后全部绘制好。根据民族不同，采用不同的彩绘风格，这也是为了未来民族旅游项目的需要而做的准备。

村里的照明，也一直是何国祥心中的一个结。因为一到晚上村里就乌漆麻黑，对于出行安全有很大隐患。2010年，党支部就和村民段志华商量，义务为村里安装声控灯。2011年，争取到了政府扶贫发放的15盏太阳能灯，布局在村里各处，解决了60%的照明问题。

2013年4月，洱源县政府实施亮化工程，在通往郑家庄的老路上安装了78盏太阳能灯，在村里的湿地公园安装了22盏，村子里则补进8盏。本来在何国祥家门口，计划安装一盏（房子刚好位于村口十字路口），但他主动让了出来，让安装到别处。

2014年2月，争取到县上的资金，村里的篮球场上安装了LED大屏幕，这为丰富村里的文化生活提供了方便，村里的阳光文艺队利用这个设备学习和表演舞蹈，就更方便了。

通过这些年的努力，郑家庄的道路和文化建设，已经取得了不少成绩，组织建设也同样在进步发展。

何国祥记得，1976年以后，郑家庄曾分为南北两个组，1979年合并作一个村，直接由大队管理。

1980年包产到户以后，村里少数民族的种植显得很困难，幸好有世居民族汉族、白族的帮助。那时候，村里还没有基层组织，杨光明任队长，郑科甲做会计。1984年杨光明调大队后，李国红和郑林生分别替代前任队长、会计。不过，直到1988年，何国祥当支委之后，郑家庄的党组织才开始建立起来。特别是2003年何国祥当村支书之后，村里的组织建设就更加完善了。

村里除了党支部和团支部外，还根据实际情况成立了相应的组织，比如2010年成立的村民议事小组，凡郑家庄的重大决策，必须经过议事小组集体商讨决定。当然，议事小组的成员也是精挑细选的，全部都是郑家庄的骨干力量，小组成员都要为集体无偿地做工作。后来，这个小组积极响应国家对农村基层的改革试点，改为郑家庄理事会。

理事会是国家大的改革政策，作为试点，郑家庄村民自治都是由理事会决定。它和议事小组还是有区别的，比如，议事小组是定候选人群众投票，而理事会则反过来，首先由群众投票（实行差额选举），又在理事会里选出理事长，另外还筹建有相应的监事会，作为理事会的监督机构。

中青年联谊会也是郑家庄特有的一个组织。每一家50岁以下的男性都被邀请加入。这个组织为郑家庄的许多实际建设出了大力。比如修路拉石头、下石头等重活计，全部由中青年联谊会完成。何国伟就是首任会长。当然，平时闲暇，中青年联谊会也会组织大家聚会，吃一顿饭，坐在一起交流感情，互通信息，遇到有困难的村民，大家一起想办法帮助解决。

村里的老年协会，是专门为了帮助村里的老人而成立的一个组织。遇到哪一家老人家里办事，都会集体送点东西；遇到村里的重大项目征询意见时，都会邀请老年协会代表参加讨论。

郑家庄还有治安调解委员会、妇女委员会等组织。这些组织从生活生产的各个方面，为郑家庄七个民族提供帮助和服务，发挥了很大的作用。可

以说，没有这些组织，就没有郑家庄发展进步的今天。这是何国祥当初的设想，这个设想，体现了何国祥与时俱进的意识和对郑家庄的热爱与责任，也是郑家庄七个民族如此团结的重要原因之一。

在何国祥的心中，郑家庄有着自己非常清晰的定位，这很难得。

何国祥不仅身体力行，在郑家庄的发展建设中倾心尽力，而且在村庄未来的规划上绞尽脑汁，他为此付出了艰苦的努力和辛劳的汗水，以至于长年操劳得了病，留下了手术伤疤。

但是，这正映衬了这位郑家庄领头人伤疤背后的光芒。

这光芒，不仅仅是作为一个生命个体存在着的一份价值，也是一个曾经的游牧民族报答接纳和帮助自己的世居民族的一份恩情，更是在中国社会主义体制下，作为中国共产党基层支部书记代表的一种引领力量。

中国需要这种力量，以推进社会主义新农村的现代化建设和发展。

郑家庄模式，无疑是具有标本式借鉴意义的村庄建设典范；何国祥，无疑也是具有典型意义的农村基层党支部书记代表。

郑家庄和何国祥作为榜样的影响力，已经辐射蔓延到周边村庄，并且很好地带动了别的村庄的发展，这是发扬郑家庄精神的重要之处。从这一点上来看，其作用的长久与深远是无可估量的。

变奏：来自孟伏营的致敬

与郑家庄相隔一个田埂的永胜村委会孟伏营，也有一位传奇人物，她就是白族妇女李质梅。

李质梅说过，她从小最崇拜的人是何国祥。没有何国祥，也不会有她的今天。

李质梅早在2000年的时候就担任永胜村委会主任。2001年之后，又一直担任村委会书记，直到2014年10月，专心做了村里的致富带头人。

李质梅在孟伏营搞蔬菜基地（大棚种植）320多亩，带动了70多户老百姓种植蔬菜以及周边蔬菜产业的发展；还建有机械化挤奶站一个，带动了奶牛户197户养殖奶牛500多头。另外，还经营着三营农机加油站、手机店等产业，每年都有几百万元的收入，可以说是名副其实的农村女强人。

但是在她心中，郑家庄村支书何国祥，才是真正的带领村庄发展致富时代楷模。

小的时候，李质梅就去过郑家庄做客。她的三奶奶嫁到郑家庄，她也说不清楚为什么，一到郑家庄，李质梅就有一种亲切感，后来三奶奶和三姥生了儿子定春，由于家庭困难，三姥过世时，何国祥送了6000元钱帮渡过难关。

1994年，李质梅在胜利村委会做计划生育宣传员。那时候，何国祥帮助其他民族、帮助其他村庄村民的事情，就在洱源一带广为流传。

李质梅还常对郑家庄的人说："你们郑家庄有何国祥真是幸福了！"

不过，与何国祥正式相识却是在1995年三营召开人民代表大会时，两人分在一个团。

初次认识何国祥，让李质梅很激动。她对何国祥说："家福哥，现在才和你说上第一句话，我小的时候，就对你很崇拜！"

在人代会的讨论会上，何国祥提出的关于农村发展的建议很新颖，让她很震动。那时，何国祥就提出了建设民族团结示范村等很有远见的郑家庄发展之路的思考。当然，何国祥的见地也代表着中国少数民族边远农村的发展之路的方向。这与她心中理想的农村建设吻合，只是何国祥讲出来的设想比她自己思考的还要深远。

随着与何国祥的接触越来越多，李质梅深感自己欠缺的东西也越来越多，不过，她有了向何国祥学习讨教的机会。有一次，李质梅请何国祥到自己所在的永胜村委会看看，因为她遇到了难题。当时，整个村委会下辖村庄有9000多人，党员有240人，老党员比较多，但是村委会的办公条件很不好，低矮的茅草房，还非常逼仄。

开大会人多时，只能在外面露天开，遇到下雨就被雨淋，遇到太阳太强，就要被暴晒。大家意见很大，特别是年纪大的老党员们，更是受不了，但又没有一个合适的渠道筹集资金重建。所以每逢一开大会，大家就抱怨连天，李质梅心里没了主意。

何国祥来到村委会，还没有等李质梅开口，他就意识到有问题，说永胜人那么多，地那么大，需要帮忙可直接说，并告诫李质梅一定要把村委会当作自己的家来建设好。于是李质梅就把自己的想法与何国祥说了：想重新修建一下村委会，但苦于无资金、无项目。

何国祥立刻就打电话给相关部门反映情况，为永胜村委会争取到了村委会建设项目，把西面会议室扩大到200平方米。

有了何国祥的这次帮助，李质梅心中也有了底气。

为了永胜村委会的发展，李质梅筹划在南面继续建盖修整。何国祥又为她出主意，并让她在实践中锻炼，他也会继续帮忙。

何国祥认为，在中国农村基层，难得还有这么一位女同志能够勇于挑重担、为集体的事情奔波操劳，一定要大力支持。

这次，得到了三营镇、县里、烟草公司、畜牧局及其他单位给予的资助，最后终于凑够了52万多元的工程款，为永胜村委会的后续发展做好了准备。

李质梅想带动老百姓发展蔬菜产业，于是考察周边各县，然后咨询何国祥是否可以搞个商标注册，正式成立一个公司。

何国祥一听很高兴，这是为集体谋利嘛。他并肯定了李质梅的想法，说商标注册能注册就注册，实在注册不下来，就用他公司的商标，并建议李质梅做大做强，这样才能更多、更广泛地带动老百姓致富。

只要说到为普通老百姓和集体谋利，何国祥就禁不住地兴奋，并且会用自己最大的资源和能力帮助，而不论是否是郑家庄的人在做，这一点让李质梅非常钦佩。

何国祥从来没有小民族、小圈子和小农意识，是个为了集体利益宁肯牺牲自身利益的真汉子，不愧是农村基层的好支书，不愧是一名优秀共产党员。

在何国祥的建议帮助下，云南源梅花果蔬庄园有限公司于2014年10月26日挂牌成立，李质梅也正式成了带领孟伏营大张旗鼓搞种植业的领头人。

在她的带动下，300多亩大棚，分阶段种植了白菜、番茄、萝卜、松花菜、辣椒、包包菜、生菜等各类蔬菜。另外还进行水果栽培实验，葡萄3亩、云南红梨4亩、小番茄4亩、西瓜10亩……2015年1月，又租了300多亩土地，紧锣密鼓地搞好基础建设。

像何国祥希望的那样，云南源梅花果蔬庄园有限公司的种植业得逐步扩大规模，才能让更多的老百姓参与进来，从而得到更多的实惠，尝到发展集体经济的硕果。

虽然李质梅带动了永胜的经济发展，但是在她心中，觉得自己是无法与何国祥相提并论的，她用了四个字来形容何国祥——情满三营！

早在李质梅还在永胜村委会的时候，就学习何国祥，以何国祥为榜样做好事。

她资助了4个孤儿，其中有一对是常营村的小姑娘，小的仅4岁，大的有10岁，父母双亡，只有73岁的老奶奶照顾，生活十分困难。多年来，李质梅一直给予她们经济和精神上的帮助，小到买瓶酱油、买件衣服，大到后来为姑娘张罗结婚，可谓是当作自己的孩子一样爱护。所以孩子成家后，每年过年都会来给李质梅拜年，生了小孩，还称呼李质梅为外婆……

另外，李质梅还资助贫困大学生完成学业，每个月2000元，一直到毕业……像这样的事情，对李质梅来说已经习以为常。

哪里来的动力呢？就是何国祥！

李质梅听说过、看到过何国祥做的好事数不胜数，也深受感动，为中国农村还有这样的大好人而万分钦佩，这就是李质梅为什么从小就崇拜何国

祥，并一心向他学习的根本动力所在。

这份影响力是无形而巨大的，它改变了李质梅的人生，让这位原本平凡普通的农村妇女成了这个时代又一面鲜红的旗帜。

要知道李质梅一家6口人，老婆婆已经70多岁了，老公公瘫痪在床已经近30年，老公得了糖尿病，两个儿子又在外，她能依靠的，就是这份信念，这份来自郑家庄、来自何国祥作为榜样的力量给予她的非凡信念！

也许是出于一种公心和善念，李质梅对于郑家庄与何国祥的感情，都相当深。这是中国农村在现代化进程中难能可贵的一种带着致敬色彩的学习和模仿，也是一种为了不同民族老百姓共同的集体利益而惺惺相惜的同志式的牢固友谊。

李质梅小时候到郑家庄，走的虽然是泥巴路，但是村里还是挺整洁。后来郑家庄建设得越来越好，村规民约、管理方式等都很好，而且一直坚持。有种植业、养殖业，当然还有药材生意等等，都体现出了郑家庄七个民族团结一心谋发展的强大精神力量。而何国祥，就是这股力量的中心。他无论走到哪里，都想着村子里的发展，总是在谋求郑家庄更长远的进步，改善郑家庄七个民族的生产生活水平，争取政府项目资金。有时为了村子集体的事情，还寻求朋友帮助，甚至牺牲自己家的利益。

郑家庄翻天覆地的变化，得益于何国祥，正是他的坚持和付出，让郑家

庄有了今天的发展新貌，远远地把周围的村庄甩在了身后。

何国祥身上值得学习的东西实在是太多太多，他对身边人的包容，对村子的管理，对其他民族的帮助，等等，就像郑家庄老人说的：“村子里有小家福，一样都不用愁，老了也有人送出去……”

何国祥的威望和威信，都是首屈一指的。这不是靠捧出来的，也不是靠吹出来的，而是靠他自己一步一个脚印带领郑家庄七个民族走出来的。

所以李质梅这么赞扬何国祥：“你像一个伟人，胸怀广大！”

郑家庄七个民族亲如一家，这是很不容易做到的，这给李质梅留下了深刻的印象。李质梅明白，为此何国祥付出了多少心血。

李质梅担任过村委会主任和书记，她更明白带头人意味着什么。何国祥平易近人、乐于助人，一直在感动着自己，当然也感动着他身边的人。

认识或不认识何国祥的人，只要一听说何国祥，都会竖起大拇指称赞这个人，就是因为无论大小事情，何国祥都会帮忙。伟大英雄一般人不容易接触，但近在身边的何国祥，却是看得到摸得着的活生生的大好人。

老百姓不会用太多词语赞美一个人，但是老百姓心中记得这三个字——何家福。

李质梅富裕了，就想着带动孟伏营的老百姓一起致富，这也是向何国祥学习来的。郑家庄卖中草药材，主要就是靠何国祥带出来的。不过，何国祥

小的时候也很艰苦，赶过马车，后来做药材生意赚了点钱，却一心想着为家乡做一些事情，体现了他作为藏族要与其他民族和谐相处、共同发展富裕的内心和理想。

每次开人代会，李质梅都会听到何国祥提出“要致富先修路，但得注重环保，尊重民风民俗”“要引来金凤凰，得先栽下梧桐树”等等诸多道理深刻的话。

一次，郑家庄修的道路，要占用到永胜的田地。李质梅帮着做老百姓的工作，该补该赔的分文不少，都会想办法解决，这是她向何国祥学习到的一点，绝不让老百姓吃亏。并且，郑家庄发展起来，一定会辐射和带动到其他周边村庄。

这一点，李质梅深信不疑！

郑家庄在何国祥的带领下，两位小组长也跟上了步伐。他们只谋集体发展，不求个人回报，很早就对村子进行了“宏伟规划”。他们团结一心，甘于奉献，勇于担当。

李质梅开玩笑说，真是比镇长书记都还忙。

郑家庄大小事，都不用出村就能解决好。要把村子发展好，走致富路，只有全村团结和谐了，才能够真正实现。李质梅领悟到了郑家庄发展之路给予新农村建设的这条重要启示。

永胜当年修路时，何国祥就建议，以后车子越来越多、越来越大，修路要一次性修好修够，要有远景规划。

李质梅请何国祥到县交通局坐了三天，终于在2013年落实修建了全长5千米多的乡村水泥路。并且，李质梅从何国祥为郑家庄修路自愿捐5万元这件事上得到启示，在胜利村发动当地、外地有实力的人投资修路，并成功引入蝶泉乳业投资4000多万元。还请承包了196亩（20年期限）苹果园的老板做公益事业，帮助修补村里的道路和桥。

何国祥到附近村里办事，都会指点发展，这是让李质梅特别感动的地方。碰到有困难的各民族群众，他都会倾力帮助。

2012年8月6日，洱源县凤羽镇铁甲村发生特大泥石流灾害。

何国祥在电视上看到，但人在外面回不来，便即刻打电话回来核实具体情况，询问开始捐款了没有，有没有人捐款了。县上发动捐款时，洱源县民政局大部分人都捐200元，多的捐800元，何国祥让其妻代为捐款5000元。

李质梅在大理古城玉洱的白族妹婿赵玉春2015年7月中风面瘫，到医院医治，有点起色，但急需麝香针水才能治好，却一时间找不到此种针水。

正在焦虑之时，何国祥帮忙垫钱到云南省医药公司请医生到安徽购买到2000支。最后用了三分之二就治疗好了。

还何国祥钱时，他不要，还假装生气，对李质梅说："收什么钱？出钱的东西自己找。"

真是个好人哪！感激涕零的李质梅内心这样感慨。

何国祥随时帮助别人，一辈子做好事，这是让李质梅最钦佩的地方。就连三营镇上的人遇到困难，也找他。

东山永胜沙场、菜园沙场，两个沙场投资3000多万元，每天几百辆车来来往往，路过四上组、四下组、桃树组、三南组、黄龙组、余庄组、常营组、菜园组等。由于拉运没有采取防护措施，灰尘很大，污染了路边田里的粮食，也污染了四周的环境。

老百姓没有办法，只好把中葱路、菜园路堵了，不让车子过。

何国祥出面帮协调，他说，老百姓毕竟是弱势群体，沙场毕竟是老板，粮食受污染减产应该得到赔偿，车子必须限制拉运吨位（防止太满泼撒），并用帆布蒙严实，路上专门安排洒水车……成功地调解了此事。

何国祥出于公心，维护老百姓利益，处理事情有条有理，旁人无不佩服。

在李质梅眼里，郑家庄现在是生活好、风气好、环境好、管理好……郑家庄的好，说也说不完，学也学不够。何国祥身上的优点，数不胜数。郑家庄就像一只铁桶，七个民族紧密团结。何国祥指挥到哪里，老百姓就做到哪里，令人十分感动。郑家庄人非常讲礼貌，素质高，大家甚至对讨来的郑家庄媳妇或者上门女婿都赞不绝口。

李质梅最后总结了何国祥有三心：爱心、孝心、良心。

何国祥为了郑家庄的发展操劳过度，2015年就做了两次手术，让人心疼。他的老母亲讲到几个儿女时说道："一辈子操心家福，其他的不用操心。"

这是老人家对何国祥身体的担心哪！

郑家庄七个民族，像石榴一样，紧紧团结包裹在一起。何国祥带领郑家庄七个民族，并不满足于现状，而是策划更大的发展，那就是民族旅游文化项目建设。

为什么一定要做这个项目呢？

何国祥曾说过这样一段话：“郑家庄是多民族自然村，通过项目建设，得到了更大加强，道路建得好，不完全是郑家庄人自己走；风景好，也不仅仅是郑家庄的风景。”

是啊，郑家庄一路走来，如果没有何国祥如此大胸怀的引领，不可能有今天的建设成就以及未来的更大发展，也不会有像李质梅这样受其影响而做出成绩的农村基层干部。

中国社会主义新农村建设，需要千千万万像何国祥这样有使命感、有责任感、能担当的人来带头，也需要有更多像李质梅这样的人，传承和发扬这种精神，把中国农村发展改革的道路，一步一个脚印坚实地走下去。

这是中国农村的希望所在！

就像李质梅田地里的大棚一样，无论风吹雨淋，无论严寒酷暑，不惜牺牲自己，始终遮挡着外界不利的东西，保护着大棚内的蔬菜水果，这是一份胸怀，更是一种境界。

作为中国农村最基层的支部书记，何国祥用自己的实际行动证实着这种存在，并赋予这种存在朴素崇高的时代意义和美德。

在这条为中国农村发展前进探索的道路上，何国祥引领着一群群充满斗志的追梦人，这些朴实的各民族农民，怀揣着中国梦的美好理想，在郑家庄大地上，放开了手脚，向前奔跑……

第五重奏

扎根大地中国梦

引子：集体奋斗的新农村

习近平总书记2014年12月在江苏调研时，第一次提出“四个全面”——全面建成小康社会、全面深化改革、全面依法治国、全面从严治党。在全国政协新年茶话会上，在党校省部级主要领导干部专题研讨班上，在中央政治局会议和集体学习中，在春节团拜会上……习近平总书记一而再再而三地不断强调，让“四个全面”的“新提法”备受关注。

“四个全面”提法背后，其实“简约而不简单”，它是党和国家的“战略布局”。这个战略布局，蕴含了深刻的战略思想。从文章总结的四个“第一次”可见一斑：第一次将全面建成小康社会，定位为“实现中华民族伟大复兴中国梦的关键一步”；第一次将全面深化改革的总目标，确定为“完善和发展中国特色社会主义制度、推进国家治理体系和治理能力现代化”；第一次将全面依法治国，论述为全面深化改革的“姊妹篇”，形成“鸟之两翼、车之双轮”；第一次为全面从严治党标定路径，要求“增强从严治党的系统性、预见性、创造性、实效性”。

每一个“全面”，都是一整套结合实际、继往开来、勇于创新、独具特色的系统思想。四个“全面”加起来，相辅相成、相得益彰，是我们党治国理政方略与时俱进的新创造，是马克思主义与中国实践相结合的新飞跃，也可以说是实现中国梦的总纲领。

如何贯彻和落实“四个全面”战略布局，势必成为实现美好中国梦最值得深思的问题。

鲁迅先生曾经说过，其实地上本没有路，走的人多了，也便成了路。这话也是郑家庄一直在实践的事。这个身处中国西南的偏远的小村庄，带着满腔热忱和满腹理想，依靠七个民族集体团结的力量不断朝前。

郑家庄的发展，并没有什么模式可以借鉴；郑家庄的成功，却成为中国社会主义新农村建设下，一条多民族团结与融合的宝贵经验和理想之路。

细细分析和思考，这是一个在平凡中默默坚持和创造着非凡梦想的村庄。中国农村和中国农民，在几千年的生息劳作中，一直在努力追寻一个梦想，那就是能过上田园牧歌式的富裕幸福生活。

从元朝初期两名郑氏将军创建郑家庄开始，郑家庄人在700多年的历史进程中，没有停下过朝前的步伐，但是也没有任何时候，能够像今天这样，走出了一条符合自己村庄发展实际的康庄大道。

在郑家庄，这的确是值得回顾和总结的一段村庄发展史。无论是作为领头人的藏族村支书何国祥，还是一汉一藏两个村民小组长王庆荣和杨秀弟；无论是郑家庄七个民族亲如一家的兄弟姐妹，还是郑家庄周围更多村庄里的各个少数民族村民，没有谁不愿意过上好日子。

但为什么郑家庄走在了前面？

从郑家庄成功的经验里面，有一条特别突出的理念，是郑家庄之外，或者可以放大说，是中国广大农村所缺乏的理念，那就是与这个时代发展紧密合拍的新集体主义。

奥地利著名作家茨威格曾经在《人类的群星闪耀时》一书中讲述西班牙冒险家巴尔沃亚时，提到过这样一个观点：到不朽的事业中寻求庇护。他认为，一个人生命中最大的幸运，莫过于在他的人生中途，即在他年富力强时，发现了自己的人生使命。

如果把郑家庄比作一个人的话，那么，可以说，郑家庄正处在这样的人生时刻，发现和努力完成着自己作为中国社会主义新农村发展的特殊使命。不过，郑家庄并不是在不朽的事业中寻求庇护，而是在不朽的事业中，追逐和缔造着中国梦里的乡村梦！

“集体的事再小也是大事，个人的事再大也是小事。”这是郑家庄村支书何国祥提出来的，也是郑家庄践行新集体主义的核心价值之一。郑家庄所有的努力，所有的奋斗，所有的希望，所有的梦想，并不是一个人富裕，也不是一家人富裕，更不是一个民族富裕，而是一个村庄集体的富裕，七个民族共同的富裕，甚至是周边所有村庄所有民族的富裕，是全中国的农村和农民的富裕……

郑家庄的发展进程，就像往一面湖水中心，投下一块石头，波澜和涟漪会不断地朝四周扩散，形成一个个联动相扣的模式和一股股源源不竭的力量，这就是郑家庄一直在追寻着的、中国农村新集体主义的梦想。

它是一个人人为集体而奋斗的光荣村庄。

为此，作为村党支部书记的何国祥，谈到郑家庄未来民族旅游文化项目，乃至中国农村未来发展方向时，不无感慨地说：

"……要集体化管理，如果拿给几个人，那还是个别，对几个人有好处，对大多数人还是沾不到好处。农家乐为什么搞得起，收入岂能只算个体，得全部用集体管理。先开张的农家乐，要带动两三家入股，不能长长短短一起上，哄抢的形式走不通，要从人的素质素养着手，有严格的管理方式，三四家一起入股做，否则贫富差距反而拉大。要让大家都受益。现在民族文化展示厅运行一段时间，如果收益好，就将房租分给没能够参与经营的人。就算是卖碗凉粉，都要安排给贫困的、没有能力经商的人。郑家庄辛苦发展那么多年，硬件设施建设是为全体郑家庄人，只要管理者大公无私，有这个前提就可以实现。如果搞成只是几个人受益，必然导致民族分裂，要按照人头来分。中国发展得好、发展得快，大邱庄、华西村等有先例。不过各地情况不同，发展道路则不同，但是郑家庄要扭转到集体发展上来，集体分红、集体收益，得有个美好的向往。如果不注意，一样会导致郑家庄七个民族分裂。作为领导者，得听取全村老百姓的意见，想要搞什么，要解释给村民听，一切都得有规划地搞……"

道路：新集体主义

使整个社会服从于它们发财致富的条件，企图以此来巩固它们已经获得的生活地位。无产者只有废除自己现存的占有方式，从而废除全部现存的占有方式，才能取得社会生产力。无产者没有什么自己的东西必须加以保护，他们必须摧毁至今保护和保障私有财产的一切。过去的一切运动都是少数人的或者为少数人谋利益的运动。无产阶级的运动是绝大多数人的、为绝大多数人谋利益的独立的运动……”

早在1848年2月，这份以单行本形式在伦敦出版的宣言，就指出了一个迄今仍然具有现实意义的观点，那就是集体主义。这和郑家庄何国祥的那句名言——“集体的事再小也是大事，个人的事再大也是小事”蕴含的观点不谋而合。

在中国社会主义新农村建设中，郑家庄正是以这种集体主义高于一切的思想，很好地团结融合了聚居在一个村庄的七个民族，让七个民族亲如一家人。在村支书何国祥的带领下，依靠集体的力量，摸索出一条新集体主义发展道路。

新集体主义，并非空中楼阁，更不是空穴来风。实际上，它是郑家庄集体在日常生产生活中，一点一滴积累起来的宝贵财富。它涉及郑家庄发展的各个方面，特别是以何国祥为榜样的舍己为人、大公无私的思想，更成了这个时代背景下中国社会主义新农村发展建设中极其珍贵的品质。

郑家庄葆有这种品质，不仅仅是带头人何国祥有，两个村民小组长王庆荣、杨秀弟也有，整个郑家庄集体都有，但都不是生来就有，而是七个民族之间，在长期的交往融合中相互理解、相互尊重、相互帮助的结果。

郑家庄村民高度自觉的集体意识，除了内在的各民族自身相互帮助学习借鉴之外，还有一个重要的外在原因，那就是科学管理、依法治村。2014年10月26日，云南省委深入郑家庄农家宣讲党的十八届四中全会精神后，给予了郑家庄“依法治村一面旗”的高度评价。2015年2月，郑家庄被中央精神

文明建设指导委员会授予大理唯一一家第四届“全国文明村镇”荣誉称号，成为洱海源头名副其实的幸福之村、美丽之村、团结之村、民主之村和法治之村。这些成绩取得的背后，是郑家庄新集体主义力量的持续推动！

早在2000年，郑家庄就开始制定村规民约。

任何一项村规民约，并不是谁说了算，都是由全村组织召开群众大会，通过村民集体讨论研究决定的，是郑家庄七个民族共同的约定。

在郑家庄民族文化小广场、村民活动中心、湿地公园，以及村内主要活动场地，这些村规民约通过展板、上墙等方式被粘贴在醒目的位置，确保村民时刻看得到、记得牢，并且能够得到有效执行。

不过，在郑家庄，村民的集体意识很强，自觉性很高，已经不必担心这些村规民约还有人不遵守。郑家庄不但人人对这些村规民约心怀敬畏、自觉遵守，而且还会比上面的规定做得更好！因为这是郑家庄集体的决定和约定。在郑家庄，只要是集体的事情，就一定高于个人的利益，这是每一位郑家庄人心中的铁律，也是新集体主义存在和发展的制度保障和指引方向。

这些村规民约究竟说的是什么呢？为什么它会有那么大的魔力，让郑家庄七个民族的老百姓都能够自觉尊崇、奉为金科玉律呢？我们得先具体了解一下它。

洱源县郑家庄民族团结示范村村规民约

为了推进我村民主法制建设，维护社会稳定，树立良好的民风、村风，创造汉、白、藏、傣、纳西、傈僳、彝各民族团结和谐、安居乐业的社会环境，促进经济发展，建设好社会主义新农村，经全体村民讨论通过，制定本村规民约。

一、社会治安

1. 每个村民都要学法、知法、守法，自觉维护法律尊严，积极同一切违法犯罪行为做斗争。

2. 村民之间应团结友爱，各民族之间要相互尊重民族习惯，和睦相处，不打架斗殴，不酗酒滋事，严禁侮辱、诽谤他人，严禁造谣惑众、拨弄是非。

3. 自觉维护社会秩序和公共安全，不扰乱公共秩序，不阻碍公务人员执行公务。

4. 严禁偷盗、敲诈、哄抢国家、集体、个人财务，严禁赌博。

5. 爱护集体公共财产，不得损坏水利、道路交通、供电、通信、生产等公共设施。

6. 严禁私自砍伐国家、集体或他人的林木，严禁损害他人庄稼、瓜果及其他农作物，加强牲畜看管。

二、消防安全

1. 加强野外用火管理，严防山火发生。

2. 家庭用火要做到人离火灭，严禁将易燃易爆物品堆放在村内，定期检查、排除各种火灾隐患。

3. 加强村内防火设施建设，定期检查消防池、消防水管和消防栓，保证消防用水正常。

4. 对村内、户内电线要定期检查，损坏的要请电工及时修理更新，严禁乱拉乱接电线。

5. 加强村民尤其是少年儿童安全用火、用电知识宣传教育，提高全体村民消防安全知识水平和意识。

三、村风民俗

1. 提倡社会主义精神文明，移风易俗，反对封建迷信及其他不文明行为，树立良好的民风、村风。

2. 喜事新办、丧事从俭，破除陈规旧俗，反对铺张浪费、反对大张大办。

3. 不请神弄鬼或装神弄鬼，不搞封建迷信活动，不听、看、传淫秽书刊、音像，不参加邪教组织。

4. 建立正常的人际关系，不搞宗派活动，不搞家庭主义。

5. 积极开展清洁家园、清洁田园、清洁水源的“三清洁”活动，搞好公共卫生，加强村容村貌整治，严禁随地乱倒乱堆垃圾、秽物，修房盖屋留下的垃圾碎片应及时清理，柴草、粪堆应定点堆放。

6. 建房应服从村庄建设规划，经村委会和上级有关部门批准，统一安排，不得擅自动工，不得违反规划或损害四邻利益。

四、邻里关系

1. 村民之间要互尊、互助、互爱，和睦相处，建立良好的邻里关系。

2. 在生产、生活、社会交往过程中，应遵循平等、自愿、互惠互利的原则，发扬社会主义新风尚。

3. 邻里纠纷，应本着团结友爱原则，平等协商解决，协商不成的可申请村调解委调解，也可依法向人民法院起诉，树立依法维

权意识，不得以牙还牙，以暴制暴。

五、家庭婚姻

1. 遵循婚姻自由、男女平等、一夫一妻、尊老爱幼的原则，建立团结和睦的家庭关系。

2. 婚姻大事由本人做主，反对包办干涉，男女青年结婚必须符合法定结婚年龄要求，提倡晚婚晚育。

3. 自觉遵守计划生育法律、法规、政策，实行计划生育，提倡优生优育，严禁超生。

4. 夫妻地位平等，共同承担家务劳动，共同管理家庭财产，反对家庭暴力。

5. 父母应尽抚养、教育未成年子女的义务。子女应尽赡养老人的义务，不得歧视、虐待老人。

村规民约结合了郑家庄的实际，是以集体的、公共的利益为出发点，这在中国农村，特别是西南边陲的自然村，是很难得的。不过，郑家庄从集体管理、集体发展、集体受益的角度出发，还制定了一系列科学、客观的治村规章制度，这也是不容忽视的，因为它代表了一个村庄的文明、民主、进步，更代表了郑家庄村民的集体利益。

洱源县三营镇共和村民委员会郑家庄自然村村民议事规则

第一条 根据法律、法规和《村民自治章程》的规定，结合本村的实际情况，制定本规则。

第二条 自然村村民自治委员会讨论、决定的有关事项，要坚持民主集中制原则，充分发挥民主，集体行使职权。

第三条 凡属于自然村村民自治委员会集体讨论决定的事项，均适用本议事规则。

第四条 自然村村民自治委员会每一个月至少举行一次会议，会议由自然村村民自治理事长、监事会主任召集并主持；自然村村民自治理事长、监事会主任如有特殊情况不能出席会议的，可委托副理事长主持会议。

第五条 有下列情况之一的，应当召集临时自然村村民委员会会议：

（一）自然村村民自治委员会委员三人以上提议的。

（二）村民代表会议决定召开的。

（三）三十名以上村民联名书面提请召开的。

（四）上级部门要求召开的。

（五）村党支部提议的。

（六）自治理事长、监事会主任提议的。

第六条 自然村村民自治委员会会议必须有自然村村民自治委员会全体成员三分之一以上出席，方可举行。举行会议时，应邀请村党支部书记出席。

第七条 自然村村民自治委员会会议决定的村民应知事项，应当及时向全体村民公布。

第八条　自然村村民自治委员会集体决定的事项，实行少数服从多数的原则通过，但自然村村民自治委员会主任对通过的事项有异议的，有权提请自治村民代表大会讨论决定。

第九条　对涉及《章程》第九条规定的村民利益重大事项的决定，自然村村民自治村委员会应当广泛地听取村民代表及各界人士的意见，提出方案，并提请村党支部通过村民代表会议讨论决定。

第十条　村民代表会议做出决定的事项，自然村村民自治委员会必须执行。

第十一条　自然村村民自治委员会召开的会议应当安排专人负责记录，记录的内容要由参加会议的人员校对并签名。

第十二条　记录人员对自然村村民自治委员会会议的记录要详细清楚，内容要实事求是。

第十三条　建立自然村村民自治委员会会议档案制度，每次会议的记录、对重大事项的讨论决定等均要列入档案，安排专人保管。

第十四条　本议事规则自村民代表会议通过之日起实施。

郑家庄凡遇到集体重大事项，必然会按照议事规则，由村里的议事小组（由十名村里的骨干组成，含七个民族代表）牵头商议，这样一来，就保障了郑家庄发展道路上集体决策的民主优势，真正做到了集体的事情由集体决定，集体的利益同样也将回馈给集体。

有一天，郑家庄议事小组开会讨论建设多民族文化展示厅具体事项，各民族代表纷纷发言。

藏族代表说，像我这套服装在藏族里属于便服，以后展示要用传统的高档装，还有酥油茶展厅里要放置。

白族代表说，我们白族就是以三道茶为主，还有就是唢呐，以前是婚庆用的大的，以后还是往工艺品靠，做成小一点的放在展厅里，你们说可以吗？

……

各民族代表踊跃发言，大家纷纷响应，热烈地进行讨论，提出了自己的意见和建议。最后，大家举手表决，一致通过了初步计划，决定由七位民族代表再分别向村里各家各户、各个民族征求意见。

汉族村民小组长王庆荣感慨地说："小到集体鱼塘的鱼怎么分配，大到湿地公园建在哪里，都让郑家庄各民族群众参与决策、管理和监督，发挥民主管理的优越性，增强村子的团结凝聚力。"

藏族村民小组长杨秀弟也认为，正是长久以来的民族包容、相融相帮，让郑家庄形成了自己的一套管理方式，也才有了今天的成就，这也是来自多民族议事决策、多民族当家做主、多民族约定村规、多民族群防群治的基层民主管理方式的体现。现在村里小事由小组讨论决定，大事则由村民大会讨论决定。

村民段秀凤家是村里唯一的傈僳族人家。村里并没有因为只有她一家是傈僳族人，就觉得她家不重要，恰恰相反，因为段秀凤家是唯一的傈僳族，但凡郑家庄需要村民议事小组讨论决定的事，她家都会被邀请参加讨论。

汉族村民小组长王庆荣说，通过多民族议事决策，促进管理创新，体现了村民自治，促使我们村群策群力聚民心、结同心。

藏族村民小组长杨秀弟补充说，“我为全村，全村为我”已经成为一种共识，为了更好地让七个民族的老百姓懂法、守法、用法，郑家庄还不定期地邀请洱源县司法局和三营镇派出所来进行法律知识专题讲座，利用民族传统节日等活动节点，进行法律法规宣传教育，从而让村民自觉遵守法律，遇事可找法，解决问题也要靠法，使法制观念扎根在每一位村民的内心。

“治理一个国家、一个社会，关键是要立规矩、讲规矩，法律是治国理政最大的规矩。”这是云南省委领导在2014年10月26日到郑家庄宣讲党的十八届四中全会精神时叮嘱郑家庄七个民族的话。

村民高汉云说：“省委领导对我们村依法治村的活生生的事例有很高评价，大家深受启发，明白了村里多年来的治安防治、文化教育、民族互助等等，都与依法治国分不开。看了报纸，知道省里要把郑家庄作为依法治

村的一面旗帜来宣传，是全村齐心协力才有这种成绩。村里领导班子得力，群众积极。我们村每个民族有一个代表，小事议事小组讨论决定，大事村民大会讨论决定，民族代表监督村规民约执行。村里的项目建设、集体支出村民说了算，村上每个季度就公布一次财产收支情况。村里的事，党支部、村小组先研究，征求大家的意见后就宣传，家家户户都晓得，大家理解了，都支持，事情就好办。改革开放后，生活发生了大变化。我们的好生活、好日子，就是全靠共产党的领导，永远要记着，不能忘记掉。”

70多岁的村民王宪洲掏出一个本子，上面工工整整记录着郑家庄的村规民约。

“法律是规矩，村规民约也是规矩，只有遵守好，村子才会更加和谐。”王宪洲说，村规民约先后修改过好几次，每次修改，都会注入紧随时

代的内容。

2015年4月至8月，作为试点，郑家庄积极响应国家政策，议事小组改组，并选举成立村里的理事会、监事会等。村民自治都由理事会决定，这是一次更规范的进步，也为郑家庄今后发展做好了新的集体组织准备。

在6月20日的选举中，何国祥当选为理事长；王庆荣、杨秀弟当选为副理事长；郑文新、郑泮池、何国伟、王炳秀当选为村民理事会理事；高汉云当选为村民监事会主任；郑晓东、寸会珍、郭先科、马继莲当选为村民监事会监事。

郑家庄还集体制定了《洱源县三营镇共和村委会郑家庄自然村村民代表会议制度》《洱源县三营镇共和村委会郑家庄自然村村民理事会章程》《洱源县三营镇共和村委会郑家庄自然村村民监事会章程》《洱源县三营镇共和村委会郑家庄自然村村民监事会章程》等，意在规范集体管理，做到更科学、更贴近这个时代，只有这样，才能更好地为七个民族服务，为这个充满希望和梦想的村庄保驾护航。除了这些大的集体制度章程外，郑家庄很注重生产生活中容易出现的纰漏，所以还制定了一些针对性强的各个领域的简约管理制度，从生产生活的细微处着手，改进村容村貌。

洱源县三营镇共和村民委员会郑家庄自然村
财务管理制度

为有效管理本村财务，确保财务公开、透明，结合实际，制定本财务管理制度。

一、村民小组的资金来源：集体山林（土地）收入、村集体经济收入及各级补助经费。

二、资金由村民理事会（村民小组）集体管理，设立账户，由村民选定两人以上管理，收支情况建立明细账户。

三、资金的使用。日常事务开支，1000元以下的小额支出，需向户长会议、村民代表会议或一事一议会议说明；5000元以上及重大支出需由户长会议、村民代表会议或一事一议会议讨论决定后支出。

四、财务收支情况，在业务发生后，定时向村民公示，接受群众监督。

五、村民对村民理事会（村民小组）财务资料的真实性、合法性、合理性有怀疑的，可10人以上联名向村名小组提出书面申请，并提供联名书委托镇村有关部门查阅审核。

洱源县三营镇共和村民委员会郑家庄自然村
客事从简制度

一、大力提倡社会主义精神文明，移风易俗；反对封建迷信，反对奢侈浪费及其他不文明行为，树立良好的民风村风。

二、成立郑家庄自然村红白理事会管理村内的红白喜事。做到喜事新办，丧事从俭，破除陈规旧俗，反对大操大办，反对铺张浪费。

三、起房盖屋竖柱（封顶）、进新、竖大门只准办一次客，多办者不得收受礼金。

四、小孩出生送祝米、满月、周岁只准办一次客，多办者不得收受礼金。

五、老人办寿请客只能是六十岁、七十岁、八十岁、九十岁、一百岁等以上的整十岁。

六、自然村村民死亡之时，提倡三日内出棺，提倡殡葬从简，厚养薄葬。不请神弄鬼，不搞封建礼仪。

七、升学、参军不请客。

八、红白喜事提倡从简，待客宴席不超过八菜一汤。

洱源县三营镇共和村民委员会郑家庄自然村
环境卫生管理制度

一、巩固村庄整洁成果，加强环境卫生监督管理，确保村容整洁、村民生活环境优美。

二、理事长作为第一责任人，负责全村环境卫生监督管理、宣传工作，对全村卫生进行定期不定期检查。

三、公共场所、休闲场所由理事会成员负责包干或聘请专人定期清扫，村民门前屋后由村民自行包干，每天清扫。每月的第一天由村民理事会组织一次大扫除。

四、各个家庭清扫的垃圾不得随意乱堆乱放，统一放到垃圾箱内或指定的垃圾池、垃圾堆放地点。

五、每个家庭做到干净整洁，劳动工具摆放整齐有序。

六、各个家庭厕所确保干净整洁，渗透物需经化粪池处理，严禁不处理排放村内沟渠。

七、公共场所、村内主要干道路边、休闲场所以及活动场所，不准堆放柴草杂物，不准堆放垃圾。

八、各个农户必须做到科学用水，节约用水，严禁自来水不关，浪费水源。

九、提倡村民在村外搞规模养殖，不提倡村民在村内搞小规模养殖。

十、爱护公物，保护绿化。环境卫生，人人有责，大家相互监督，共创整洁有序的村容村貌。

……

群防群治，只是郑家庄依法治村的一个片段。在这个凡事都得有规矩的美丽村庄，小到清洁卫生，有门前卫生、秩序、绿化“三包”，家家户户严格执行。集体的力量无穷无尽，也让这个村庄保持了异常的干净整洁。大至议事决策、村规民约，都有详细的和切实可行的“操作手册”。

村里的村民议事小组、村务监督小组和理财小组涵盖了七个民族的村民代表。村里重大事项，先由党支部研究提出方案，再提交村民议事小组、村民大会决定。村里的项目建设、集体支出由村民说了算。

70多岁的村民郑晓东说：“修路、打扫卫生，只要党支部形成决议号召一下，大家就踊跃参与，不拉后腿。我们村群众为什么这么听话，因为他们形成的决议，符合我们村的利益，大家当然就拥护。这些年，他们说什么，老百姓都支持，就是因为他们做的都是符合本村利益的事情，如果不符合，大家肯定就不支持了。”

村民寸会珍说：“不遵守村规民约，就觉得不好意思，所以个个相当爱护。”

更多的村民还说，村规民约规定不能在路边堆放垃圾，几十年来我们都自觉自愿地遵守村规民约，爱护环境，环境好大家住着更舒心。

郑家庄有这些好的实施制度，当然也有相应的监督制度配套。为了让群众明白、干部清白，村里集体讨论制定的村规民约，在墙上展板上宣传的同时，还有专门的民族代表负责监督询查。比如理财小组就充当了“火眼金睛”的角色，定期对村务财务进行核查，每季度向村民公布一次财务收支情况。

细看细分析这些村规民约和章程制度，不得不为这个自然村叫好！

这些注重与现实相结合的科学管理措施，无疑是郑家庄人一代又一代集体智慧的结晶和传承，也是郑家庄新集体主义得以继续探索实施下去的组织保障。

郑家庄是幸运的，因为七个民族的利益被拧成了一根绳，牢牢地绑缚在

了新集体主义这条康庄大道上。没有人预测得到，今天的郑家庄走的这条符合自己实际的集体发展之路；也没有人能够想得到，在这条路上，七个民族团结一心的力量究竟会有多大。

没有什么阻止得了一个村庄所有人形成的合力。它推动着的不仅仅是一个自然村，而且还是一份信念、勇气和力量。它让原本一个偏远贫穷的小村庄摇身一变，成了远近闻名的理想富裕村！

正是有了集体制度的保障，郑家庄一切事情都以集体为中心。

每个人心中想着的是别人，每个家庭挂着的是别的家庭，每个民族心中念着的是别的民族。相互尊重、互相包容已经成为郑家庄村民的共识。团结、淳朴、谦逊、文明、向上的良好风俗，让七个民族亲如一家人。

比如村里的汉族大嫂外出到三营镇集贸市场，出门时不忘问一下藏族阿妈要不要帮带点什么；藏族阿妈聚在一起闲聊时，也会主动帮忙照顾其他民族玩耍的小孩。村里不但有了致富路一起走，有了困难也互相帮助，正所谓“一家有难百家帮”，这已经成了郑家庄七个民族之间的自觉行动。

“村民不分彼此，都是一家人”，你的事就是我的事，你家的事就是我家的事，你们民族的事就是我们民族的事。总之，只要郑家庄人有事——无论是谁——就是全村人的事。

郑家庄的孩子郑碧荣，不幸患上了白血病，需要高昂的治疗费用，这可急坏了本来就不富裕的父母，怎么办呢？这突如其来的噩耗，真是让这个贫困家庭雪上加霜啊！

正当全家人一筹莫展之时，村里的党员干部带头为他家捐款，全体村民立即响应，纷纷行动起来，你一笔我一笔，自发捐助款项，最后终于凑够了钱，郑碧荣也在全村人的帮助下顺利地住进了医院进行治疗。

村民段秀凤，是从怒江傈僳族自治州兰坪白族普米族自治县嫁到郑家庄来的少数民族媳妇，她的丈夫在挤牛奶过程中，不小心被压断了腿，生活完全不能自理，给这个家庭造成了不小的困难，带来了很大的压力。

事情发生之后，郑家庄全村人纷纷到她家中看望，还带来了鸡蛋、各种糕点水果和补品，另外，还相约一起捐款凑钱帮助她丈夫治疗。

有了村里集体的帮助，段秀凤的丈夫通过治疗康复了，如今已能够利索地干普通的农活。每提及此事，段秀凤总是十分激动地说：“在这里，各民族兄弟姐妹比娘家人还要亲，他们就是我的家人。”

类似的集体帮助个人的例子，在郑家庄不胜枚举。不仅仅在生活上，郑家庄人遵循走这条新集体主义道路，在生产建设中也一样依靠走这条集体之路。

村里农忙时节，各民族之间总会相互帮忙，特别是遇到家里劳动力薄弱或者特殊情况，比如伤病或者人员外出未归的，全村人都会主动来帮忙。所以在郑家庄，不必担心自己有困难，只要有一个人遇到困难，全村人都会主动、积极、热情地来帮忙，甚至留守村里的老人和儿童也不必担心，郑家庄所有的老人，都是全村人的老人，所有的儿童，都是全村人的儿童，这样的村子，这样的新集体主义，谁不想生活在这里呢?

这种新集体主义，同样对郑家庄的发展建设以及优良村风，发挥了巨大的推动作用。

无怪乎洱源县民宗局局长杨润桃说：“政府投到郑家庄的钱都有所值！”

无怪乎三营镇党委副书记杨翱坚定地说：“其他村的老百姓要讲条件，但郑家庄的老百姓从不讲。”

无怪乎洱源县政府办主任段瑛说：“郑家庄紧紧跟着党走，团结和谐，同炒一盘菜，共坐一桌席。”

无怪乎洱源县三营镇共和村委会书记史显桃感慨道：“如果投10万元给郑家庄，他们一定会做出20万元的事。”

无怪乎洱源县委宣传部常务副部长郭靖荣说：“像何国祥这样有眼光的人很少，为了集体，走一步看三步！”

无怪乎洱源县委办副主任杨泉伟说：“郑家庄村民村规制定得好，大家做的决策，让大家更能自觉遵守，遇到红白二事，村里领头人宁愿放弃做生意也要赶回村里，真是‘以心换心’。”

无怪乎洱源发改局尹德英说：“对郑家庄投入建设的每一个项目，每一分钱，都很有成效。”

无怪乎洱源文广局副局长李锦淑说：“‘农村书屋’建设过程中，很多村镇存在图书损坏、图书遗失等情况，但奇怪郑家庄的书竟然会多出来。”

……

这究竟需要怎样的集体主义精神力量支撑才能做得到呢?

正是有了这种新集体主义，郑家庄七个民族团结得胜似一个大家庭。同心协力建设美好家园，成了这个村庄每个人的使命。

近年来，郑家庄更得到各级党委、政府项目和资金支持，在村内陆续建设和完成了广场、湿地、公园、活动中心等设施设备建设，进一步提升优化了村庄功能结构和用地布局，满足了各民族村民的精神文化需求。

村民们打心底里说："政府出钱，我们当然得出力了。"

就是这质朴的话语，让郑家庄所有建设项目都进展顺利。实际上，郑家庄村民有钱的出钱，有力的出力，投工投劳，把村庄集体的建设完全当成了自己的事情积极参与。

难怪在2006年，村里进行路面道路硬化工程，当时云南省民委下拨了25万元，但这钱只够买砂石水泥等材料，修路的人工费等没有着落，怎么办呢？经过村民议事小组商议，征得全村同意，25万元用于购买砂石水泥材料，全体村民一起动手参与修路。

12月26日，修路工程启动，全村父子上阵，不少妇女们背着娃娃上工地，大家互相鼓劲，干得热火朝天，没有一句怨言，有的全是为集体劳动而付出的欢悦心情。

2007年初，全村2.4千米长的主干道全部完成了路面硬化，耗时仅仅一个多月。

在郑家庄发展建设史上，这种为集体努力共建家园的感人场面，比比皆是。

集体、集体，还是集体。新集体主义，已经成了郑家庄七个民族优良的传统，也成了郑家庄精神里最值得大书特书的珍贵品质！它推动了一个村庄朝前发展，更推动着中国农村最基层的那对轮子滚滚而动。它的的确确为中国社会主义新农村的建设带来了无尽的希望和梦想！

活力：战斗堡垒党支部

党的十八届五中全会强调，发展是党执政兴国的第一要务，各级党委必须深化对发展规律的认识，完善党领导经济社会发展工作体制机制，加强党的各级组织建设，强化基层党组织整体功能。动员人民群众团结奋斗，贯彻党的群众路线，提高宣传和组织群众的能力，加强经济社会发展重大问题和涉及群众切身利益问题的协商，依法保障人民各项权益，激发各族人民建设祖国的主人翁意识。加强思想政治工作，创新群众工作体制机制和方式方法，最大限度凝聚全社会推进改革发展、维护社会和谐稳定的共识和力量。

郑家庄党支部，践行着党的十八届五中全会精神，从日常小事着手，在民族团结的大背景下，以自己的方式，发动党员干部以身作则，在生产和生活中亲力亲为，示范和带动着全村群众，让人民群众的主人翁意识空前强大，党支部因此获得了人民群众最大程度的拥护、爱戴和支持，因此具有了特别的团结战斗力和坚固的堡垒作用！

在郑家庄，党支部的工作并非空中楼阁，而是脚踏实地，以生产生活各方面的好人好事，以及思想意识在行动细节上的闪光点，照亮了民族团结进步的前行道路。

2015年1月8日，郑泮池同志带领群众，清除了郑家庄机耕路旁的沟道垃圾，为我共和村委会“三清洁”工作起到了很好的带头示范作用。

2015年3月6日，村民小组长杨秀弟组织党员20人，群众17人，义务对郑家庄进村路上的绿化树进行浇水，对村内绿化环境起到带头作用。

2015年5月10日，何国祥同志主动带头捐款500元救济困难群众，为全村维稳工作做出了一定贡献。

郑泮池同志作为党支部党员及村民一分子，多年来，坚持配合好村里治安巡查工作，积极化解村内的一些小纠纷，晚上也经常和联防队员一起开展巡查。多年来郑家庄治安环境保持得非常好，郑泮池也深受群众好评。

2015年7月初，在建党节之际，支部书记何国祥号召全体党员广泛深入开展慰问困难群众工作。

2015年8月底，郑家庄党支部班子领导何国祥、王庆荣、杨秀弟等同志，组织村民对学生上学道路进行清扫，对部分路面进行维修。

……

2014年，郑家庄积极响应县镇村的号召和要求，在村内认真扎实地开展“三清洁”环境综合整治工作，郑文新同志在主抓“三清洁”工作上率先垂范，积极主动地带头组织群众开展“三清洁”工作。平时他家里的事也非常多，但他每天都组织村里的一些群众对村庄卫生清扫一遍，毫无怨言，表现出了党员的先锋模范作用。

2014年2月27日，村民小组长杨秀弟、党支部组织委员王庆荣率领大家（党员24人、群众19人）义务对郑家庄进村路上的绿化树木进行浇水，当天从10：00开始，至15：20才浇完。

2014年3月9日，郑家庄党支部书记何国祥要求支部的全体党员要进一步紧密联系广大人民群众，坚持走群众路线，倾听群众意见，真诚为群众服务，努力为群众办实事、办好事。在何国祥支书的亲力亲为带领下，郑家庄党支部的35名党员与群众的联系更加紧密了，大家不论是经济发展，还是农业生产，或是哪家群众有困难，都能见到党员的身影。郑家庄党支部的战斗堡垒作用和党员的骨干作用体现得更加充分了。

2014年4月中旬，郑家庄党支部要求带领组织群众，尽快对村内的水沟水路进行疏挖，确保春耕备耕顺利进行。何国伟同志虽然经常在外经商，但党支部要求后，他专门回村子一个星期，积极开展宣传发动，和群众一起把田里的水沟水路疏挖了一遍。

2014年5月27日，针对村里劳动力缺乏、烤烟移栽还没有完成的3户农户，杨秀弟同志组织了村里的6个劳动力，义务帮助这几户困难户抢栽移栽。

2014年，村里争取了郑家庄村名碑项目，通过何国祥同志的积极争取和组织实施，村名碑项目建设进展顺利，提升了郑家庄的知名度。同时，何国祥同志还争取了大型的户外广告牌和LED显示屏建设项目。目前，项目已经开工建设。

2014年7月初，在建党节之际，党支部书记何国祥号召全体党员广泛深入开展慰问困难群众活动。

2014年9月10日，郑家庄党支部班子领导何国祥、王庆荣、杨秀弟等同志组织村民对学生上学道路进行清扫，对部分破损道路进行维修。

2014年10月13日，杨秀弟组织村民80多人，开展村内环境大整治活动。

……

2013年2月7日，随着人民生活水平的提高，随着郑家庄生态村建设及重点村建设的顺利进行，外来人员增多。春节来临之际，党支部书记何国祥同志带领郑家庄党员对郑家庄村内环境卫生进行大清扫，包括对村内垃圾、建筑废弃物、沟渠内垃圾、淤泥、道路两旁绿化美化，为郑家庄生活环境的改善做出了应有贡献。

2013年2月16日，郑文新同志带领村民清理河道垃圾200多米，疏通灌溉沟渠400米，为小春生产、大蒜栽培灌溉及其他农作物栽培做好准备。

2013年2月26日，郑家庄村民小组电工郑泮池同志针对近段时期天干物燥、火灾隐患较大的现状，对全村电路电线进行了检查，对农户的一些老化电线提醒群众及时更换，并提供帮助。

2013年3月4日，郑家庄村民小组王庆荣、郑泮池等多名同志，自发组织前往炼铁“3·03”地震灾区开展救灾工作，充分体现了共产党员的先进性。

2013年3月10日，何国伟同志自发组织数位村民对郑家庄主要

机耕道路路面进行维修，群众使用自己的拖拉机等设备拉运砂石料，用农具进行平整，维修路面近800米，确保小春种植期间机耕路的畅通。

2013年3月20日，在村党支部书记何国祥的倡议下，郑家庄开展了以党员为主的为“3·03”地震捐款活动。活动过程中，各位党员踊跃捐款，带动了全村人民的积极性，全村共计捐款8000余元，充分体现了“一方有难，八方支援”的社会主义优越性。

2013年4月1日，郑家庄党支部书记何国祥同志组织党员对村内缺少劳动力的农户进行帮助，对部分农户的小春作物，如大麦、蚕豆、油菜等进行抢收，确保困难农户按节令进行大春种植。

2013年5月1日，在郑文新同志的组织下，郑家庄党员、群众对南北向进村干道进行了养护，清除路边杂草近800米，补种柏树200余棵，在确保道路整洁通畅的同时，有效提升了生活环境质量。

2013年6月1日，何国祥同志拿出自有资金1000元，对郑庄小学贫困学生进行慰问，鼓励困难学生发奋学习，用知识改变命运。

2013年7月20日，杨小七同志自发组织12名村民对通往洱源职中、三营二中、新龙小学的主要路面进行补修，方便村民出行的同时，对附近数个村庄的学生上学也有一定贡献，保障了雨季通行。

2013年8月16日，郑家庄党支部组织对永胜常营支部书记进行捐款，该同志患重病，造成家庭经济极度困难，医疗问题不能解决。此次捐款，各位党员踊跃参与，共捐款700余元，充分体现了人间真情。

……

2012年8月6日凌晨5点左右，洱源县凤羽、炼铁、乔后等乡镇突降暴雨，引发洪涝泥石流灾害，导致凤羽镇铁甲村、炼铁乡新庄下地曲等部分村庄房屋倒塌、人员伤亡失踪、牲畜死亡、农作物受灾及道路损毁。听到灾情后，郑家庄党支部立即成立了由王胜荣、段保林等5人组成的突击小分队，在8月6日早上10点赴凤羽铁甲村进行抢险救灾，直到8月9日才回到郑家庄。郑家庄党支部积极响应三营镇党委号召，积极组织全村党员捐款，共捐得特殊党费700元。郑家庄郭杏花同志拿出私人积蓄1000元捐献灾区，她的行动感染了郑家庄阳光文艺队的女同志们，她们共捐款800元。此次灾害，郑家庄在党支部的带领下，出钱出力，发挥了“一方有难，八方支援”的中华民族传统美德，也体现了郑家庄人团结一心、友善互助的高尚情操。

……

这是在郑家庄党支部活动室西面墙壁上悬挂的一本好人好事记录本上记录的部分内容。简单朴实的记录，使几年来郑家庄党支部在日常生活中带领各民族群众做的点点滴滴跃然纸上。

事情虽然不大，但却是实实在在地为集体、为群众做的好事。党支部的战斗堡垒作用、党员的先锋模范作用，体现在了郑家庄日常生活中，而且是长期坚持，真正为群众解决和处理了生产生活中的困难。

在这个党员活动室里，靠北的墙壁上，还做有一块十分醒目的展板，展板上写有“固本强基当先锋，民族团结促和谐”10个大红字标题，标题下面，是郑家庄党支部的基本情况以及农村党员设岗定责等介绍。整个党员活动室，透着全心全意为各族人民服务的争先向上的精神和一种庄严的使命感。

正对着这块展板的“荣誉栏”，则是南面墙壁上夺人眼球的各类奖牌：

全国文明村镇（中央精神文明建设指导委员会 2015年2月）

云岭楷模（中共云南省委宣传部 2015年9月）

创先争优先进基层党组织（中共云南省委 2012年6月）

先进基层党组织（中共大理州委 2011年6月）

民族团结进步模范集体（中共洱源县委员会 洱源县人民政府 2005年12月）

……

这些奖牌、奖状，给人肃然起敬的感觉。在这些奖牌、奖状背后，真不

知道郑家庄七个不同民族为之付出了多少辛勤的汗水啊！在这个党员活动室的会议桌上，整齐地分批摆放着《习近平谈治国理政》《大理白族自治州民族团结进步知识读本》《各民族都是一家人，一家人要过上好日子》《郑家庄七个民族一家亲》等书籍资料。由此可以看得出来，这不仅仅是一个在生产建设中战斗力极强的集体，而且还是一个乐于助人、善于学习的集体。

郑家庄党支部是由领头人何国祥担任支部书记，并选拔了积极性高、工作能力强的致富能手担任支部委员和党小组长。支部委员和党小组长中，都有各民族党员代表，所以，这是一个多民族党员组建的班子，因此这个党支部能够结合多民族杂居的实际，充分发挥支部核心领导作用，在村里有非常高的威望。

它代表了郑家庄内在力量的核心部分，正是这种力量，使得郑家庄在前进中面对诸多困难都能迎刃而解。不过，郑家庄党支部也十分注重自身的建设，它总是以最优秀的面貌和能力，引领郑家庄七个民族群众走向康庄大道。

作为郑家庄党支部书记，何国祥从未缺席过支部生活，即使再忙再累，都会准时参加党支部的活动，过组织生活。这不是做表面工作，而是在他心中，有一种近乎神圣的职责驱使，他必须带好这个团体，必须身体力行，让郑家庄党支部成为推动村庄发展最重要的核心力量。所以，在阵地建设上，郑家庄党支部积极筹建起了集党员活动和科技培训为一体的多功能活动室，配置了电脑、电视机、影碟机、影像资料、图书等设施设备材料，为党员开展活动、发挥作用提供了平台，确保了党支部“三会一课”等制度的有效落实，使得党组织的活动正常开展，凝聚了党组织的向心力，为这个核心及自身的发展进步提供了硬件保障。

从2005年开始，郑家庄党支部就确立了以党员挂钩，把集体的想法和村里七个民族老百姓对接、征求意见的措施，每位党员负责并帮扶5户左右各民族村民。

这种各民族党员交叉包户结对帮扶不同民族群众的方式深得人心，在互帮互助中，郑家庄的民族团结就更紧固了。而且，如果遇到谁的帮扶对象有困难，可以由相关党员汇报支部，用集体的力量帮助解决。

村民黄中华家，是支部书记何国祥的帮扶对象，多年来，大事小事何国

祥都给予黄中华家帮助，这让黄中华十分感动。当年，要不是有何国祥支书找到自己，建议发展养殖业，并主动借给7000元买奶牛的话，黄中华还真不知道自己何年何月才能脱贫致富。

2007年开始，村民建房困难，每一位党员挂了户困难户作为帮扶对象。2008年，郑家庄尚有6户低保户，通过这些年的帮扶，有4户（段锦春、郑桂林、郑玉生、何雪华）脱离贫困，还建了房，其中段锦华和郑桂林家还买了车，仅有两户情况特殊（郑世昌家患病；王四八家父母比较老实本分，经济上只能靠农业种植，女儿又在大理卫校读书），但也一直得到村里的帮扶照顾。

类似的事情，在郑家庄参与帮扶的党员身上发生过很多起。

党支部集体的力量在郑家庄发展过程中，起到了不可替代的重要作用。发展生产，由党员带头；建设家园，也由党员带头。不说别的，就拿修路来说，郑家庄党支部争取到了政府的补助后，带着大家投工投劳积极参与，党员做得最多，冲在了困难的最前面。

党小组长郑泮池回忆，修入村道路时资金不够，党员就带头捐款，带头出力干活，还实行党员包段，负责哪一段就得干到底。

老百姓的眼睛是雪亮的，当然也是最淳朴知事的，有了党员带头，大家都纷纷投工投劳，最后在缺乏大笔资金的情况下，硬是按质、按量、按时把这段道路修建好了。

“是党员就必须发挥好先锋模范作用。”这话是党支部书记何国祥说的，不过他的确也是这样身体力行的。他要求郑家庄党支部每一位党员都要做到这一点，因为这是郑家庄七个民族老百姓的需要。

有一次，党员郑泮池因没有按时组织完成好计划的植树绿化任务，何国祥严厉地批评了他。为什么呢？老百姓都在看，如果党员带不好头，影响的不仅仅是这个事本身，还会给老百姓造成怀疑，让党的威信削弱，这是何国祥作为支部书记不能容忍的。当然，郑泮池也虚心接受了批评，他明白这个道理后，任何党支部分派的事，他都按质、按量、按时完成了。

“发展生产他们想点子，解决纠纷他们冲在前头。”党支部都严格要求自己，实实在在为老百姓做事，郑家庄村民心中自然有了公正的评价和赞扬。

郑家庄党支部现在已经成了村里经济发展的主心骨，村民矛盾的化解员，社会和谐的创造者，民族团结的守护神！

不过何国祥支书并不满足于党支部的现状，他要求全体党员加强学习、再学习。

党员活动中心旁边，建有“农家书屋”和村级综合文化活动室，方便党员和全体村民，随时可以阅读各类图书，学习掌握各类科学文化知识，开阔视野和心胸。

党支部每个月会组织党员开展一次以民族理论、民族政策、民族区域自治制度和民族团结典型经验等为主要内容的学习活动，进一步教育引导党员，自觉维护民族团结大好局面，树立“三个离不开”（即汉族离不开少数民族，少数民族离不开汉族，各少数民族之间也相互离不开）思想，提高做好民族工作的能力和水平。

每年，郑家庄党支部都会邀请洱源县委党校、县委政法委、统战部、民宗局、农业局等相关部门，就政策法规、群众工作、民族宗教、实用农业技术等方面的知识，进行专题讲座，有针对性地开展党员教育培训，不断提高党员的基本素质。通过这些措施，更好、更充分地发挥党员在维护民族稳定、遵纪守法、带头致富等方面的先锋模范作用。

由于郑家庄党支部为群众、有活力，确实起到了战斗堡垒作用，在各民族村民中间树立了很高的威信，并成了村民们热切期盼加入的组织。许多思想意识和行动能力都走在前的村民代表，纷纷向党组织靠拢，向党组织提交了入党申请书。

“我已经向党支部递交了入党申请书，现在是一名入党积极分子。”村民王洪康自豪地说。

“你的介绍人是谁？”

“是支部书记何国祥，村民小组长王庆荣、杨秀弟。”

“为什么是他们？”

“从他们身上，我感受到党员就是要当先锋、做榜样，带领大伙把日子过好，我也想出一份力。”王洪康的回答干脆而有力。

南宋大儒朱熹的《观书有感》曰：“半亩方塘一鉴开，天光云影共徘徊。问渠那得清如许？为有源头活水来。”何国祥作为郑家庄党支部书记，心中十分明白其中这句“问渠那得清如许？为有源头活水来”的含义。为了激发党支部活力，他带头确立了严格的党员目标管理责任制，党支部支委班子成员由书记何国祥、组织委员王庆荣、宣传委员郑泮池组成，农村党员设岗定责有10人：

何国祥（劳动致富岗）
王庆荣（政策法规监督岗）
杨秀弟（社会治安维护岗）
郑文新（文明新风岗）
郑泮池（计划生育监督岗）
郑林生（村规民约监督岗）
段志华（科技示范岗）
何国伟（土地管理监督岗）
郑文虎（生态环境保护岗）
段伟林（村务财务监督岗）

何国祥说：“村党支部一个月左右开一次支部会，让大家发表意见，说

说最近做了些什么事情，好的、坏的各有哪些，自我检讨自我批评，严重失职的会被批评处分。”

为了规范自身建设，党支部采取日常考评与年底考核相结合的方式，按照设定的岗位职责，分级落实监督，并开展党员责任承诺和“五星”党员评选活动，年终根据党员履行职责情况，对照评选标准，通过党员自评、群众评议的程序，最终给党员评定星级，评选结果还得进行张榜公示……

如此费心地把党支部自身建设好，就是要保障这个领导集体的核心有活力，有战斗力。

郑家庄处于中国西南边陲，其发展的最大优势就是七个民族的团结奋进，如果党支部没有先锋模范人物，如果党支部没有引领示范功能，如果党支部没有战斗堡垒作用，那么，就不可能带领七个民族的兄弟姐妹们闯出一条符合自己发展实际的康庄大道。

在郑家庄党支部活动室南面“荣誉栏”里，还新添了一封精心镶嵌悬挂的信，那是云南省委在2015年7月6日给郑家庄村民小组长王庆荣的回信。全体党员都会经常看、经常学习，并对照着来信上的话，尽职尽责地为郑家庄的建设发展奉献力量，特别是信中提到的：

郑家庄民族团结、民风淳朴，村规民约规定得好，民主管理方式运用得好，积累了很多好经验、好做法，希望你们继续发扬，不断总结提升，同时积极帮助其他村寨做好农村工作。治国安邦，重在基层。让农民群众摆脱贫穷、让农村改变落后面貌，需要党和政府的好政策、基层党组织的坚强领导，也需要广大农民群众的不懈努力。

省委的关怀和嘱托，也从另一个角度向郑家庄党支部提出了更高要求。这个强有力的党的基层组织，在上级党委政府的关心支持下，在支部书记何国祥的模范带领下，在38名党员团结一心的共同努力下，带领郑家庄一步步走到了今天。

洱源县原县委书记杨承贤说：“郑家庄有今天的发展成果离不开党支部战斗力、凝聚力、号召力的充分发挥，既能让老百姓信服，也能结合郑家庄村民的现实需要，按照党和政府的相关政策要求开展工作。”

“在何国祥的带领下，积极性高、工作能力强的致富能手担任支部委员和党小组长。支部委员和党小组长中都有各民族党员代表，这些共产党员以交叉包户的形式帮扶不同民族的群众，在互帮互助中，郑家庄七个民族的心越走越近也越来越热了。郑家庄党支部比较高的威望、良好的公信力真正发挥了战斗堡垒作用。”洱源县委副书记杨文泽也如是说。

郑家庄党支部在长期的辛劳中，取得了不俗成绩，是洱源县十里八乡出了名的优秀党支部，这是集体的力量所在，这是海纳百川的胸怀所在，这是战斗堡垒的勇气所在……

在郑家庄党支部的带动下，村里许多细小而具体的互相帮助，累积成了大的“我为人人、人人为我”的助人为乐风尚；村里原本薄弱的单个力量，形成了无坚不摧的各民族集体合力。

借助这股集体的力量，郑家庄七个民族不畏艰难、励精图治、开拓创新，逐渐把过去贫穷落后的小村庄，建设打造成了美丽富庶、团结和谐、远近闻名的社会主义新农村。而郑家庄党支部，则成了这个村庄发展建设中名副其实的坚固战斗堡垒。

它为党旗在农村最基层涂上了泥土的厚重和人性的光辉！

奉献：坚守的日夜和挥洒的汗水

在郑家庄的发展过程中，还有两股特殊的力量已经成为郑家庄最有特色的团队之一。这两股力量就像两个轮子，推动着郑家庄朝前。凡是到过郑家庄的人，都可能在村里的任何一个地方，与这两个团队的成员不期而遇。

无论白天还是黑夜，郑家庄的每一条道路、每一个角落、每一寸土地，都留下过这两个团队成员们坚守的目光和辛劳的汗水。这或许是只能在郑家庄才会有的两支特别队伍，他们为七个民族的团结和村庄的发展，默默奉献着自己特殊的守护与热爱！

我为全村守一周，全村为我守一年！

这是写在郑家庄活动中心内白色墙壁上的大红字，醒目、果敢、坚定！

在这几个字的左边，就是三营镇郑家庄治安联防队的值班室，里面的床铺、齐眉棍、防爆叉、防刺背心、强光电筒等设施和专业装备，摆放得整整齐齐，显然是受过了专业训练。雪白的墙壁上，还悬挂着《治安联防队工作职责》和《联防队员十不准》等规章制度。

看得出，这是一支专业过硬、讲究纪律、作风严谨的农村基层联防队。

到郑家庄之前，如果有人说，这里20多年无上访，无治安和刑事案件，的确有点让人难以相信。但是到了郑家庄，深入其中采访后，所听、所看之后让人不得不承认，这确实是个奇迹一般的事实。

在中国农村，七个不同民族聚居的村庄，再加上四周还有多个村落，村里的治安却这么好的，我还真是头一次听说并信服。难怪云南省委领导到郑家庄宣讲十八届四中全会精神后，给予了这个小村庄“依法治村一面旗”的高度评价！

据王庆荣回忆，1989年，郑家庄附近偷盗成风，十分猖獗，而当时村民的生活十分困难，一家人如果有一头奶牛（价值8000多元）被偷，马上就会贫困五六年。

由于四周村里的人经常流窜到郑家庄偷盗，就连王庆荣家中饲养的鸡，还有兰花（价值8000多元）也被偷。当时党小组长郑林生、何国祥支委、队长杨光明商议，先是想找外面的人来执勤，但苦于无钱请，于是在1991年冬天，决定每家出一人（105户），组成护村队（三人一组，选择其中有初中以上学历、懂法律的人做组长），每组一周，全村分为36个组，轮流值班。

护村队每天晚上不同时间进行巡逻，冬天晚上7点，夏天晚上8点，值班巡夜到第二天早上，如发生异常情况，及时预警、处理或者上报。护村队也曾抓到过某个偷盗者，但发现其精神有问题，只能作罢。

不过通过执勤，外来酗酒滋事、打架斗殴、偷鸡摸狗的事情，逐渐消失了。

一年不到，村里支委觉得应该要更合法、更合理地治理村庄。经过申请，在当地政府的帮助下，1993年1月，护村队通过洱源县公安部门的审定和培训，提升为联防队。洱源县公安局正式重编命名原来的护村队为“三营镇郑家庄治安联防队”，行政上由三营乡共和村委会代管，业务上由三营派出所指导。此外，三营派出所为联防队提供了装备，还经常为联防队进行法律知识培训。

联防队的执勤范围不仅仅是郑家庄，还包括郑家庄四周的村庄。从此以后，治安联防队成了郑家庄以及周边村子社会治安的守护神。

郑文新不仅仅是曾经的议事小组成员，也是改组后的理事会成员，还兼着一个特殊的职务——郑家庄治安联防队队长。

他说：“外面的人晓得这里有联防队，吃酒闹事之类的人不敢进来，要是听到有异常响动，周围几个村庄我们也会去巡逻一下。联防队的作用很大，这几年村里外出做生意、打工、上学的人多了，空出来的房子就多。有了联防队，大家可以锁上门就走，根本不用请人看房子。”

不过，联防队的工作全部都是义务进行的，没有一分钱报酬。相反，如果外出不能按照规定参与联防的人，一年得出资140元（原先是100元，这些年生活好了，晚上巡逻更辛苦些，就得多付一些），请人顶替巡逻。

如此辛苦甚至还需要倒贴钱之事，为什么大家还能够坚定不移地坚持25

年之久呢?

郑文新认为，主要还是大伙人心齐，做好联防是村里集体团结稳定的大事，是保障郑家庄和附近村庄生产生活的重要事情，更何况何国祥支书等村里的领导人做表率，轮流带领大家执勤。

2014年11月2日凌晨1点左右，郑家庄联防队员身着防护背心，佩戴袖标，手持防爆器具，冒着寒冷的天气，穿梭在郑家庄各条道路上巡逻。

此刻，郑家庄各民族村民早已安然入睡。联防队队员郑文虎和李春福、王洪康精神抖擞，来回走动巡逻。防火防盗、排查可疑人员，成为每天夜里四五次来回巡逻的重点工作。

郑文虎想起，5月份时三营派出所发出通告，有人开着面包车作案。恰巧那天晚上12点，郑家庄村南口就停着一辆微型车。

会不会是作案的可疑车辆呢?

联防队员不敢大意，一面在四周观察，一面赶紧给派出所报案，请求支援。

后来查明，这辆车原来是隔壁村里的，坏在这儿开不走了。虚惊一场后，联防队员又帮助车主把车修好开走。

联防队员郑文龙记得，有一天夜里，他和两名伙伴正在巡逻，在村子东边的路口，发现有一辆摩托车停在了路中间。

会不会是有什么情况呢?

郑文龙心中有些紧张起来，带领队员四处打探，最后才得知，原来是隔壁村的村民梁银红骑摩托车路过这里，结果没油了。

郑文龙和两位联防队员帮忙把摩托车推到了联防队驻地停放，还把这位村民送回了家。

第二天，这位村民带着汽油，来到郑家庄联防队，满怀感激，连声道谢，加满油之后把摩托车骑回了家。

“这是经常碰到的事。”郑文龙平静地说。

如果在巡逻时，听到风吹草动，联防队员们都会去仔细查看；如果听到争吵，甚至连哪家狗叫得大声，都会过去查看。如果遇到特殊情况，会立刻上报村民小组或派出所。

保这方平安，就是保自己家平安；守护这方土地，就是守护郑家庄和周边村子的安宁。

汉族村民小组长王庆荣是郑家庄首批联防队员，他坚持参加巡防至今没有拿过一分钱，但是他心中十分乐意和满足。因为有了联防队员的付出，才有了郑家庄今天的良好环境和秩序，才有了这个村庄的安定团结。

在王庆荣的记忆中，联防队管理十分严格，队员经常连续加班，不但要负责村里的治安，还要管村里老人孩子（留守老人和儿童）的生活起居，甚至哪家的大牲畜病了需要找兽医，联防队也都尽力帮助。

2009年12月的一天晚上，王庆荣和联防队员在巡逻时发现，村子边上的水沟里好像有什么东西在动。

几个人赶过去一看，不由得大吃一惊，原来是个人！

你拉我抬，联防队员们急忙把这人从水沟里捞起来，此人竟是隔壁村子补鞋子的皮匠。这个皮匠患有小儿麻痹症，平日里行动就有些不便，加上喝过了酒，路过郑家庄时，不小心摔到了水沟里。

12月正是寒冬，皮匠全身湿透，不断地打哆嗦。联防队员赶紧把他背回村里，燃着火给他取暖，帮助他把衣服烤干，又护送他到了村公所。

如果那天晚上没有联防队，这个醉酒的皮匠一整夜倒在冬天的水沟里，不被冻死才怪。救人一命，郑家庄联防队真是好样的！

2015年2月，王庆荣带领联防队执勤时，发现距离郑家庄村子东边900多米处，停放着一辆灰色的微型车，走近一看，还是临沧牌照的车辆。

怎么回事呢？得调查清楚。

于是联防队员蹲点守候，直到凌晨1点，才见到车主急急忙忙赶来，原来是到附近村子做客的客人，路过郑家庄时，车子抛锚了，只得“弃车”去寻求帮助，却没想到郑家庄联防队员如此认真负责，一直帮看护着车辆。

得知此情况后，联防队员们又不顾劳累，帮助车主修好了车辆。

王庆荣介绍说：“为了提升联防队员的法律意识，村党支部还经常邀请洱源县公安局和三营镇派出所的民警来村里进行法律知识和业务知识培训指导，一个季度最少一次，有时候两三次，确保了村治安联防工作的法制化、专业化、规范化。”

有了专业法律知识等的培训提升，郑家庄联防队如虎添翼，为这个村庄

的安宁团结更能尽心尽责了。

60多岁的郑林生对联防队工作很感慨。他说，自己和老伴生活在村里，儿女们常年在外打工，老两口不仅开了小卖部，养了奶牛，还种植着木瓜，收入很不错，但如果不是村里的治安特别好，我们两个老人，怎么管得了那么多事情啊！

除了维护村里的治安环境，郑家庄治安联防队还负责调解矛盾纠纷，为村民排忧解难。这支集治保、调解、普法于一身的群防群治力量，通过25年来的坚守和辛苦付出，换来了郑家庄团结奋进的良好发展环境。

警力有限，而民力无穷。25年来，郑家庄联防队的存在保障了村里没有发生过一起治安和刑事案件，也没有发生过一起社会不稳定事件。

七个民族的村民们交口称赞："没有联防队，就没有村子的和谐平安。"

2010年的一个夜晚，郑文虎和联防队员们像往常一样巡逻，忽然，一阵激烈的争执声从村民段伟林家传了出来。

原来是因为段伟林未按约定留出50厘米宽的隔离带，村民王胜荣与其发生了激烈争吵。

治安联防队当即安抚双方情绪，帮助调解双方纠纷，动之以情、晓之以理，让段伟林认识到了自己的不妥当行为确实给邻居造成了麻烦和困扰。第二天，段伟林主动按照约定，让足了50厘米隔离带。

一次村里邻里间的矛盾，通过治安联防队耐心的规劝与调解，得到了圆满解决，同时治安联防队也赢得了村民的心。

洱源县公安局三营派出所杜昭所长说："郑家庄是一个典型的多民族聚居村，一直以来，大家和谐相处，村里的治安状况是我们整个镇最好的。自从郑家庄成立治安联防队后，村里不但没有发生过一起治安和刑事案件，而且村民的小矛盾也得到了及时有效的化解。截至2014年10月，全村共受理各类矛盾纠纷69件，调解成功68件，调解成功率99%，实现了小纠纷不出门，大纠纷不出村，成为远近闻名的民族团结示范村。"

洱源县政法委书记赵栋葵感慨地说："郑家庄经验告诉我们，党的领导是根本，依法治村是保障。通过组织广大群众参与群防群治，激发了郑家庄群众参与和维护村内和谐稳定的智慧、力量，进一步夯实了农村基层治安防控基础，为全村和谐稳定、群众安居乐业营造了良好的社会环境。"

藏族村民小组长杨秀弟说："自从我们组建联防队以来，偷盗没有了，外出打工的、做生意的家里就是没人，到年底回来，家里的东西也不会丢失。"

在这个治安有人防、信息有人报、纠纷有人调、留守老人儿童有人照料的村子，真正做到了夜不闭户、路不拾遗，村里一片祥和，呈现出秩序好、无发案、群众满意的团结和谐的良好局面，保障了村民们把更多的时间和精力集中到发展生产、振兴经济上，所以，郑家庄各方面的发展都健康持续，取得了很好的成绩。

郑家庄治安联防队连续25年坚守9000多个日日夜夜，是一份为集体发展进步保驾护航的责任，也是一种为七个民族团结安宁的担当精神，这是郑家庄精神里面最具恒久性和坚韧性的核心。它通过一点一滴的努力、一件又一件的小事，改变了这个村庄，让这个村庄在现代化进程中，依然保持了鲜活的淳朴之力和集体的大公之心。

如果说郑家庄治安联防队是村里最具阳刚之气的护村力量的话，那么郑家庄阳光文艺队，则是村里最有阴柔之美的维系团结的特别方队。

阳光文艺队是一支由郑家庄妇女自发组合而成的文艺团队。当然，这样的自发组合，和郑家庄的发展建设息息相关。可以说，阳光文艺队从一个侧面折射出了郑家庄民族团结进步的精神，同时也为这种精神注入了新的活力和希望。

2006年年底，恰逢城隍庙节，郑家庄藏族妇女何继莲（卓玛央宗）与白族妇女江树英在交谈中有了一个共同的想法，她们觉得，村里有七个民族，而且都能歌善舞，何不将闲暇时间利用起来，农闲时，不如组织大家在一起唱歌跳舞，一来可以增进各民族姐妹之间的交流和友谊；二来可以互相学习，提高文艺修养；三来还可以活跃村里的气氛，为这个正在发展中的村庄带去一股文艺的力量。

说做就做，两人当即组织郑家庄妇女报名。

这事儿挺新鲜，各民族妇女又都喜好唱歌跳舞，所以报名踊跃，大概有40人参加，这就是阳光文艺队的前身。

洱源县文化馆得知后，十分重视，专门派人来郑家庄教大家跳舞。队员之间相处十分融洽，通过歌舞交流，不但各民族姐妹之间有了更深入的了解，而且相互也学习到了许多歌舞知识，比如白族敬酒歌、藏族敬酒歌、彝族敬酒歌，傣族孔雀舞、白族霸王鞭和扇子舞、藏族锅庄舞、纳西三部曲、傈僳族打跳，合唱、独唱……阳光文艺队在这些歌舞中陶冶了情操，更重要的是，阳光文艺队让各民族姐妹更加团结向上，随着时间的推移，显示出了其特殊而不可替代的作用。

有三件事情是阳光文艺队一直坚持做的：一是歌舞排练，二是打扫村里的卫生，三是逢重大节日或接待帮忙烧火做饭。

何继莲介绍说，阳光文艺队的正常排练时间，冬天一般从19：00开始到22：00，夏天则从20：00到22：30，其间还要负责打扫村里的卫生，即使是农忙时节，也要轮流打扫。

何继莲记得当初文艺队学习跳的第一支舞蹈是《欢乐香巴拉》，是由洱源县文化馆藏族舞蹈老师何七美教的，大家学习得很用心也很用功。一个动作，一个节拍，一步配合，都非常认真地在学。

七个民族的姐妹，都不甘落后，总是想做得更好些。在郑家庄，不满足现状而奋发有为的精神，已经渗透到每个人心中。大家都不甘心落后，都希望自己做得更好一些，不给集体丢脸。

从第一支舞蹈开始，阳光文艺队和村里的治安联防队一样，近10年来，一直没有间断过，尽管中间有各种原因，有些队员进进出出，但是整体还是很稳定。

七个民族的姐妹们都有一个心愿，那就是为郑家庄的发展舞蹈，为七个民族的团结舞蹈，为这个如家一样的集体舞蹈……

郑家庄的发展离不开阳光文艺队，不仅仅是因为唱歌跳舞凝聚力量、活跃气氛，更为重要的是，为村庄发展建设的需要义务出工出力。

郑家庄每逢中秋节、火把节、春节、敬老节等重大节日，都会组织全村人聚在一起热闹热闹。还有村里平时的接待工作也不容忽视，因为自从郑家庄美名远扬后，国内外各种来参观、考察、学习的人数可真不少，甚至连老挝中央委员也来过。

习近平主席强调过，要发挥云南区位优势，推进与周边国家的国际运输通道建设，打造大湄公河次区域经济合作新高地，建设成为面向南亚东南亚辐射中心。郑家庄依靠民族团结形成的合力与品牌，不仅可以吸引老挝中央委员，其他临近的南亚、东南亚等国家的人们，总有一天也会被郑家庄民族团结建设发展的美好愿景吸引而来。

阳光文艺队的队员们为此得忙着烧火做饭招待远方来的客人。汉族妇女寸会珍是厨师长，加上郑三妹（白族）、杨子会（汉族）、郑如珍（汉族），还有两位非阳光文艺队成员妇女杨灿怀（汉族）、郑春映（白族）等共同参与做饭；何继莲（藏族）、杨三妹（白族）、郑瑞菊（汉族）、张茶花（傣族）负责捡菜、洗菜、切菜、炒菜等。还有其他阳光文艺队的妇女们，也一样见缝插针地帮忙做这做那。

不过，阳光文艺队最辛苦的，还是打扫村里的卫生。郑家庄的清洁卫生，究竟做到了什么程度呢？有个小故事，也许可以说明一些问题。

在我到郑家庄采访的过程中，恰好碰到中央电视台《焦点访谈》栏目组的记者们也到村里录制节目。

一天晚上，在一起吃饭的时候，摄制组的一位负责人感慨道：

“去过中国很多的农村，但是从没见过像郑家庄这样的，手里捏着一个烟头就是扔不下去啊，就是扔不下去……”

为什么扔不下去呢？

就是因为郑家庄的环境卫生做得实在是好，到处都非常干净整洁。我连续多天进村，除了看见落叶时不时飘下来，真没有看见过有任何垃圾在郑家庄村里的路上，实在是太干净了，比一些大城市还要干净。

郑家庄良好的卫生环境背后，少不了阳光文艺队几千个日日夜夜、时时刻刻的清扫、监督与辛苦付出。

还有一次，我正和郑家庄汉族村民小组长王庆荣走访村里。走着走着，王庆荣突然一个人加速朝前冲了过去，然后弯下腰，不知道在做什么。

等我反应过来，王庆荣已经从村里的小水沟里，捡拾起了一个牛奶饮料盒。王庆荣说，一定是外面来的人带着小孩不注意乱扔的，本村的大人小孩绝不会这样乱扔东西。

我对此深信不疑。

王庆荣捡拾垃圾的这个动作，没有丝毫刻意，完全是出于一种习惯和本能，一颗对村里环境爱护到极致的维护之心。

王庆荣说，郑家庄人人爱护环境卫生，阳光文艺队每天非常辛苦，从早到晚，都会自觉地清扫村里，特别是晚上，更会轮班轮组集体打扫。

怪不得中秋节活动之后已经是午夜，但阳光文艺队并没有各回各家，而是集中牵头把整个活动现场清扫得干干净净才回去休息。第二天早上，看到村里的小广场那么干净，简直让人不敢相信昨天夜里这儿曾举办过一场热闹的中秋联欢晚会。

2015年10月的一天傍晚，王炳秀、杨子会、王池花、郑润莲、邵红娟、郑荣香、何继莲为一个组，吃完晚饭后不久，就来到了村里的民族文化小广场集合，有的拿着扫把，有的拿着撮箕，有的拿着除草的工具……短暂的碰头后，大家立刻到达自己的分工区域，埋头清扫起来。

没有多余的话，也没有多余的动作，“唰唰”“唰唰”的声音，在太阳能路灯的照耀下异常清晰。干净利索的清扫工作不留死角，有些地方路灯照不着，她们就用手电筒照着仔细打扫。

时间在阳光文艺队队员身上产生了一种奇妙的感应，这个安静的小村庄突然之间像是凝固了。晚风中，只有这些勤劳的身影和双手，在不停地打扫。

这样的动作，她们在多年的义务劳动中重复过千万遍。每一遍，似乎都是从头开始。她们打扫得是那样专注和认真，几乎让人觉得，妇女们并不是在打扫卫生，而是在完成一件工艺品。

是啊，郑家庄，这个生她们养她们的故乡，这个现代中国农村，这个团结友善、发展进步的村庄，在她们心中一定是十分珍贵的。她们每扫一扫把，就好像是在清除自己身上的污垢一样认真而欢悦。

这是一份难以言传的感情！

郑家庄阳光文艺队，承载了这份感情。每一位队员，都把这份感情化为日常义务工作中源源不竭的动力……

打扫完卫生，这些勤劳的各民族妇女们顾不上休息，便换上民族服装，

在村里的小广场上开始了一天的排练。

阳光文艺队队员身上，都有一股劲儿，一股和郑家庄发展建设一样奋发向上的劲儿。当这些身着民族服装的各民族妇女们在路灯下伴随着音乐翩翩起舞之时，夜幕下的郑家庄，瞬间变得柔美多姿了。

这是有灵魂的村庄，是活的村庄。这样的村庄，没有理由不团结友善，更没有理由不发展进步。

郑家庄阳光文艺队已经完全融入了这个村庄。这儿是她们的故乡，也是她们孜孜以求想要建设好的美丽家园。在农村最基层，这是一份非常难得的情怀。在这些妇女身上，这份情怀既有土地般的厚重，又有彩云般的飘逸。她们为这个村庄注入的活力，是其他人和其他事物都无法替代的，这是郑家庄文艺队独一无二的价值体现，也是郑家庄持续发展进程中，隐藏着的一股团结向上的阴柔之力。

后来，郑家庄文艺队为了保持活力，由更年轻的王炳秀和寸会珍担任负责人，何继莲转为负责队里的财务和一些组织工作。

王炳秀是80后白族妇女。她介绍说，阳光文艺队正式命名是在2010年3月，现在有队员30多人，各个民族都有，全部都是郑家庄家庭里“当家的”。通过文艺表演、打扫卫生等，大家更团结了。但是阳光文艺队的小团结，是和村里各民族的大团结紧密关联的，村领导非常关心这个团体的每一位队员，总是给予阳光文艺队最大的支持。

就拿自己来说，1990年，奶奶王如碧去世了，家中当时经济困难，何国祥支书第一时间来询问钱是否够办葬礼了，并主动借了几百元。

邻居寸常青家的娃娃寸栋梁，2010年考取大学，何国祥支书也借给了1000元钱……当然阳光文艺队也深受此高尚奉献精神影响，反过来向何国祥支书学习。村里段菊珍的丈夫杨润发患直肠癌去世，阳光文艺队组织捐款两三千元，还发动村里10多名妇女，主动帮栽秧3亩多田，还帮收割豆子……

寸会珍记得，从2014年开始，阳光文艺队正式由王炳秀和自己负责。队员们每天都自愿参加繁忙的义务劳动工作。村里的环境卫生，不留一处死角。除了专人轮班，所有人随时随地爱护和保护环境卫生。除了各家各户门前自己负责的区域外，公共区域、湿地公园等，都得打扫干净。

农闲时，集体打扫；农忙时，分成三个小组，一组七八个人，每组一周，轮流打扫；特殊时候，则随叫随到，一天也不曾间断过。湿地公园以外路边的花草树木、沟渠清理打扫等，每个季度都要进行。

村里有来访的人，接待和介绍也要靠阳光文艺队。特别是过年过节，全村的文艺节目表演都由阳光文艺队负责，而且是在做好饭菜、饭后收拾好一切之后进行的。

如此辛劳却能乐在其中，可想而知，如果没有强大的郑家庄各民族的团结和奉献精神是无法做到的。

寸会珍回忆，在没有成立阳光文艺队之前，村里各民族妇女之间沟通较少；成立之后，凡事都有了一个集体，有了交流走动的机会。如果谁有不顺心的事，哪家有特殊事情特殊困难，阳光文艺队全体都会尽力帮助。

队员董丽萍就遇到过这种困难。她的女儿七八岁时，还有段顺华的儿子媳妇，都得了白血病，阳光文艺队每一位队员，100元200元、20元50元地捐款；不但自己捐，还发动全村人捐。

队员江淑英患胆结石，由于家中经济困难，阳光文艺队也50元、100元地募捐，并抽出集体的活动资金500元，帮助她渡过难关……

这样的事例还很多，阳光文艺队和郑家庄整体的精神气质十分契合，再加上治安联防队，最终构建成了郑家庄最有自己特色的两支队伍。这是在中国新农村现代化建设中走出的自己的新路，也是郑家庄精神在现实生活中的具体体现。

阳光文艺队和治安联防队现在已经随着郑家庄的美名而声名远播。不过，这两支队伍的成员们一直保持着相当谦逊和朴实的姿态，这是十分难得的，也是其得以长久存在和发展的重要基础。

这两支特殊的队伍，不但像两个轮子，承载和推动着郑家庄不断朝前进步，还像两根坚固的柱子，支撑起了郑家庄稳定团结、活力四射的精神大厦。当然，同时也为郑家庄的发展建设带来了一个个美好的期盼与梦想。

愿望：一位白族老人的心里话

党的十八届四中全会提出了全面推进依法治国的总目标。

2014年，习近平总书记在福建调研时强调，要发挥市民公约、乡村民约等基层规范在社会管理中的作用，培育社区居民遵守法律、依法办事的意识和习惯，使大家都成为社会主义法制的忠实崇尚者、自觉遵守者、坚定捍卫者。

在郑家庄，在王品珍老人的眼里，“法”字随处可听可看，依法治村也进入了最新的村规民约中。

“只有人人守法律、懂规矩，我们才能把村子建设得更加和谐美好，老百姓的日子才能越来越幸福。”村民们如是说。

2014年10月26日，云南省委领导到郑家庄进行党的十八届四中全会精神宣讲，《人民日报》（2014年11月3日11版）、《云南日报》（2014年10月27日头版头条）进行了详细报道。两篇报道，说的都是云南省委领导到郑家庄宣讲十八届四中全会精神的事。不过，郑家庄还有一位65岁的白族老人王品珍，也就是两篇报道里提到的郑家庄村民小组长王庆荣的老丈人，却从一位村民的角度，观察到夜宿自己家里的云南省委领导带着党中央嘱托的宣讲之行，对郑家庄未来发展的重大意义。

在这位老人眼中，云南省委对农村以及郑家庄七个民族村民的关怀，让他和七个民族的村民们都十分感动。并且，云南省委领导此行，也圆了郑家庄这么多年来团结和谐、奋发向上努力的某种期盼与梦想。

可以说，这是一次偶然却又必然的相遇。

这是郑家庄作为中国农村发展典型的幸运之相遇，也是云南省委领导对云南社会主义新农村建设的又一个美好期待。

郑家庄的发展，不但不能停下来，而且还要更加努力向前、向前！郑家庄的民族团结发展模式，已悄然成为中国社会主义新农村建设的一种精神力量和一面闪耀着光辉的旗帜！

2015年10月26日，对于郑家庄白族老人王品珍来说，是一个值得永久纪念的日子。

那天下午4点多，家中突然来了客人。经介绍才知道，是云南省委领导到郑家庄做党的十八届四中全会精神宣讲来了，当地陪同的有大理州州委书记梁志敏、洱源县委书记杨承贤、三营共和村委会书记史显桃等20多人。

王品珍回忆说，没想到省委领导会来，更没有想到这些领导如此平易近人，一点架子都没有，就像老朋友一样，让人感到十分放松。

王品珍家的饭菜做得很简单，就是几个家常小菜。但是这顿饭，大家却吃得很香。

饭后，就在王品珍家的小院子里举行了座谈会。

云南省委给郑家庄带来了中央最新的依法治国精神，这让大家都很兴奋，相互不停地谈，不停地讨论，一直聊到夜里11点多，省委领导就在王品珍家院子一楼的房间里住了下来。

第二天一大早，王品珍陪着省委领导到村里散步。一路上，大家又聊了很多，关于郑家庄的发展建设，关于七个民族的生产生活等。

省委领导们说话很和气，平易近人。用王品珍的话来说，省委领导们说的，普通老百姓什么都能听得懂，而且说话语气十分质朴，内容和见解却深刻而贴实。

王品珍对于云南省委的这次突然到访，相当激动。待平静下来之后，想到也许正因为郑家庄七个民族不负众望，在村支书何国祥的带领下，奋发有为、声名远播，才有了省委领导们的这次郑家庄之行。而省委如此关心一个小村子的发展建设情况是郑家庄村民做梦都没有想到的大好事呀！

回忆起郑家庄当年的生活，王品珍无限唏嘘。

1958年，王品珍跟随白族母亲杨小妹嫁到了郑家庄。当时，村里面都是茅草房，道路十分狭窄，还是泥巴路，生活条件十分艰苦。吃不上大米，有时太饿，只能吃点苞谷茬茬和“石根”。那时候，王品珍虽然还小，但是心中也有了一些懵懵懂懂的期盼，就想着今后哪一天要是能过上好日子就好了。

继父王映华（汉族）家当时主要靠农业，生活过得挺艰苦。母亲几年后去世，后来郑槐英（汉族）成了继母。虽然家中有兄弟姐妹几人，也属于两

个不同民族，但相互之间很团结。这影响到了王品珍往后的性格，让他在艰难困苦中，依然不忘家里人的关心，以及村庄各民族之间传统的团结友爱。

1974年，王品珍成家。1975年分家，分得7斤麦面。由于生活困难，无奈，以350元的价格卖掉了梅城村的房子。继父在郑家庄盖得三格房子，他分到一格，有10多平方米，从此开始了一种新的艰苦奋斗生活。

1976年7、8月间，他一度到石岩山捡煤做饭吃。村里包产到户之后，王品珍用450元买了一条下放的母牛，其中250元还是向老岳母家借的，谁知，不到一个礼拜，母牛居然下了崽，并且连续5年下崽。王品珍说，真不知道是碰到什么好运了，也许是这个村子民族团结的气正吧！

王品珍心中喜悦，对未来村里过上好日子有了更坚定的期盼。

1984年，王品珍家批到一块地盖房，村里各民族都来帮忙，每天有10多个人来帮忙，不收工钱，只需王品珍家供饭吃。

1984年年底，村里的藏族杨丁基看到王品珍家生活困难，就带着王品珍外出做药材生意，到过成都、甘肃、青海等地。那次王品珍赚了400多元钱，心中惊喜。更重要的是，王品珍开阔了眼界，为全力团结各民族支持今后村里的集体发展做了准备。

1985年，王品珍还到临沧、红河、石屏等地跑药材生意。有了这个传统，王品珍家两个儿子分别在1995年和1998年先后加入药材生意行列，全家仅靠卖药材，纯利润达到20多万元。

另外，王品珍家还种田5亩（承包给别人4亩，自己种1亩），养了两头猪、10多只鸡……2008年又建了现在这幢新房，家中的日子，过得十分幸福。

这是王品珍当初的愿望，现在实现了，但是得珍惜，更得再努力，因为郑家庄是七个民族共同的村庄，只有集体都发展富裕了，一切才更有意义。

王品珍的大儿媳是彝族，开始不太适应白族的生活习惯，还有语言也听不懂，不过后来慢慢适应了。像王品珍家这种多民族通婚的情况在郑家庄很普遍。郑家庄有着天然的民族融合优良传统，民族之间相互理解尊重，相互帮忙关爱，为整个村庄的民族大融合奠定了坚实的基础。当然，也为这个村庄走集体发展富裕之路提供了前提保障。

因为郑家庄的事情，就是七个民族共同的事情。王品珍非常理解这一点，所以作为村里的大厨，红白事，只要通知，就算是夜里两三点，王品珍也会随叫随到。

帮村里各民族家庭每次做大厨，得耽误王品珍三四天时间，但他十分乐意为乡亲们做事，把为集体做事当作一种光荣，这也是郑家庄精神的可贵内涵之一。

王品珍说，郑家庄从来都是这样做的。他还以村里的带头人何国祥支书、治安联防队、阳光文艺队等为榜样，鞭策自己要做得更好。

郑家庄村里的白族大概有10%的比例，逢初一、十五、过年过节，都要到村里的寺庙里祭拜。这传统，也带动了村里其他民族。郑家庄各民族的思想跟得上形势，除了民族团结的传统外，更重要的是，因为村里领导有方，村支书何国祥想得开、看得开、得人心！

王品珍还有另外一个身份，就是郑家庄老人协会的会长。

老人协会于1986年成立，王品珍2007年加入，2012年担任会长。老人协会原来有40多人，现在有66人，都是村里55岁以上的老年人。年纪最大的，是藏族老阿妈——87岁的杨四兰。

村里对老年人特别关心，这也是郑家庄民族团结进步的一种体现。

王品珍和其他老人虽然年纪大了，但仍然时刻记挂着村里的发展建设，总是想力所能及地帮村里主动做一些事情，比如管理环境卫生方面，绿化方面，公共设施爱护监督方面，等等。

郑家庄每年还会组织老人们外出旅游，像敬老节，更是办得热热闹闹……总之，现在是村子好，风气好。村支书何国祥更是事事起到了模范带头作用，各个民族生活在这里其乐融融，所以郑家庄从各方面都赢得了很好

的口碑。

“真是太难得了，省委领导们这么忙，还在第二天早上和自己在村里散步，谈农村建设发展等问题，很让人感动。”王品珍心中感到十分温暖。

云南省委此行，是代表党中央和政府对中国农村建设实实在在的关心啊！

王品珍说，自己在陪省委领导散步时，他们发现村子南面的土路路况不好，不太通畅（此路通往职中、幼儿园、小学），当即问道，为什么不打通（路面硬化），让县委书记想办法打通一下（大约1千米左右）。

省委领导走后两个月，一条笔直宽敞的乡间水泥路就打好了。

这是一条新的希望之路，它其实一直存在于王品珍老人的心中。

现在，这条路以及和这条路类似的更多的路，正在修建完善着。这是中国社会主义新农村的发展之路。郑家庄七个民族在何国祥的带领下，在各级党委政府的不断支持下，正在完成其中属于自己使命的那一段。

王品珍当初盼望郑家庄过上好日子的愿望，如今已经实现，更多更美好的愿望，在郑家庄七个民族的心中又冉冉上升。

是的，这是一个不满足于现状的集体，也是一个不断追求更高目标的村庄，就像德国伟大作家歌德笔下的浮士德一样，为了理想信念永不停歇。七个民族要创造美好家园的更大心愿，将会让郑家庄成为一个充满无限生机和活力的社会主义新农村！

梦想：新生力和新道路

2015年10月29日，党的十八届五中全会提出，坚持共享发展，必须坚持发展为了人民、发展依靠人民、发展成果由人民共享，做出更有效的制度安排，使全体人民在共建共享发展中有更多获得感，增强发展动力，增进人民团结，朝着共同富裕方向稳步前进。按照人人参与、人人尽力、人人享有的要求，坚守底线、突出重点、完善制度、引导预期，注重机会公平，保障基本民生，实现全体人民共同迈入全面小康社会。增加公共服务供给，从解决人民最关心、最直接、最现实的利益问题入手，提高公共服务共建能力和共享水平，加大对革命老区、民族地区、边疆地区、贫困地区的转移支付。实施脱贫攻坚工程，实施精准扶贫、精准脱贫，分类扶持贫困家庭，探索对贫困人口实行资产收益扶持制度，建立健全农村留守儿童和妇女、老人关爱服务体系。

郑家庄正是沿着这个方向前进的，并且在中国农村的发展建设中，走在了前头，积累了大量的实践经验，完全可以作为一个范本，给中国其他发展探索中的农村学习借鉴。郑家庄多来年发展建设的力量和道路，正是不经意践行了习近平总书记的指导精神和党的十八届四中、五中全会精神，牢牢把握“各民族共同团结奋斗、共同繁荣发展”的主题，着力实施抓组织建设强核心、抓依法管理聚民心、抓生态建设突重心、抓民族团结结同心的“四心”工程，成效显著。

如今，一个民族团结进步、乡风民风淳朴、生态环境优美、百姓生活富足、文化蓬勃发展、社会和谐稳定、经济繁荣发展、群众安居乐业、不断超越梦想的社会主义新农村，正在中国西南边陲、云南大理洱源崛起，成了依法治村一面旗、民族团结示范点、新农村建设好榜样！

“平安巷道花满路，小康人家喜盈门”的新景象，让这个小村庄充满了无限的活力和希望。正是有了“团结友爱是前提、依法治村是根本、民主管理是基础、群防群治是途径、党的领导是保证”，郑家庄成了远近闻名的村

庄，获得了无数的荣誉和赞誉，不但在2015年获得中央文明委授予的第四届“全国文明村镇”荣誉称号，而且2015年9月11日，《云南日报》第7版全文刊发了《中共云南省委关于开展向洱源县三营镇郑家庄学习的决定》，号召全省各族人民向郑家庄学习。决定中提道：

> 省委号召，全省各级党组织和各族干部群众要以郑家庄为榜样，自觉做国家统一、民族团结和社会稳定的维护者，做各民族交往、交流、交融的促进者，紧密团结在以习近平同志为核心的党中央周围，高举中国特色社会主义伟大旗帜，以邓小平理论、“三个代表”重要思想、科学发展观为指导，深入学习贯彻落实习近平总书记系列重要讲话和考察云南重要讲话精神，深入贯彻落实省委、省政府的决策部署，求真务实、开拓进取、团结奋斗，进一步加强民族团结、维护社会稳定和国家统一，为把云南建设成为我国民族团结进步示范区、生态文明建设排头兵、面向南亚东南亚辐射中心而努力奋斗。

这是对郑家庄多年发展建设的肯定与赞扬。不过，面对诸多荣誉以及云南省委号召学习的褒奖，郑家庄并没有沾沾自喜、止步不前，而是按照自己

村庄的实际，坚定地在走自己的发展之路。当然，也可以说，是在追寻一个西南边远村庄的中国梦！

梁启超在《少年中国说》一文中说："少年智则国智，少年富则国富；少年强则国强，少年独立则国独立；少年自由则国自由，少年进步则国进步；少年胜于欧洲则国胜于欧洲，少年雄于地球则国雄于地球……"

郑家庄党支部书记何国祥和我谈到郑家庄下一代时，也说："要教育、宣传、学习好文化。村里要多培养一些高素质的大学生，把文化知识学好，活学活用，好的给国家，中等一点的，可以回来做事。郑家庄如果有人考取大学，全村支持上学，培养郑家庄下一代是首要的，文化是第一位的……"

出生于1995年的郑杰伟，是郑家庄团支部书记，他的前任，就是现在的汉族村民小组长王庆荣。现在村里的团员有25人，还有更多的年轻人，有的在上学，也有的外出打工。村里有任何活动，郑杰伟和这些年轻人都积极参与，帮助村里打扫环境卫生、清理河道垃圾（村北三营河、三岔河流下来其他村的生活垃圾比较多）等。

按照郑杰伟的说法，上一辈从小就教育自己这一代，养成了良好的环保习惯，垃圾从不乱扔，并且也见不得别人乱扔，总是习惯性地自觉维护村里的环境卫生。即使外出，这种习惯也保持在了身上。

郑家庄上一代人，为村里发展奋斗的事迹，郑杰伟和同龄人们都看在眼里，记在心里。

"这是值得好好学习和继承发扬的优良传统。"郑杰伟和年轻人受到了潜移默化的教育。他特意强调要向上一辈学习，特别是向村支书何国祥学习。

不过，郑杰伟心中希望，自己这一代年轻人能超过他们！

"上一辈人比较好，如果自己这辈人犯了错，他们也会好好讲，就像朋友一样。"郑杰伟觉得，在村里民族大团结的氛围下，还有着一种包容精神，特别是上一代对下一代人的包容和教育，这更多的是源自他们对自己这一代的爱护和期望。这让年轻人们感到很欣慰，毕竟郑家庄的未来，得靠一代又一代的人努力接续。

郑杰伟家中一共6口人，经济上主要靠农业种植，全家一共有七八亩田地，另外又承包了7亩，总共15亩多，多种植大豆、烤烟、稻谷、苞谷等。另外，家中还饲养了1头奶牛、2头猪、1只羊。农业生产之余，自己还学着搞房子装修，作为团支部书记，他觉得自己可不能落后了。

藏族村民小组长杨秀弟的儿子杨泽红，生于1996年，初中毕业后，就跟着杨秀弟外出做药材生意，和郑杰伟是好朋友。

2014年，杨泽红曾邀约郑杰伟一同外出做药材生意。

郑杰伟顾虑没有车。

杨泽红说不用准备车，跟着他学两年。

但郑杰伟家农耕无人，拖拉机犁田无人开，因为姐夫已经出去了，所以他没敢答应，只好暂时作罢。

郑杰伟原来在洱源职中综合班上学，郑家庄同学中，继续外出读书的比较多，还有的去当兵和打工。

郑杰伟总是希望这些同学和同龄人，如果在读书的继续好好读书，做生意的也要做好生意，在外发展好了，回村来帮助郑家庄发展。

这个心愿，当然不仅仅是郑杰伟一个人的，他和这些小伙伴们，平时团支部活动或者村里活动聚会交流，都会相互之间谈到很多关于自己村庄未来的问题，都希望自己能够学有所成，在未来帮助郑家庄发展。

村里外出的年轻人王杰（汉族）、杨超（彝族）、王江桥（汉族）、郑秋月（白族）、寸渡艳（汉族）等，都是郑杰伟的好朋友和同龄人。回村的时候，大家都会聚在一起。郑杰伟会给他们讲讲村里的发展变化，他们则会分享各自在外面的所见所闻。

郑家庄这一代年轻人，还利用现代的科技，建立了自己的微信群，以方便大家及时沟通交流，随时关注自己村庄的发展和外面世界的变化。

有了郑家庄今天取得的成绩，加上郑家庄上一代人为此付出的艰苦努力，郑杰伟和他的同龄人们，都感到有了方向，有了目标，有了动力。郑家庄党支部的战斗堡垒作用，也给了团支部以引领和带动。

1957年11月17日，毛泽东同志在莫斯科向中国留学生讲话时说过：“世界是你们的，也是我们的，但是归根结底是你们的。你们青年人朝气蓬勃，正在兴旺时期，好像早晨八九点钟的太阳。希望寄托在你们身上。”郑家庄朝气蓬勃的年轻人理解这段话的深刻含义，他们正在努力学习，正在努力成长，这是令人欣慰的。

所以，郑杰伟还是打算以后跟着小伙伴出去做药材生意，多看看外面的世界，多学习一些东西，发展好自己才能更有力量帮助村里发展。当然他更希望能够依托村里民族文化旅游项目建设，在村里就能实现这个梦想。

“家家都有生意做，家家都有稳定收入，生活越来越好。”

这是郑杰伟以及郑家庄一代年轻人共同的心声，也是郑家庄未来的希望所在。

郑杰伟说，自己正在做准备，村里的小伙伴们也都在做准备，大家都爱自己的村子，都想为村子发展建设出力，但必须得把自己的事情做好了，才能像党支部何国祥支书他们那样，团结一心，真正为郑家庄做事，真正为郑家庄七个民族谋幸福。

郑家庄藏族姑娘杨焰是一位90后，她就是村里年纪最大的藏族奶奶杨四兰的亲孙女。

她和郑家庄大多数同龄人一样，从出生开始就见证了郑家庄的发展。

在她的眼里，村子里的各民族十分团结友好，村民的素质相当高，没听说过吵嘴，这在农村简直像个奇迹。各家做生意缺药材时，可以随时相互借用，不分民族界限。

杨焰15岁的时候就跟着爸爸杨双武和妈妈王钰映外出做药材生意，到过保山、下关等地，看到了外面的世界，也得到了一些锻炼。

1992年，杨焰家中盖起了新房，郑家庄很多家庭都通过辛勤劳动盖起了新房。只可惜奶奶2014年病了一场，她就留下来照顾奶奶，没有再出去做生意，现在主要靠爸爸在外跑生意。

杨焰一家，也是1959年随游牧民族大部队迁徙安置来到郑家庄定居的。开始的时候，日子也不好过。郑家庄一步步走到今天，真不容易，民族团结是最根本的原因，还有何国祥支书等村里领导人的带头和示范。

村里大的变化，在杨焰的记忆里，是从修路开始的。

大路小道都修得相当好，这是国家的扶持政策好。再加上村里的领导十分用心，七个民族团结共同努力，郑家庄才有今天。这一点，杨焰和同龄人深有感触。

“村支书办事相当公平，老一辈做出了榜样，小一辈看在眼里学习。”这是杨焰内心的真实想法。和杨焰一起长大的小伙伴张静（傣族）、郑桥惠（汉族）、郑炳娇（白族）、杨洁（藏族）、张洁（傣族）、郑鸿斌（白族）等，有的是同学，有的是朋友，无论当初在学校上学，还是后来在村里生产生活，大家都没有民族观念分歧，和上一辈一样，互相帮助。甚至于郑家庄更小的小孩子，也在郑家庄浓郁的民族团结氛围下，懂得了以自己的方式理解的团结。曾有记者随机采访在郑家庄小广场玩耍的一群小孩——

“我是汉族”“我是白族”“我是彝族”……孩子们围着记者，七嘴八舌，纷纷自报家门。

“小朋友们，什么是团结啊？”

“就是互相关心、互相帮助。就像我爸和他爸那样，处成兄弟。”一个白族小孩指着身边的小伙伴回答。

“那以后你们呢？”

“我们也会团结，就像我爸和他爸那样！”

孩子们回答的声音，纯真而坚定！

这就是不一样的郑家庄，给人的意外和感动多于其他。

杨焰说，小伙伴们都十分热爱自己的村庄，因为这个村庄和其他的村庄不大一样，就拿环境卫生这一点来说，郑家庄各民族村民从不会在路上打粮食、乱堆杂物、晾晒东西，但是附近的一些村子，甚至还会在路边堆放垃圾。

两相对比，能出生、成长和生活在郑家庄，真的是很幸运，也很幸福。特别是村里建好湿地公园以后，整个环境有了更大的改变。而湿地公园当初建设的时候，全村各民族倾力而为，每家都出义务工，甚至无偿让出自己的田地，这在其他村是无法想象的。

杨焰希望自己的家乡郑家庄，以后能发展成为乡村中的美丽城市。杨焰的丈夫李习山是汉族，在我采访中，他也禁不住插话，希望郑家庄成为洱源县社会主义新农村建设的一张名片。

在杨焰的微信朋友圈里，她曾发过一组自拍的郑家庄湿地公园建好后的照片。当时微信里的同龄朋友们纷纷点赞，还问杨焰是不是到哪个公园玩耍去了，怎么那么漂亮！

每当此时，作为郑家庄新一代年轻人，杨焰的心里自然充满了喜悦和自豪，毕竟自己生活的村庄，在朋友眼里俨然是一座美丽的公园，而且这座公园，还在朝着更高、更远、更美的方向发展。

难道不是吗？郑家庄民族旅游文化项目，正在如火如荼地建设着；郑家庄人工湖，正在策划筹备中；郑家庄休闲集体农家乐，正在建造完成中……

这些，都是郑家庄一代又一代人对美好生活的向往，如今逐一都变成了活生生的现实。而郑杰伟、杨焰等新一代郑家庄人身上隐藏的新生力，让人看到了更大的希望。

郑家庄发展的新道路，已经铺展开来，一座新生的社会主义新农村，从建设湿地公园开始，在村支书何国祥的带领下，正在走向成功和圆满……

建设中国特色社会主义新农村，一直是郑家庄七个民族努力的方向，也是领头人何国祥和郑家庄党支部孜孜以求的梦想。

在这条民族团结发展、村庄和谐繁荣的道路上，每一步都凝聚着何国祥和大家的心血与汗水，每一步也得到了党和政府的关心和扶持。这是内因与外力合二为一的力量催动，也是国家与民族共同努力的结果。

如今，在这个西南边陲小村庄，农民纯收入以及年增幅远远高于当地水平，新农保、新农合覆盖率达到98%，农民生活幸福指数相当高。

不仅如此，在郑家庄，村庄庭院生态化建设已初见成效，主要入村道路种植行道树，在村内宅边、村庄周围道路旁边等适宜树木生长的地方植树、种花草，绿化率达98%。各农户庭院内，绿化率也达到98%，绿化面积占村落总面积的17%。全面实施环境卫生“门前三包责任制”，群众参与率达100%，垃圾处理率达100%，投资的47.3万元，完成了改灶、改厩124户，建成无公害化处理卫生厕所124座……

如果说，村里的道路建设开启了郑家庄社会主义新农村建设的基础的话，那么郑家庄湿地公园建设则为后来的民族文化旅游项目搭建了桥梁。

据村支书何国祥介绍，湿地公园原来是块河湾地，17亩左右。2009年，洱源县被列为全国第二批生态文明建设试点县后，县环保局就确立了几个湿地公园环保项目。郑家庄也想乘此良机，在村里建一个湿地公园。一来有了湿地公园和地下管网之后，就可以发挥净化、灌溉等功能；二来郑家庄湿地公园建成后，对于村里的环境绿化将有一个很大提升，将会形成一道乡村美丽景观，成为发展经济的一个硬件设施；三来可以给村里提供一个休闲娱乐的场所，老人和孩子每天都可以在村里“逛公园”；四呢，湿地公园让郑家庄未来发展计划中更为重要的民族旅游文化项目以及人工湖等的建设成为可能……

2011年8月，县委书记杨承贤刚刚上任，原书记许云川带着他来到郑家庄，省委组织部部长也来了，何国祥向杨承贤汇报了想建湿地公园的打算。

“10月1日能不能把地拿出来？”杨承贤颇有疑虑，因为征地补偿问题是农村最让人头疼的事情。

“能！完全可以拿出来。”何国祥几乎不假思索地回答。

“如果要建湿地公园，田地可没有补偿啊！”杨承贤提醒道。

“没问题，当然可以！”何国祥立刻回应，因为这个项目的利弊得失，村里早就商量过了，能立项建设，对于郑家庄是大好事，老百姓牺牲自己的一点小利，为了郑家庄集体，那是值得的，大家都是赞同的。

“好，叫环保局杨永胜局长过来，说可以做湿地和公园，10月1日必须动工……”

半个月后，大理州许映苏副州长到郑家庄考察，也十分赞同建湿地公园，还答应帮助落实在湿地公园里种植桂花树和梨树。

湿地公园建好，可以支撑郑家庄旅游文化项目，这是令何国祥和郑家庄人最为高兴的事。涉及占地问题，郑家庄各民族村民，都以村子建设发展为大计，纷纷表示无偿奉献支持。不过，为公平起见，也为了尽可能维护村民权益，村里还是决定，占地多的进行旱地置换，占地少的就当为集体做贡献了。

随后，湿地公园的工作紧锣密鼓地展开。原计划总投资247万元，不过因为后期变更等原因，实际投资340多万元，并于2012年年底建成了。

现在，湿地公园由专人负责，他就是汉族村民王光明。

王光明生于1957年，1975年参军，在四川峨眉陆军服役，1979年退伍回郑家庄。1982年至1990年，王光明担任村里的党小组长和民兵排长。

他对郑家庄的认识，以及郑家庄后期的发展，有颇多感慨！

所以，他对现在管理的湿地公园，也倾注了全部心力。因为他明白，郑家庄如今的一切得之不易，而且郑家庄还有更大的目标和梦想要去探索和追寻。

在这位老郑家庄人眼中，村里当年相当贫困，不过各民族交情却出奇的好。郑家庄能有今天的发展，国家扶持政策是一方面，何国祥起的作用也相当大。

就从小事上来说，20世纪80年代末，村民郑玉生家妈妈去世，何国祥提议每位党员捐10斤大米。何国祥自己还从家中拿了腊肉、钱，亲自送去郑玉生家，给他家办丧事。

何国祥担任村支书之后，一心一意为村里谋发展，有远见谋划，有实际行动，并且更注重做好村里各民族的团结工作。王光明的媳妇王池花，在20世纪90年代也曾跟随过何国祥的姐姐何桂花在外做药材生意，做了大概5

年，每次都能赚三五千元。

这些日常生活中的小事情，何国祥以及他的家人们都很认真地对待。成千上万这样的事情，何国祥每一件都能做好，这是很了不起的。就因为他心中有大爱，还有大胸怀！

“在何国祥心中，一定有一个很大的梦想，那是关乎郑家庄未来大发展的。所以，湿地公园的建设，他一直在操心。现在，这个公园建好了，我也得为村里尽力管理好，让他们腾出时间精力，去为集体做更大的事。”

作为一名老党员，王光明显然在这么多年岁月的磨砺中，更加明白了郑家庄发展对于七个民族未来幸福生活的重大作用和意义。

每天早上6：30，王光明会准时开始清扫湿地公园环境卫生。

“进来玩的人、外村的人，有的会乱扔垃圾，一天要捡两桶，本村的人绝不会乱扔。”王光明一再强调说。

自从湿地公园建好以后，洱源县内三营镇、牛街乡、茈碧湖镇、通庄村、黄龙村、打铁营、上村、高三营、三家村、梅城村、关庄、马营沟、勋庄、永胜等村镇的人都爱来，更有剑川、宾川、昆明、北京等地的人也会慕名而来，平均每天有100个以上外来人到郑家庄湿地公园玩，所以每天下午5点到6点，还得再打扫一遍。

除了每天的清扫工作，王光明还要定时修剪花草，绿化浇水，拔除杂草，清理睡莲干枯叶子，处理污水塘四周的野草，配合三营镇环保局清理里面的水生草……这些事情，看似比较小，但其过程烦琐，很需要耐心。

王光明总是不厌其烦地重复做，把湿地公园管理得干干净净、井井有条。

因为王光明觉得，湿地公园提升了郑家庄的品位，还提高了人的品德。通过湿地公园的净化功能，郑家庄生产生活用水得到有效的过滤净化。这些经过自然处理的水，流入途经郑家庄的三营河、弥茨河进入茈碧湖、洱海，可以说，为保护洱海水质，起到了很好的作用。

有了湿地公园之后，村子沟渠里面流出的水都很清澈，而且村民都自觉爱护和维护这个美丽的公园。生活垃圾都能够自觉地分类回收。不可回收的，村民会自觉分开，每周由垃圾清运车来拉去垃圾处理中转站处理。

这种良性循环，极大地促进了郑家庄环境卫生的清洁与保持。村里的老人和小孩，特别喜欢到湿地公园里玩。外面的人来过郑家庄之后，也会主动宣传这里如何如何干净，这里如何如何漂亮……

一传十，十传百，在洱源县，几乎所有村庄的人，都喜欢到这里来休闲。有的还带着饭菜来湿地公园边吃边赏景。

这些人说，来到这里，就像是进入了仙境。

湿地公园的建设，是为下一步旅游文化项目做准备。在这个意义上，王光明知道做好湿地公园管理的重要性。因为这是集体的一个成果，来之不易，更是通向集体另一个梦想的桥梁。

杨光明心中很踏实，因为郑家庄领头人何国祥有能力、有胸怀做成大事，实现全村七个民族的美好梦想。

在杨光明的眼里，何国祥是一个大公无私的农村基层领导干部。村里无论穷的富的，他都一样对待，每家的大事小事，他都会去帮助……还有两个村民小组长王庆荣和杨秀弟，是何国祥支书忠诚得力的干将，也都是农村基层的好干部。

未来民族旅游文化项目建成，集体农家乐开起来，再加上人工湖项目如果能够实现，郑家庄村民的收入一定会再翻番，村庄的未来前景一定会比现在还要好。到那时，就该是郑家庄集体梦想实现的时候了。王光明谈到此处，眼中泛出一种期待和喜悦之光。

他接着说，现在很多女孩子想嫁到郑家庄，而郑家庄的女孩子却不愿意嫁出去，这一点已经可以说明很多问题。郑家庄现在究竟是什么样，未来又会是什么样，似乎都在郑家庄集体梦想的预料和期待中了……

对于郑家庄多民族文化生态旅游项目的策划，早在2007年郑家庄水泥路路面硬化结束之后就开始了。

计划建三栋房子，一栋是民族文化展示厅（郑家庄七个民族的历史、文化、生产生活等方面的陈列展示），第二栋是民族文化展销厅（七个民族的传统工艺、商品、药品等的展销），第三栋是旅客服务中心（包括旅客接待、郑家庄发展奋斗获得的荣誉、会议室、治安联防队等）。这个关乎郑家庄未来村庄格局和七个民族幸福的大事，一直是村支书何国祥以及两位村民小组长王庆荣和杨秀弟的“心病”，特别是当村里的湿地公园建好之后，

这个项目，就越来越紧迫而沉重地压在了三位领头人的心头上。

2014年10月26日，云南省委领导来到了郑家庄，这真是千载难逢的好时机啊！谈到民族问题的时候，由王庆荣代表村里汇报了此事。

省委领导们听到这个小村庄为了七个民族未来的幸福生活，为了中国社会主义新农村建设的一个美好梦想，有如此雄心大志，很是高兴，当即表示支持郑家庄搞好社会主义新农村发展建设项目。这不正和后来党的十八届五中全会强调的，必须牢固树立并切实贯彻创新、协调、绿色、开放、共享五大发展理念相吻合吗？！郑家庄民族团结发展模式，不正有助于进一步推动中国农村未来发展模式的突破和转型创新吗？！……

这是一个令郑家庄人无比激动的时刻！郑家庄多年来的梦想，就要在这块民族团结的沃土上生根发芽了！这个总投资近1200万元、占地6600多平方米的项目，得到了省里、州里、县里相关单位的大力支持，现在已经完成了主体工程建设，三栋楼房已经封顶，2016年下半年完工。另外，与之配套的10个农家乐项目，以及占地50多亩的人工湖项目，正在积极申报和筹建中……

党的十八届五中全会提出，坚持绿色发展，必须坚持节约资源和保护环境的基本国策，坚持可持续发展，坚定走生产发展、生活富裕、生态良好的文明发展道路，加快建设资源节约型、环境友好型社会，形成人与自然和谐发展现代化建设新格局，推进美丽中国建设，为全球生态安全做出新贡献。郑家庄未来做好民族旅游文化项目，正是贴合了党的生态文明发展指引的好政策！

村支书何国祥，对此有着自己独特的想法。

他说："民族旅游文化项目的建设，可以拉近贫富差距，那么民族团结自然而然就可以做到，并一直保持好。现在村里有老有小，有些民族的村民出不去，需要拉近平衡，在家有事情做，在外也有事情做。郑家庄搞社会主义新农村建设，就是需要民族团结、和谐发展，发展再发展！打造好民族旅游村寨，最后的宗旨目的是大家都要有点收益。所以，只有从我做起，把自己管得非常严，才能够做到大公无私。自己站在前面虽然辛苦，甚至吃亏，但是只有这样，才能让大家跟上集体主义思想。三年的功劳，如果不注意，三天就有可能丢了。要告诫村民小组长、党小组长多做表率、多做事。自己曾到过很多开农家乐的地方，集体来搞的，都非常成功；个人搞的，生命周期相当短暂，这就是郑家庄坚持社会主义新农村集体主义的初衷和理想，也是郑家庄坚持要走的新的道路……”

此次调查走访郑家庄即将结束之前的一个黄昏，我来到了郑家庄靠北边的鱼塘，严格来说是两个鱼塘，一个是郑家庄自己的鱼塘，承包出去，承包的条件只有一个，就是过年时，承包人得给村里每一户分一定量的鱼；另一个紧挨着的鱼塘，则是村支书何国祥从别的村子承包过来的，目的也是为了村里各民族兄弟姐妹得福……

鱼塘边，几棵银杏树的叶子在夕阳的照耀下，顽强地散发着金质的光芒。

鱼塘上空，有许多水鸟，自由自在地悠闲徘徊，它们也在寻找着自己天空新的道路与梦想……

隐隐约约，有歌声似乎从郑家庄村里飘了过来……那是郑家庄完小三年级的同学杨俊良、何涛、王灼熵，还有三营中心完小六年级同学何炼敏等几位孩子边走边练习的歌声。

这些孩子们，在尝试着一起唱好同一首歌曲。

不久前，与她们不期而遇时，我感到很惊讶，经过询问才知，原来她们都是学校组织的音乐合唱队成员。这首歌，是合唱队即将去省城昆明参加比赛的一首歌。

记忆中孩子们稚嫩纯净的歌声让郑家庄一下子又填满了我的心。

正像秋天的那个早晨，我第一次来到郑家庄时感受到的一样，这个村子是会呼吸的，是活着的、有灵魂的中国农村。因为里面居住着的七个民族的团结奋进，因为七个民族团结奋进背后，有着像何国祥这样的村支书，让郑家庄一个个平凡的梦想都成为一种种伟大的可能……

孩子们的歌声，在我心中继续唱响着。那是一首为纪念中华人民共和国成立60周年，由歌星刘媛媛、成龙演唱的歌曲——《国家》。

我此行一直苦苦找寻的答案，以一种近乎神圣的庄严和幸福感，瞬间浸透了我的心。在孩子们质朴悠扬的合唱声中，一个村庄的中国梦，正在冉冉升腾……

一玉口中国　一瓦顶成家
都说国很大　其实一个家
一心装满国　一手撑起家
家是最小国　国是千万家
在世界的国　在天地的家
有了强的国　才有富的家
国的家住在心里　家的国以和矗立
国是荣誉的毅力　家是幸福的洋溢
国的每一寸土地　家的每一个足迹
国与家连在一起　创造地球的奇迹

一心装满国　一手撑起家
家是最小国　国是千万家
在世界的国　在天地的家
有了强的国　才有富的家
国的家住在心里　家的国以和矗立
国是荣誉的毅力　家是幸福的洋溢
国的每一寸土地　家的每一个足迹
国与家连在一起　创造地球的奇迹

国是我的国　家是我的家
我爱我的国　我爱我的家
国是我的国　家是我的家
我爱我的国　我爱我的家
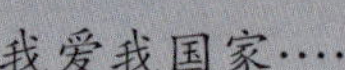
我爱我国家……

后 记

2015年9月的一天，我刚下火车，就接到电话通知，立即和云南省作协的负责人杨红昆老师，以及作家徐兴正一起来到中共云南省委宣传部，正式确定了本书写作计划。

在这之前，我对郑家庄一无所知，不过通过查阅资料，看到这个有着七个民族聚居的村庄，20多年来竟无一起案件，给了我一些疑虑，别说是有七个民族，就我所知道的中国农村现状，随着城乡交流的日益频繁，不可能保持20多年没有一起案件的。

郑家庄这个名不见经传的小村庄，是怎么做到的呢？或者说，是不是宣传过了头？

随着对郑家庄前期资料的查阅、收集和整理，这个村庄带给了我越来越多的冲击和疑惑：有着七个生活习惯和信仰都不同的民族的村庄，一个藏族领头人，究竟是怎么管理的呢？

到达郑家庄的第一天，一切的疑虑和担心，都在一个异常干净整洁的村庄环境里显得多余。特别是随着后

来采写工作的不断深入，越来越多的惊喜和感动，完完全全替代了早先的担忧。一个个活生生的郑家庄优秀人物，逐渐在我心中留下印象；一段段不畏艰难团结奋进的村庄发展史，慢慢地在我的脑海里呈现……

这的确是一个值得大写特写的村庄，它存在的价值和意义已经远远超过了我对它的记录式的书写。它是这个时代弥足珍贵的、活脱脱的中国村庄的榜样，更是这个国家进行社会主义新农村建设活生生的民族团结示范！

为了尽量不被先入为主的思想所诱导、不被采访范围所局限，这次郑家庄采写显得比较随机，并且不局限于郑家庄，而是把范围扩展到了郑家庄四周的村庄，甚至更远的洱源县城、三营镇、梨园村等地；采访的对象也有老有小，有男有女，有官有民，有富有贫，甚至还通过微信、电话等多种现代通信方式，与远在西双版纳、加拿大等地的郑家庄人联系交流。所有采写几乎都做了录音、摄影，力求尽可能真实、客观、全面、准确地反映这个村庄的发展全貌。

在郑家庄采写的日子里，与其说是我在记录这个村庄，倒不如说是我被这个村庄感动和教化了。我的写作方向、写作方式、写作理念，甚至是对社会、人生的一些看法，都有了不少转变。我从这个小村庄的发展建设过程中的点点滴滴，从村支书何国祥、两位村民小组长以及其他优秀的村民身上，体会到了一种身在最基层却不忘家国责任、不舍大志理想的崇高情怀！

作为一个写作者，如何与时代同步，如何与现实同呼吸，这是值得深刻

思考的问题。

细想起来，“深入生活、扎根人民”并非只是一句口号。真正的写作，既需要天空，也需要大地；既需要飞翔，也需要行走；既需要远方，也需要当下……去郑家庄之前，我一直致力于先锋探索式的写作，去了郑家庄，要写这样一篇接地气的报告文学，自然和我先前的写作思路不太搭调，也可以说，需要我完全转变自己的写作方式，用最现实传统的笔法，朴实、生动、客观地记述所看、所听、所想。

以此来完成这样一篇报告文学，对于一位倡导先锋写作的诗人和作家来说，是一次回归，也是对自我的挑战，更是一次拓展，不仅仅是写作方式上的拓展，也是思想和心境的拓展。

郑家庄帮助我完成了这样一次蜕变，也更坚定了我今后写作道路的多重性和写作理想的宽泛度。但无论先锋还是写实，我都不能忘记，作为作家笔下的责任和担当。

此次郑家庄之行，还有更为感动的记忆，那就是与从未谋面的洱源本土白族作家苏金鸿先生朝夕相处的采访。

几年前，我在《滇池》自然来稿中编发过苏金鸿的作品，正是由于文学的缘分，第一次在洱源见面就没有生分和隔膜。他帮忙协调联系了不少事情，特别是采写期间，有幸得到他一直跟随陪伴，每天早出晚归，和他谈论的全都是关于郑家庄的话题，仿佛我们除了郑家庄之外，什么都忘记了

似的。

为了不影响村民白天干活，有时我们不得不在夜晚进行采访。从郑家庄出来，常常已是深夜，天空中，星月齐辉，四周田地里，吹来阵阵凉风，蛙鸣虫叫不绝于耳，我们的心情都特别愉快。在返回住处的路途中，两人仍旧意犹未尽，为郑家庄的人和事探讨不休，似乎都快成了这个村庄的村民……

为了体验民族迁徙和怀乡之情，我们还跟随郑家庄村民郭先科到望乡台探访，不料有段土路坡度极大，路面又极其不平，所驾驶的四驱越野车也在陡坡中段挣扎了几下便熄了火，情况挺危险，不得已，全部人下车推行，一点点挪动，终于慢慢爬上坡顶，往下一看，山坡陡峭险峻得确实让人后怕……

在郑家庄采写期间，难忘的事情还很多。郑家庄村子里，干净整洁的环境和村民团结勤劳的进取精神，自始至终给我留下了十分深刻的印象，让人不得不感慨，其实在中国农村也可以建成这般美好的“世外桃源”。郑家庄作为云南大理洱源的一个亮点，作为中国的“全国文明村镇”的确当之无愧！

此次采写，得到了中共云南省委宣传部、云南省作家协会、昆明市文联、中共洱源县委宣传部、洱源县文联、云南人民出版社等单位和部门的大力支持，谨表谢意！

本书在初稿完成之后，有幸得到中共云南省委的领导，云南省作家协会主席黄尧先生、副主席杨红昆先生，中国报告文学学会常务副会长黄传会先生，《中国作家》杂志社编辑部副主任汪雪涛先生，鲁迅文学院第24届高研班同学丁晓平先生等各位良师益友从不同方面给予的指导，并提出一些很好的修改意见。杨红昆先生从本书开始写作到写作完成，都给予了细致的指导和帮助。在此一并感谢！

最后，要特别感谢中国作家协会副主席、中国报告文学学会会长何建明先生，他作为前辈，一直关心和提携年轻一代报告文学作家，并在百忙中，欣然为本书作序！

2016年于晋城青云淡心斋